松尾光 編著

疎開・空襲・愛
母の遺した書簡集

笠間書院

松尾八洲子

松尾聰

三浦一家

左から磐雄・しげ・榛名・早苗

松尾一家

右から儀一・てい・拾

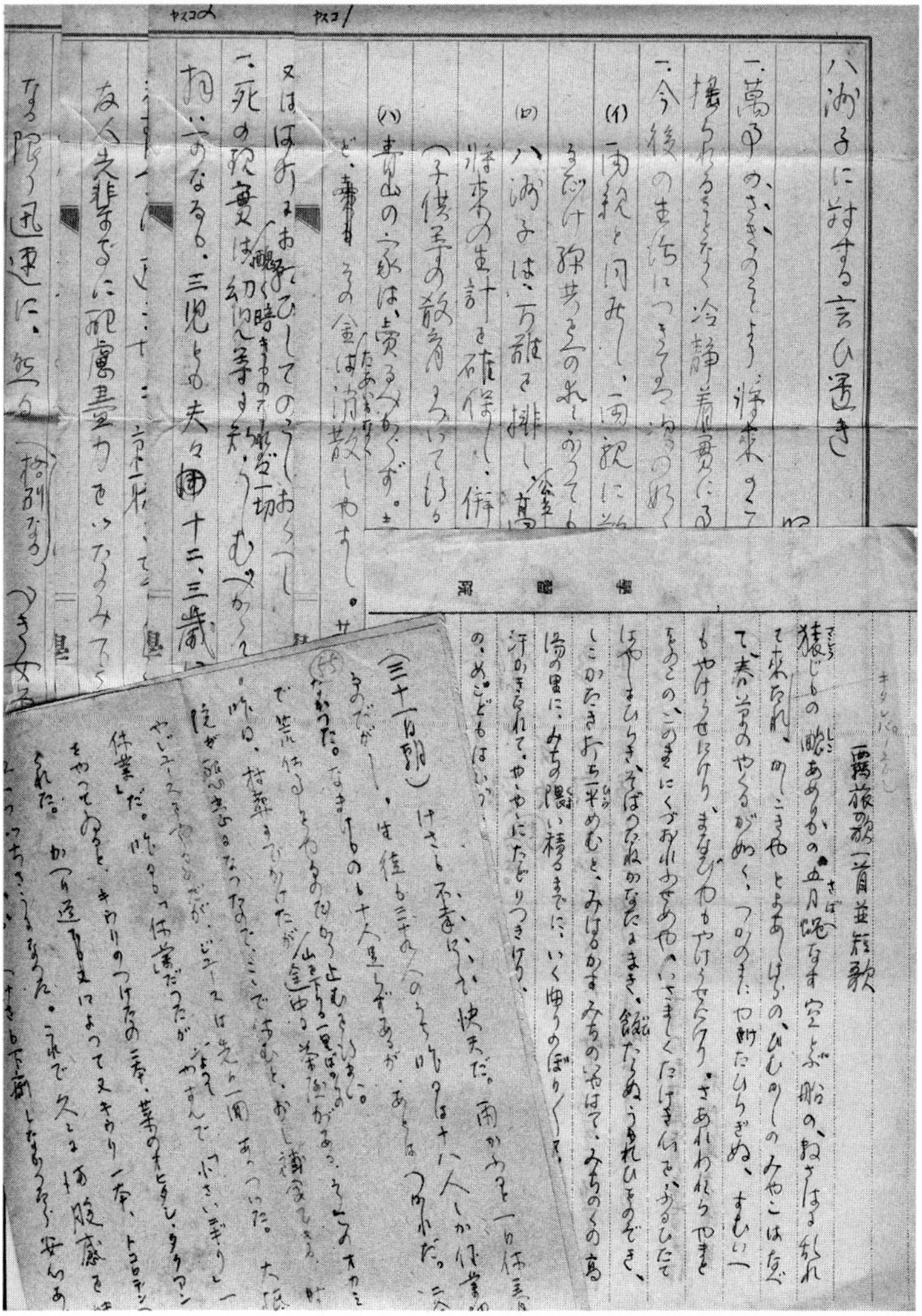

松尾聰の書簡

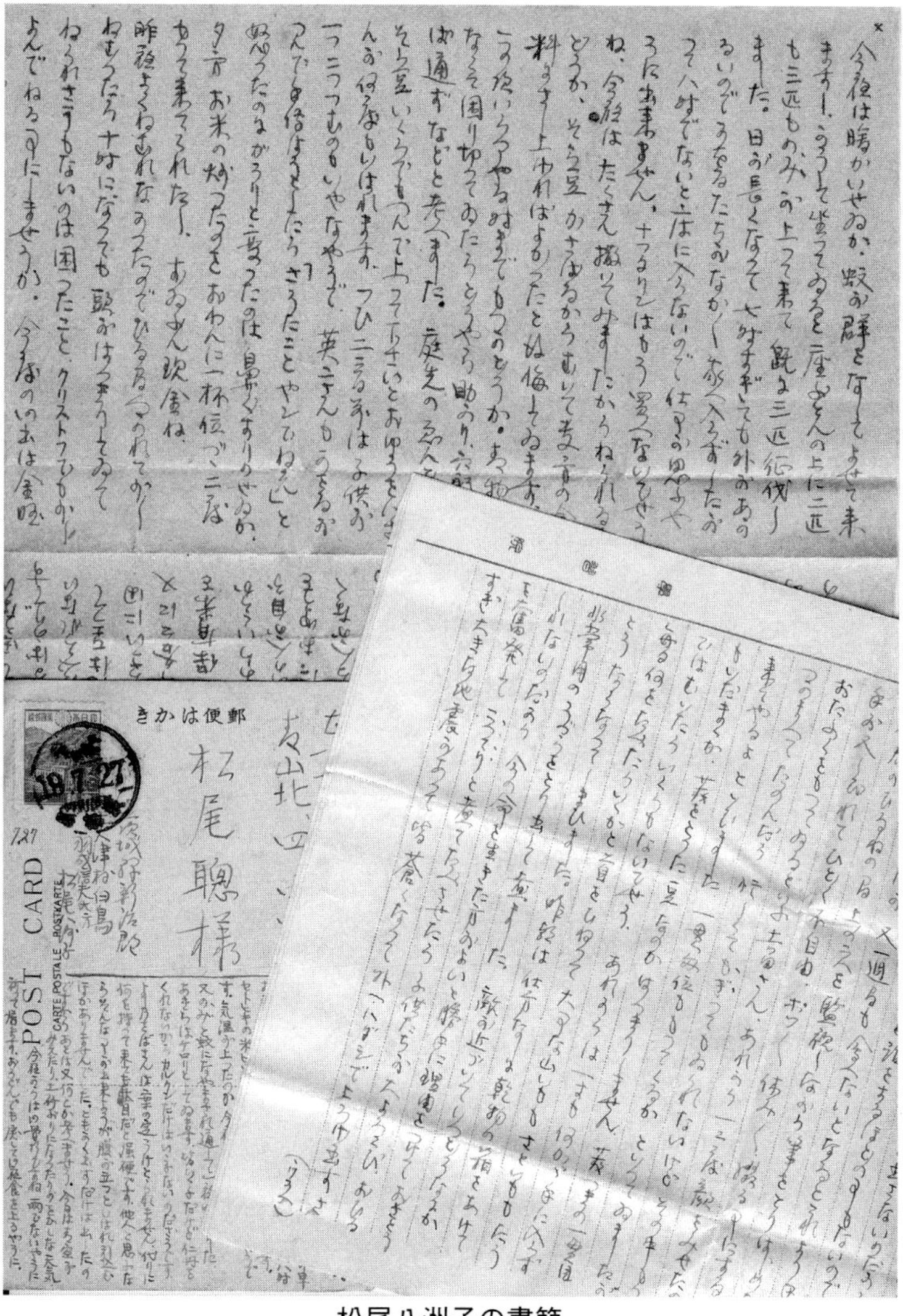

松尾八洲子の書簡

手箱と 79 通の書簡

疎開・空襲・愛　母の遺した書簡集／目次

〔松尾家・羽成家・斎藤家関係系図〕

※長幼は順不同　※ゴチックは本書に登場する人物

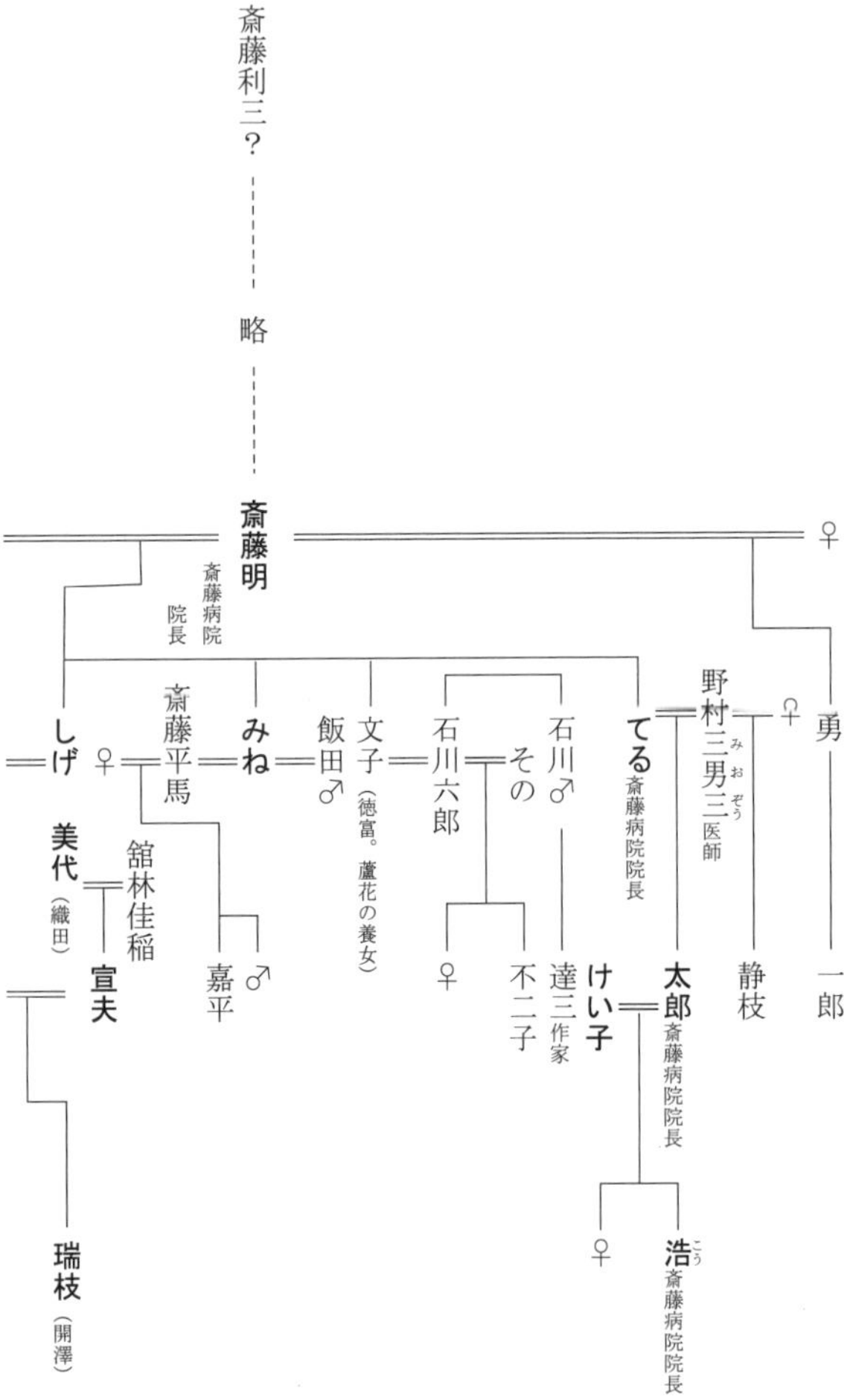

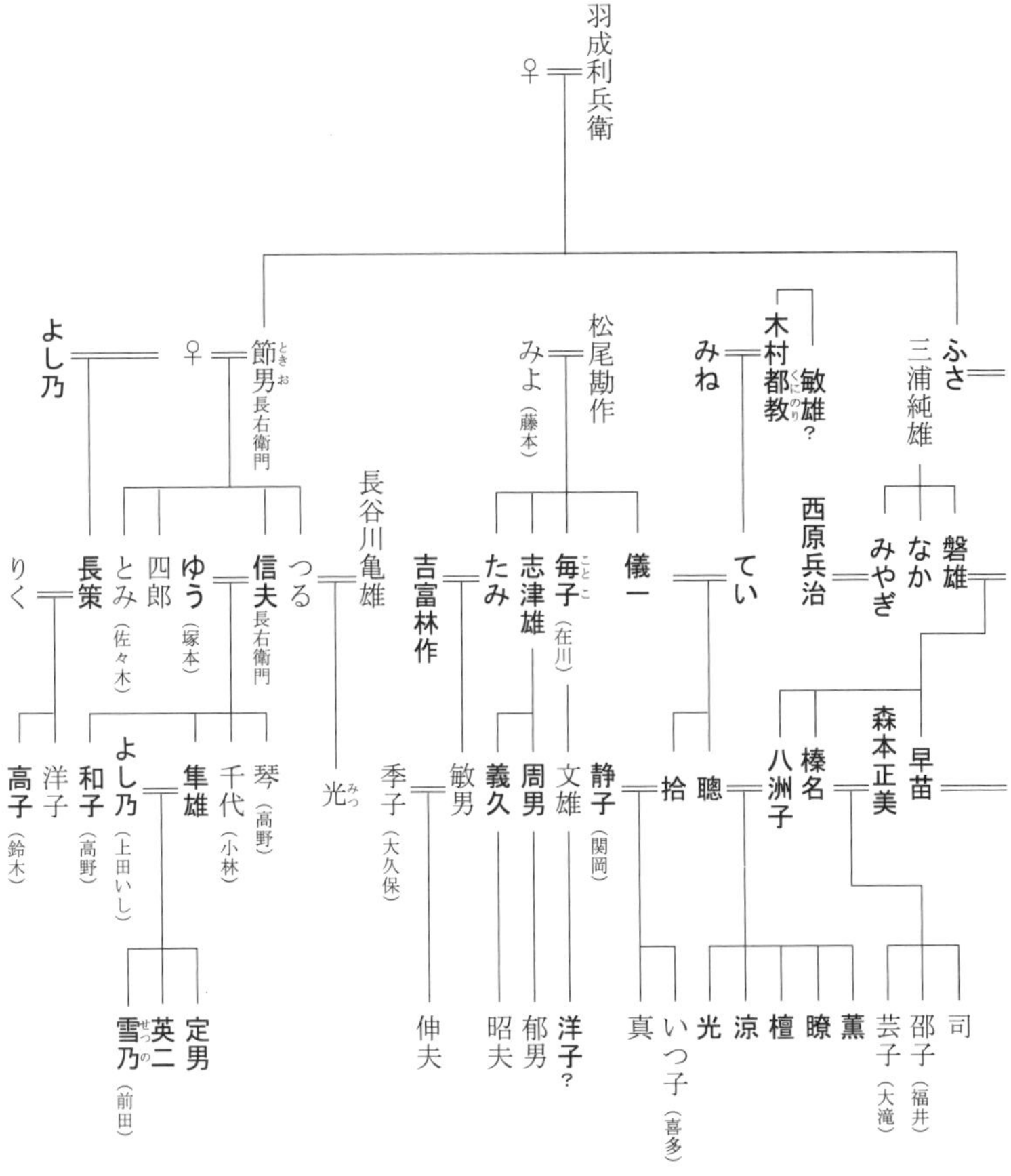

5　松尾家・羽成家・斎藤家関係系図

凡　例

㈠本書は、編者・松尾光の母八洲子が長い間大切に保管してきた七十九通の書簡・葉書を翻刻し、本文として構成する。その大半は昭和十九年二月から二十年八月の日中戦争・太平洋戦争中のものであり、当時、八洲子は三人の幼い子どもを連れて東京から現在の茨城県土浦市へ疎開、学習院教授の夫・聰と離ればなれの生活を余儀なくされた。残りは昭和二十年九月から二十七年八月までのもので、家族は一緒に暮らせるようになったが、職員寮に滞在したままで元の家に戻れてはいない。すべてを通して空襲や食糧欠乏など戦時下の恐怖と不安が読み取れる。

㈡本文は書簡・葉書の年代順に七章にわけて構成し、本文ごとに見出しを付けた。見出しの後の☆は宛先人の部分に記されているもの、★は差出人の部分に記されているものである。

㈢本文の表記は原則として、旧漢字を新漢字に、旧仮名遣いを新仮名遣いに、片仮名を平仮名に改めた。また、読みやすさを考慮して適宜ルビをふった。なお、本文中の［　］および〈　〉内の言葉は編者が補ったものである。

㈣戦後生まれが人口の過半数を占める状況を考慮し、本文の時代背景の理解のために、第一章から第七章の冒頭には戦時下の社会状況・政治施策・戦況などを記した。また、松尾家や学習院などをめぐる人間関係や生活環境あるいは戦時用語の理解のために適宜〈注〉を付けて本文の後に解説をほどこした。

㈤本文の中には今日の国際関係や人権意識に照らせば、不適切と思われる語句・表現も見られるが、当該文章の歴史的性格に鑑み、原文通り掲載した。

戦争はもう二度としないで

平成十四年（二〇〇二）二月、私は、四歳から四十八年という長い時間を過ごした家を解体することになった。平成九年二月五日に父・松尾聰を、平成十二年十月二十四日に母・八《や》洲子《すこ》を喪い、遺産相続の問題が生じたからである。

兄弟が四人いて、遺産を金銭の形に変えなければ、分割のしようがなかった。四兄弟で共同相続をすれば土地・建物もそこで培われた懐かしい思い出もそのまま保存できたかもしれないが、次世代の人たちが負うだろう苦難を考えた。親の財産を売り払うなど不孝の極み・鬼の所業だとは重々承知しているが、そう長くないさきにかならず権利の細分化が起こり、こんどはその権利を集積していくというたいへんな困苦がある。そうしたことを、私たちの世代で未然に防いでおいてやりたかった。それが私にはただしい選択と思えた。

このためには売却の前提として、大正十三年（一九二四）竣工という築七十七年の二階建て鉄筋ブロック住宅を解体して更地にしておかなければならず、そのさらに前に、各部屋に遺された家財の処分が必要になった。四兄弟それぞれが好きなように持ち出し、いくらか残したままその作業を終えた。平成十四年一月二十四日に解体業者の見積もりをとって、そのあと、家のなかで私がそれまでじかに見ていなかった場所を、これが最後だから念のためにひととおり探ってみようと思った。

夕方になりかけて薄暗い二階の角には、母の和室があった。

その室内の一郭にあるかつての床の間には、空き箱などが積み上げられ、そのあいだにこけし人形や花瓶が雑然と置かれていた。空き箱を取り除いていくと、そのいちばん下に朱塗りに松と梅、渓流と鶴の文様を施した手箱があった。

空《から》だろうと思ったが、やや重い。開いてみると、いかにも古そうな書簡の束が入っていた。何かある。大切なものであるような予感があった。ともあれ妻の実家のある横浜に帰るべき予定の時間も迫っている。内容を吟味する暇はなかった。とりあえず宅急便の段ボール箱に詰めて、横浜宅に送ることにした。

家でこれを開いたとき、まさにぞっとした。父母のやりとりが、捨てられずに残っていたとは。まさに戦時下のそのさなかに書かれた文字が、いま私の目の前にあることが信じがたかった。

その書簡が、第一章以下に本文として翻刻したものである。もし残る家財のすべてに自分の目を通しておこうとしないで、そのまま解体業者の手に家を委ねていたら、父母などのこ

松尾八洲子の遺した手箱と書簡

のひそやかなやりとりはだれに知られることもなく永遠に消え去っていた。

手箱のなかにあった封書・葉書の総数は、七十九通。

時期は、太平洋戦争末期の昭和十九年（一九四四）から二十年のものが大半で、昭和二十七年八月までで終わっている。昭和十九年三月に母・八洲子（昭和十九年四月当時、満二十八歳。以下同じ）は現在の茨城県土浦市白鳥《しろとり》町に縁故疎開し、父・聰（三十六歳）は東京都港区北青山二丁目の実家から新宿区下落合の学習院昭和寮へ、さらに昭和二十年七月には山形県山形市蔵王温泉に生徒を引率して教育疎開した。兄・薫（五歳）も、翌昭和二十年四月末から学習院の学童疎開で栃木県日光市へと移った。祖父母の松尾儀一（六十八歳）・てい（六十二歳）は縁故疎開で埼玉県秩父市へ、父の弟・拾《おさむ》（三十一歳）は実家の青山に、外祖父・三浦磐雄（五十六歳）は仕事で朝鮮半島の平壌市平南に、外祖母・しげ（四十八歳）はその子の早苗《よしえ》（二十四歳）・榛名（十四歳）とともに横浜市戸塚区汲沢にいた。四分五裂とはいうが、私の父・母・兄・叔父・祖父母・外祖父母たちは六分七裂していた。

ばらばらになった家族の意思の疎通をはかるため、書簡が交わされはじめる。この書簡の束の大半はこうして作られたものだ。ここには、私の父母に宛てたおのおのの両親（祖父母・外祖父母）などからの書簡も入っている。それは、おそらく母が疎開中の書簡を保存しようと思い立ち、さらに自分が夫・聰に送った書簡と聰のもとに届けられた親戚の書簡を意識的に回収したからだろう。そのときなにをどう考えて手もとに集めておこうとしたのか、いまはもはやその思いを知るよしがない。

書簡の束は昭和二十七年八月十二日付の葉書で終わっているが、それは青山を出発して疎開に出た母が、白鳥や昭和寮での生活を経て、昭和二十七年八月十日にやっと青山宅に戻ってきた直後である。母にとって戦争の終わりは、疎開から生きて帰ってきたと実感できたのは、最後の葉書を手箱に納めたこの日だったのだろう。

ところで、母たちの遺したこの書簡をいま翻刻しようとする理由はなにか。

それはまずこの書簡が疎開の日々のまさにその時に書かれたもので、回顧談とは一味違うところが見受けられるからである。

疎開生活を回顧して書かれたものからも、記述内容の重さは十分に読みとれる。同じく苦しい経験をされたことを確実に記され、厳しい統制のなかで堪えた苦しい生活をいまと対比させつつ適切に話すこともできている。その方がより相手のもっている知識や年齢・時間などを勘案しながらその場に応じてわかりやすく、また聞き手の心に染み入るように語れるであろう。しかし当時のことを話しながらも、聞き手を意識するあまりまたは記憶が混じりあって、当時のままでない話になる危険性も秘めている。

その点、この書簡の記述はそのときそのままの一次史料である。父母の書簡からは、いましも空襲を受けるかもしれない緊迫した状況下で書かれているのに、何かしらおかしかったりまたやりとりに温もりが感じられたりする。相手を決めて書いているので、夫婦の、親子の、姉妹の、それぞれの温かさが率直にやや無遠慮に読み手に伝わってくる。戦時下のいまを生きている人たちが、厳しさだけでなく、おたがいに文句をいいながらも助け合っている心のつながりの温かさを、あちこちに容易に窺える。

とはいえ、もとより父も母もこの生活を楽しめたわけではない。父は三通の遺言書をしたため、みずからの死を現実のものと覚悟し、妻の死をも予感して惨めな思いをした。そこにあらわされた父母・祖父母・疎開先の人たち・疎開者などなどの思い、そしてはてしない生活と生命の不安。この生活の実相と折々の思いを、空襲をうけつつあると想像しながら読みとっていただきたい。

この書簡の束は父母・祖父母など松尾家の姻戚間で作られたものであり、それ自体は松尾家だけの事情に左右されてそれぞれの思いが語られているにすぎない。あきらかに個人的な書簡集である。だが、それだけとしてよいだろうか。書簡を書くことがなかった人たちも、また書簡を書きながらも死没したりすでに書簡をいやな思い出とともに捨ててしまった人たちも、戦時下にいた人たちはそれぞれの個々人の家の事情に多少の差があるとしても、松尾家と同じような辛い思いをしてきたにちがいない。その意味では、松尾家にたまたま遺っただけであり、語られた思いはみな同じだったのではないか。この書簡の内容には、戦時下に生きた人々みんなに通じる普遍性があるとしてよいと思う。

これが戦時下のつい六十数年前の日本で起こっていたことである。干戈を交える戦争はもちろんたがいに血みどろの修羅場だが、戦線の背後にいる日本人に向けられた戦争もあり、また日本人同士が生き抜くための闘いもあった。

それにしても、どうして日本国民にこれだけ悲惨な思いをさせる必要があったのか。

これでも父母は、戦争を担ったとうじの日本国民の一員として、アジア・世界に対する戦争加害者と指弾されるべきだろうか。偽りに満ちた政府広報や大本営発表に欺かれ、自由な表現や発言をたくみに封ぜられ、戦慄と飢餓の日々を強いられた。その父母は、この書簡をみるかぎり、私にはどうしても戦争被害者のように思われる。自国民をそうした状態におとしやる「政府・国家」とは、私たちにとって何なのか。いったいどういう神経の持ち主がそこにいて、どう導くつもりだったのか。おなじ日本人がしていたこととは、とうてい思えない。

この悪夢は、すこしも過ぎし日のできごとなどでない。

二〇〇一年九月十一日の世界貿易センター（WTC）などへの複数の航空機を用いたテロ行為（アメリカ同時多発テロ事件）をきっかけとして、アメリカ合衆国からイラク共和国に戦争がしかけられた。対イラク戦への開戦の決断を促すとき、アメリカ合衆国第四十三代大統領のG・W・ブッシュ（George Walker Bush）は歴代の大統領が呼びかけてきたように、またぞろ「正義のため」「自国の防衛のため」の戦争と発言した。だがいつも戦争は、「正義のため」「自国の防衛のため」としてはじまる。悲惨な生活を強《し》いられて苦しむのは、いつでもそれらの国々に住む民衆である。これだけ繰り返しても、ひとはまだそしていつまでも懲りないのだろうか。

どんなに腐った平和でも、戦争よりはまし。それは最前線でも、銃後の世界でも同じだろう。そういう悲痛な訴えを、この書簡のなかから聞きとるのは難しいことだろうか。

私をふくめて日本人の多くは戦後生まれで、戦争を知らない。血をみないゲームとしての戦争、絵空事《えそらごと》としての戦争映画、他人事《ひとごと》としての映像での戦闘場面などは知っている。だが、戦争の実体験はない。戦争は、戦場で起こされているだけの生命の奪い合いだけではない。戦争している国民の心をどれほどに情けなく、惨めにしてしまうものか。父母はそれを身をもって体験し、その惨めな生きざまを書簡としていま私の手に遺してくれている。これは、戦時下を苦しみ怯えて生きてきた人から、戦争を知らない私たち世代への、貴重な贈り物ではないのか。そして母が手箱に纏めて保存したのは、「戦争はどの国の国民をもしあわせにしない。もう戦争は二度とするな」という思いを伝えたかったのではないか。そう、私は思うのだが。

編者・松尾光識す

第一章　母子の白鳥疎開

昭和十九年（一九四四）三月のある日（三日以降九日以前）、松尾八洲子《やすこ》は三人の子どもを連れて、国鉄常磐線・神立駅《かんだち》に降り立った。あたりには人も家もまばらで、田畑と松林のつづく閑かな道を南東に約二キロメートルほど行って、茨城県新治郡上大津村白鳥《しろとり》の羽成《はなり》家に辿り着いた。これが、疎開の日のはじまりであった。

疎開というのは、主として都市部にいる人たちのうちで戦闘・生産などに携わらない人が、戦争の被害にあわないように都市部を離れて暮らすことである。だがそれは家族の分散居住をもたらし、家族の生死にかかわる安否を日常的に気遣い心配しあうやるせない気持ちを醸《かも》し出させるものであった。

どうしてこのようなことになったのか。それはすべての日本国民を巻き込んだ戦争のためだった。

日本は、昭和六年（一九三一）の満州事変にはじまる十五年戦争の過程で、アメリカ合衆国・イギリス・オランダを敵にまわして戦うこととなった。これが昭和十六年十二月にはじまった太平洋戦争である。一連の戦争を持続させるため、日本政府は物的資源・人的資源の限界まで投入しようとした。すなわち昭和十三年四月には国家総動員法を公布し、軍需品の確保を優先し、国民の生活物資（民需品）の生産をぎりぎりまで切りつめさせた。農村からは米などの物資を強制的に供出させ、国民には数少ない物資を配給制で統御しながら渡すことにした。その一方で、昭和十四年七月には国民徴用令を出し、一般国民も軍需・民需の重要産業に動員し、昭和十九年三月には学徒動員（中学生以上）、八月には学徒勤労令を出して軍需工場などに常時勤務させた。国民にはずいぶんと窮屈な生活となるが、不満の声を封ずるために国民精神総動員運動を唱え、耐乏生活を受け入れるよう求めた。

国内の戦時体制づくりはそれなりに捗《はかど》ったが、国民にほとんど知らされなかったものの、客観的に見れば戦局は絶望的な状態にあった。蔣介石の国民党政府は北京・南京・武漢をつぎつぎ陥落させられたが、奥地の重慶に移って共産党とともに徹底抗戦を貫き、日本に譲歩しなかった。また日本は、付随的にはじめた太平洋戦争のために南洋諸島にまで兵力を割かねばならず、中国戦線はいっそう停頓した。さらに日本はドイツ・イタリアと軍事同盟を結んでいたが、その一角のイタリアは昭和十八年九月に降伏し、昭和十九年六月のアメリカを中心とする連合国軍によるノルマンディー上陸作戦の成功でドイツも一気に劣勢に立たされていた。そうしたなか、日本は昭和十九年四月に中国戦線で最後の大規模作戦となった大陸打通作戦を実施したが、事態は打開できなかった。他方三月にはインド東北部の要地・インパールの攻略作戦を、軍部内の反対意見を抑えて強行したが、補給路も退路も断たれて未曾有の大損害（一説に、日本軍将兵八万六千人中、戦死者三万余、戦傷病死者・餓死者など四万余という）を被ってしまった。

日本政府には打つ手のない閉塞感が漂ったが、アメリカ軍は緒戦こそ真珠湾攻撃で太平洋艦隊に大きな害を被ったものの、豊かな資源と生産能力を動員して戦局を覆しはじめた。アメリカ軍は昭和十七年八月のガダルカナル島上陸作戦から南太平洋の島づたいに北上し、昭和十九年二月にマーシャル諸島、七月にはマリアナ諸島（サイパン島など）を落とした。このマリアナ諸島の陥落で日本は死守するとしてきた「絶対国防圏」を崩され、日本本土はアメリカ軍の空襲に本格的にさらされることとなった。しかもサイパン島からの爆撃機発進にさきだち、本土ははやくも空襲に見舞われた。昭和十九年六月十六日、中国本土のアメリカ軍基地から発進したB29戦略爆撃機が北九州を空爆した。

日本への初空襲は昭和十七年四月東京・名古屋・神戸などになされたが、それは日本軍の戦意を殺《そ》ぐていどの小規模のものだった。日本政府は、本土空襲を防ぐためにミッドウェイ攻略の準備を急ぐことにしたが、かねて「アメリカ軍の進撃は抑えきれず、本土空襲は必至」ともみていた。そこで生産を継続させるために関連施設を移動し、空襲の目標物を取り除きかつ延焼を防げるように建物を破壊し、防空や生産に携われないで足手まといとなるだけの高齢者・女性・学童などを都市部から排除しようと決めていた。昭和十八年十二月に都市疎開実施要綱を定め、その方針に基づいて昭和十九年一月には東京・名古屋に疎開命令を出し、建物疎開すなわち建築物の強制的な取り壊しをはじめた。三月には国民学校学童給食・空き地利用（食糧増産）・疎開促進の三要項を閣議で明らかにし、人についていえば一般都市からの疎開（縁故疎開）をつよく勧告するようになった。

さて、本書の主人公となるのは、父・松尾聰（学習院大学名誉教授。文学博士。源氏物語を中心とした中古文学専攻の研究者）と母・八洲子（旧姓・三浦）である。

結婚生活は、日中戦争のなかほど、盧溝橋事件が起きた昭和十二年にはじまった。

父は東京帝国大学大学院（国文学専攻）修了後に法政大学予科専任講師をへて学習院専任講師となり、日本女子大学校文学部国文科を卒業したばかりの三浦八洲子と見合い結婚した。昭和十二年十月三日、飯田橋の東京大神宮で挙式した。そのとき、父は満三十歳、母は二十一歳であった。

松尾家は東京市赤坂区青山北町四丁目、いまの東京都港区北青山二丁目にあった。家族は夫のほか、舅姑の松尾儀一・てい、姑の母・木村みね、義弟で未婚の拾《おさむ》が同居していて、二十九歳の住み込みのお手伝いの女性がいた。松尾家（ほんらいは木村家）の所有地は広く、本宅近辺のほか千駄ヶ谷・信濃町・四谷などに家作を持っていた。儀一は山口県徳山市生まれで、子どものころ大阪に奉公に出された。父親が零落したため一家をあげて北海道滝川市に渡ったが、単身で上京して東京市経理課長まで務め、妻の実家である木村家に婿入りした。その後大正九年（一九二〇）十一月に発覚した明治神宮参道工事に伴ういわゆる砂利喰い事件の監督責任を問われ、四十五歳で官界から隠退した人物である。

一方、母の実家は神奈川県横浜市戸塚区汲沢（かつては光風台といった）にあり、父・三浦磐雄、母・しげ、妹に早苗（舘林）と榛名（森本）がいた。

父は子どもは一ダースほしいといっていたが、母は昭和十三年九月に長男・薫《かおる》、昭和十五年十二月に次男・瞭《あきら》、昭和十七年十二月に三男・檀《まゆみ》とあいついで男子を出産。父の願い通りに、家族はまたたくうちに増えた。その一方で、木村みねは昭和十七年二月に死亡した。

結婚後の母の悩みはお決まりの舅姑問題で、若隠居で在宅しているためにこまかいところまで口うるさく指図する舅、お手伝いとともに冷たい視線を送ってくる姑とのいざこざだった。といっても母がいつも堪えるほかなく、実家のしげはそのたびに青山まで呼び出されて小言をいわれたという。

さて本土空襲の危機を前にして、ともかくいそいで疎開先を決めることとなった。

五歳の薫、三歳の瞭、一歳の檀と自分は、どこに疎開すべきか。母は、実母と妹の榛名が暮らしている横浜・戸塚の実家への寄宿をまっさきに思い浮かべ、そこへの疎開を切望した。

盤雄は朝鮮半島北部、平壌郊外の朝鮮製鉄平南工場に勤めていて不在だったが、やさしい母がかならず受け入れてくれるものと信じていた。しかしその願いは、意外にも拒絶された。そのかわりにしげが手配したのが、茨城県新治郡上大津村白鳥三八〇（土浦市白鳥町）の羽成隼雄《はやお》（三十七歳）宅である。そこはしげの母・斎藤ふさ（七十五歳）の実家で、いままさにその家の前に立っていたのだった。

その日から六十年の歳月がすぎ、平成十五年（二〇〇三）三月十七日、私もその羽成家の門の前に立った。

土浦市白鳥町の羽成家正門（上）と住居（下）
八洲子母子が疎開中に暮らした離れは下の写真の右側建物の場所にあった。

母の暮らしていた離れはすでになかったが、潜《くぐ》ったであろう門は当時のそのままだった。「母がいちばんはじめに見たものを、いま眼の前にしている」という熱い思いが、胸のなかにふつふつとわいてくるのを感じた。

本章には昭和十九年二月十七日から五月二十六日付までの書簡、十二通を収めた。書簡の束には、疎開の受け入れを拒むしげの葉書があり、不満を抱えながらやむをえず赴いた疎開先で母が記した人の往き来や食糧調達をめぐる近況報告がある。そして磐雄やしげが、白鳥での疎開生活を納得させようとさまざまな人生訓などを駆使して説得し勇気づける手紙などが続いている。

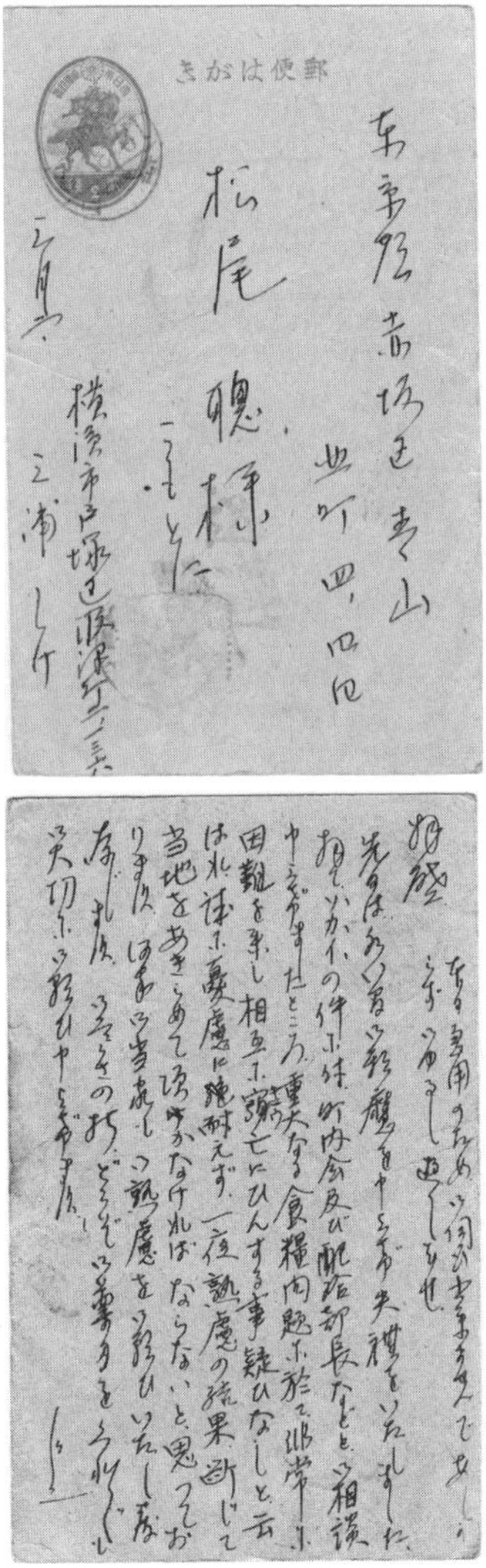

松尾聰宛てに疎開の受け入れ拒否を伝える三浦しげの葉書（第二信参照）

第一信　何かと不自由もありと案じ居り候

☆赤坂区青山北町四の四四　松尾聰様・八洲子殿　平信

★朝鮮平安南道江西郡城巌面大安里　朝鮮製鉄株式会社平南工場鉄道建設事務所　三浦磐雄

謹啓　其後とも如何《いかが》御起居被遊候《あそばされそうろう》や。最近戸塚よりの報によれば、聰様ひょうそう「瘭疽」と風邪とにて一週間程学校の方欠席なされた由、最早《もはや》御全快の事とは存《ぞんじ》候えども、何とぞ御大切に被遊度《あそばされたく》御願申上候。戸塚の方二人ぎりとなり、嘸《さぞ》かし何かと不自由もあり物資等も其配給非常に減じ困却致《いたし》居《お》ることとは存じ候えども、別段何とも申来らず。時たま御来駕の節如何感ぜられ候や御聞かせ被下度《くだされたし》と存じ、何ら遠方に居て何も分らず、或は私に遠慮（心配せしめざるよう）致居る事などありはせぬやと案じ居候。何とぞ御留守中の事、よろしく御願申上候。さて次に萬葉集御編纂の事①並大抵にてはなく、嘸かし御多忙の御事と存候。当方は人里離れたる大同江岸。書籍なども平壌迄出でざれば手にも入れられず。たまたま出でても、気に入りたるものも見当たらず候。御編纂の萬葉集御出版出来候わば、御送付に願わしく待ちわび居候。次に、或は御迷惑かとも存候えども、同室勤務の者より掛物《かけもの》を示され「『山下大将閣下②のものなり』とて貰いたるが本物でしょうか」とのこと。歌は、

阿支は那ほ　ゆふまくれこそ　たゝならね

を支〔荻〕のうは風　はき〔萩〕のした露③
と書きありて、「遊景書」と落款《らっかん》し、白印④朱印ならで又冠冒⑤の印もなく、二個押捺せられ（朱印のみ）その型は、

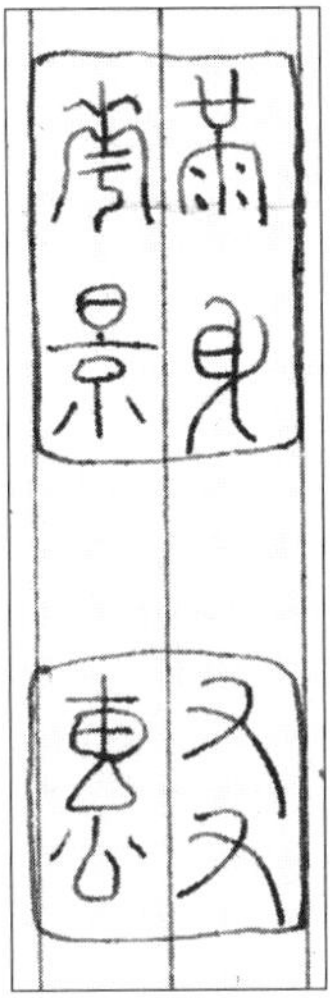

下は友恵なりと存じ候えども
上の方全く分らず候

この印は、山下大将閣下のものなるや。然し「書」としてある所より察するに、或は山下大将閣下の歌を「友恵」と云う人が書きたるものなるやとも存ぜられ候。閣下の雅号は何と申され候や。先は、或は御分りになる方法もあらんかとも存じ候間《そうろうあいだ》、誰方に御尋ね下され度願上候。

右御面倒ながら、御ひまのとき御調べ願上度と存じ候。八洲子は丈夫の由、安心致居候。三人の男の子を抱えながら、忙しく暮し居ることと存候。其後の物資配給など、東京は如何に候や。当方は寮に居ること丶て、其方面のことは全く盲目と相成候《あいなりそうろう》。口に合わねど、三食の心配は全くなく候。不自由さは洗濯ものなどに暇とらさること、内々実は閉口致居候。薫殿、瞭殿、檀殿追て御成人のことと存候。何とぞ呉々も御大事に被遊度候。順序違い候が、御両親様及拾《おさむ》殿は御変りも御座なく候や。何卒よろしく御伝え被下度候。何しろ日々忙し

く相暮し居候事とてろくろく御たよりも致さず、失礼申上居候。呉々も皆々様御身体御大切に被遊度、御健勝を之《これ》祈上候。先は、右とりとめもなく一書如《かくのごとく》此御座候。敬具

磐雄

聴　様

八洲子殿

尚、御序《おついで》の節、院長閣下⑥へもよろしく御伝え被下度候

（昭和十九年二月十七日消印。朝鮮製鉄原稿箋・白の二重封筒に青インクで記載）

注①松尾聴編『全譯萬葉集』（開発社刊・全五巻）の出版計画のこと。松尾と岸上慎二・三条西公正・鈴木知太郎・高橋常信・手島靖生ら十人が分担執筆。じっさいには、第二巻までは昭和十八年十月までに刊行し、第三巻はこの書簡の八ヶ月後の刊行。ただし四巻目以降（巻十二以降）についてでは紙の配分がなく、発刊されなかった。

②山下奉文《ともゆき》陸軍大将のこと。一八八五〜一九四六年。昭和十六年に第二十五軍司令官としてシンガポール攻略戦を指揮し、第一方面（満州）軍司令官を経て、昭和十九年より第十四方面軍司令官としてフィリピン防衛にあたる。マレーの虎との異名をとった。軍事裁判を受けて、昭和二十一年二月マニラで刑死。

③三浦磐雄は、この掛軸を山下奉文が詠んで遊景という雅号で自書したか、または奉文の歌を遊

景（友恵）という雅号を持つ人が書したものと推測した。しかしこの歌は右近少将・藤原義孝の作である。もともと『義孝集』にあり、のち『和漢朗詠集』巻上・秋の「秋興」に採られた。「秋のあわれはいつとは区別できないが、やはり夕ぐれこそただならず身にしみる、荻の上葉に吹く風の音、萩の下枝におく露の珠など、もののあわれはこれらにきわまる」（日本古典文学大系本の訳）という意味。義孝は平安中期の貴族で、伊尹（一条摂政）の四男。三蹟とよばれた行成の父。疱瘡のため、天延二年（九七四）二十一歳の若さで死没。この歌は、下の句の対句表現が優れているとして好まれ、『栄華物語』（とりべ野）・『平家物語』（藤戸）などにも用いられている。したがって磐雄の臆測は不当。遊景（友恵）が奉文の雅号かという推測については、不詳。「奉文が持っていたという所伝がある」というていどの話だったのだろうが、詳細は不明。

④白印とは、文字の部分を彫った印鑑で捺されたもので、文字が白く出た印影。白文ともいう。

⑤作品の風雅を高めるために、その作品の右上に捺された印影。引首印などともいう。

⑥学習院院長のこと。当時の院長は山梨勝之進で、海軍大将。一八七七〜一九六七年。海軍艦政本部長・海軍次官・軍事参議官を歴任。ロンドン海軍軍縮条約の調印に努力したことから、昭和八年三月、艦隊派から忌避されて予備役に編入された。第十七代学習院長となり、昭和十四年十月から昭和二十一年十月まで、戦時下の苦渋にみちた時代の学習院教育を導いた。

第二信　疎開の件、お断り申し上げます

☆東京都赤坂区青山北町四ノ四四　松尾聰様　御もとに
★三月二日　横浜市戸塚区汲沢二一三六　三浦しけ

拝啓　本日急用のため御伺い出来ませんで、あしからず御ゆるし遊ばせ。先日は永い間御邪魔を申し上げ失礼をいたしました。扨《さ》てソカイの件に付、町内会①及び配給部長などと御相談申し上げましたところ、重大なる食糧問題に於て非常に困難を来し、相互に窮亡にひんすること疑いなしと云われ、誠に憂慮に耐えず、一夜熟慮の結果、断じて当地をあきらめて頂かなければならないと思っております。②何卒《なにとぞ》御当家も御熟慮を御願いいたし度存じます。御寒さの折、どうぞ御尊身をくれぐれも御大切に御願い申し上げます。　かしこ

（昭和十九年三月二日消印。官製葉書に青インクで記載）

注①昭和十五年内務省令第十七号により、村落には部落会、市街地には町内会を組織することが指示された。会長は地元の事情・慣行にしたがって地元で選ぶとされている。この下に十戸内外の戸数によりなる隣保班が組織され、部落会・町内会の実行組織と位置づけられた。昭和十七年八月十四日の閣議決定に基づき、大政翼賛会の指導を徹底するために、各部落会・町内会に

は大政翼賛会の世話役、隣保班には世話人が付けられていた。
②外祖母・三浦しげはこのとき松尾の母子の受け入れを拒んだが、昭和十九年十一月に荻窪駅北西方の四面道にアメリカ軍の爆弾が投下され、その空襲に恐れをなした舘林早苗・宣夫夫妻とその子・瑞枝は、杉並区天沼三丁目十八番地（東京衛生病院の北）の居宅から戸塚へと疎開した。これを聞いた母は「羨ましく思った」と、編者に述懐している。第八信によると、しげには別の配慮もあったことが記されている。

第三信　白鳥ならば何も心配なし

☆東京都赤坂区青山北町四丁目四四　松尾聰様
★三月二十二日　茨城県新治郡石岡町一七四四　野村てる

拝復
御手紙拝見仕《つかまつり》候《そうろう》。

御両親様御はじめ皆々様御健勝にていらせられ何よりと御よろこび申上候。

時局切迫の情勢下、御疎散亦御急ぎにならるゝ事にて、御在京の方々の御胸中察し上申候。

白鳥の方へ手続きおすみにて、一先《ひとまず》その方へ御越しのよし、結構と存上候。当地は許可地か否かは存じ申さず候え共、①（東京よりは人口疎故か）疎開は受入れ居り候え共、危険率から申せば土浦も同様にて、グライダーも百里航空隊②も近く友部［現在の茨城県笠間市南友部］と霞浦と四方よりかこまれ中心地になり居り、或は空中戦場になりはせぬや（ママ）と申す人も候。白鳥ならば何も心配なしと存られ候。御祖父母上様は何《いず》れに御疎開にて候や。幼き人々のため八洲子御同行申上候事、最よろしきかと存上げ申し居り候。何れ拝顔の期も御座候べく、余寒厳しく候折から皆々様御自愛祈上申候。　かしこ

三月二十二日　　野村てる

松尾様　侍史

（昭和十九年三月二十三日消印。象牙色の便箋・白の二重封筒に墨書き）

注①疎開地とするには届出に基づく許可が必要で、これがなければ配給なども受けられなかった。疎開は都市防衛で足手まといとなる婦女子・老人を避難させるもので、青壮年・勤労動員の対象者などは許可されない。当初は京浜・阪神・名古屋・北九州の重要都市から中小都市などへ疎開することだったが、のちには中小都市からの疎開もはじまる。

②東茨城郡小川町の東部に、昭和十二年筑波海軍航空隊百里原分遣隊が設置され、太平洋戦争の開始とともに百里原海軍航空隊と改称した。

第四信　冬のことを思うととても心配で

☆東京都赤坂区青山北町四ノ四四　松尾聰様

★茨城県新治郡上大津村白鳥　羽成方　松尾八洲子

今丁度九時を廻ったところ、無事に御帰りでしたか。あまり慌ただしい御発《おたち》でしたのであれもこれもと考えていましたのに、何も持たせて上げられなくて残念でした。薫もじゃがさん［馬鈴薯］を忘れたと後を追ってみたのですが、もう姿も小さく、とても駄目なのであきらめました。炊事も不便なので材料をいろいろに使う事も出来ず、特別おいしいものも召上がって頂けず、又あの淋しい一本道①を行かれるのだと思うと、とても御帰しするのがいやでした。夜になって考えるととてもあそこはこわくて、一人でなど歩けたものではありません。来て下さるのにもう少し便利なところだとよいのですが。

それにつけても戸塚や土浦に居られたらと思わないでは居られません。御帰りの後はボンヤリして夕食も六時になり、部屋など少々片付けて日記をつけ、三児のいびきを聞きながらペンをとっています。薫はあと五つねんねしたらと指折り数え、「今晩寝るともう四つね」といって床につきました。瞭はしきりに東京を恋しがって、先刻も大分駄々をこねました。お父ちゃまは何も楽しみがないのにいらっしゃるのでしょうか。本当にそうだったらこんな淋しい事はありません。日中はまだ何かに気が紛れる事もありますが、夜は物音一つ聞こえず、心細い事この上ありません。あなたもきっと不自由な淋しい毎日を送っていらっしゃるのではないでしょうか。だからこそ御忙しいのに遠い道をはるばる子供達の顔をみに来て下さるのではないかしら。きっとそうだと思いますよ。あなたのお顔をみるともうすっかり安心して我がまゝになり、つい不作法な口をきいたりして悪い私ですけれど、心の中ではいつもいつも有りがたく思っているのです。

戸塚にも土浦にも行かれないで、こうして白鳥に生活するようになったのも、きっと何かの廻りあわせでしょうね。来た当座は途方にくれて、全く戸塚の母上の事を恨んだりしましたが、やはり相手になってみれば、ああいう風にする以外仕方がなかったのだなと、やっと考える余裕が出て来ました。でもこうした生活がいつまでつづく事でしょう。冬の事を思うととても心配でたまりませんが、それまでに事が解決してくれるのでもなさそうですし、やはり何事も神に任せて置くより方法がありませんね。一日も早く私達五人の楽しい生活が出来るようになりたいものです。

私のこれからの毎日は三児を教育する事、否むしろ三児に教えられる事かもしれません。

今日も今日とておさつの苗を作るので、信夫小父《おじ》［疎開先の羽成家当主・隼雄の父。当時六十歳］とよし乃［本名いし。よし乃は俗称。隼雄の妻。当時三十五歳］さんが働いているところで散々いたずらをし、とめてもとめてもやめてはくれず、おまけに一番大きいのを二つ私のところへ抱えて来て「もらった」というので御礼を述べて澄ましていたところ、夜になってそれは子供がほしいといって一番よいのを持ち出した事がわかり、詫びに出るやら何かしてとても困りました。こんな事ではうっかり私たちに何もみせられない事になりますね。現に「その種芋の残りを少しでも譲って下さい」と頼んでも、「家では皆供出②に取られ、種にするのもやっとだから」と断わられてしまいました。小さい事にも気をつかい気兼ねしいしい三児をたしなめて行くのはなかなか骨です。叺《かます》に三つもあるのですから少し位もらえない事もなかろうと思う方も悪いのでしょう。とにかく腕白坊主を指導するのは大変な事だなと毎日自分の力弱さを歎じています。日々これ修養の生活と思って行くより仕方ありませんね。

一枚書いたら瞭が動き出しました。おしっこでしょう。火種も尽きて冷え冷えとして来ました。風邪気なので蒲団の中に入る事にします。

毎日忙しいのですから、あなたもどうぞ御からだをくれぐれも大事にして下さい。頼るのはあなただけなのですから、本当に気をつけてね。工合が悪いようでしたら無理に重いものなど運んだりなさらないように。戸塚へもどうしても行かなくてはならないわけでもなし、無理をなさらないようにね。

当分貴方以外に手紙を書かないつもりです。それも封書にしましょう。

山芋は洗って三分位にブツ切りにして甘辛く煮付けてもおいしくいただけます。煮付ける時はお水を少々にお醤油とお砂糖を程よく（少し濃い目）入れ、炒りつけるような気持ちでしませんと、すぐ崩れてしまいます。玉子［卵。鶏卵］も陽気が暖かになりますと傷みますから、惜しがらずに玉子炒りなり玉子やきにして召し上がれ。

　玉子炒りを焦げつかせないこつは、水を五六滴たらすこと。味付けはお塩とお砂糖。又はおしょうゆとお砂糖。玉子焼きの方も味をととのえて熱く焼けた鉄鍋を用意し（玉子二つ分が一人前）、下がわが焦げつかぬようにたっぷり油を引いて置いて、一度に玉子を入れ、少し固まって来たら半月に折返し、引っくり返してフタをし、弱火で少々蒸らすとうまく出来ます。茶碗むしは玉子を一つよくほぐし、茶碗むしの器（フタ付）に一杯半位（一合五勺位）のぬるいダシ汁（醤油・塩・砂糖・酒・かつおぶし）で薄めてよくかき廻し、御飯むしで蒸かし、お箸を通して中から濁った水の出ないようになれば出来上がりです。

　お魚など五人分[3]でも何でも召し上がって下さい。こちらの事は御心配なく。何とかなって行くと思いますから。ただ一週間に百何十円とんだのには驚いてしまいます。[4]この点からいっても長つづきは出来ないと思います。先づ当分薬と思って何でも食べる事にしていますが、全く金をかむような思いがします。十時半近くになりました。明日の御用意が出来てそろそろお休みでしょうか。又折をみてお便りしたためます。ではごきげんよう。朝鮮のお父様［八洲子の父・三浦磐雄］にも御葉書なりと差し上げて置いて下さい。何れ私も出す事にします。

　インキがないので鉛筆で書きました。力がいってずいぶんくたびれるものですね。又中指にタコが出来そうです。汽車の音を遠くききながら貴方の御無事を祈り、眠る事にします。では又。

四月十日夜十時半　八洲子

聰様

十一日朝、里芋十貫匁［三七・五キログラム］手に入りました。値段は不明。

（七銭分の切手貼付[5]。昭和十九年四月十一日消印、文一・文二古典要説〈国文学史〉昭和十八年十二月／松尾の試験用紙裏面に、鉛筆で記載。白封筒に青インク書き）

注①白鳥から常磐線神立駅まで続く、西北方向の直線道。約二キロメートル。白鳥から上野駅までは、約三時間かかった。昭和二十年三月十一日の例では、午前六時に青山宅を出て白鳥に着いたのは十一時半だった。

②法律に基づき、政府に半強制的に一定の価格で売り渡すこと。民間の物資、主要食糧農産物が対象となった。

③母子の配給分が、まだ青山で支給されていたのであろう。

④当時の聰の年俸は、昭和十九年三月二十日の昇給で一八二〇円。月額で一五一円。

⑤昭和十九年四月一日、封書は七銭に値上げされた。

第五信　東京は大変ですね

☆東京都赤坂区青山北町四ノ四四　松尾聰様　親展
★昭和十九年五月二日　朝鮮平安南道江西郡城巌面大安里　朝鮮製鉄株式会社
平南工場鉄道建設事務所　三浦磐雄

磐雄

聰様　侍史

久しく御無沙汰致して居ります内に春も来まして、燕も飛んで参りましたし、それに当方は桜も桃もぼけ［木瓜］もすもも［李］もあんず［杏］もすみれ［菫］・れんぎょう［連翹］等々一時に咲き揃い、柳も何日の間にかまっさおになりました。

聞きますところでは東京都（とは限りますまいが）は大変ですね。疎開々々で苦労されてますようですが、八洲子と三人の孫は白鳥へ引移られたとのこと。馴れない生活への苦労は並大抵でないと御察し致します。其後の様子は如何ですか。八洲子にも暇を見て一度手紙を出すように云って下さい。それにしても御両親様達は如何なされましたか。疎開はなさらないのですか。御元気で居らせられますか。何卒よろしく御伝え願います。

当工場[①]は軍管理法[②]の施行は受けずに居ます（朝鮮にはある事情のためにこの法律の施行は未だ出来ないとのことです）。その代り、責任生産制要項というものが施行されて、重負を課せられて居ます。又仄聞《そくぶん》するところでは、近く徴用令③が当社にも適用されることになるとのことです。この令が適用されると、二ヶ年間はやめることも出来なくなるのではないかと思われます。これもお国の為とあればやむをえないことと存じます。

何はともあれ身体を健康に保ってることと存じます。皆さんも是非とも御達者で居て下さいませ。そのうちには帰国も叶いましょう。毎日朝夕御地の方に向い只管《ひたすら》御健祥を祈って居ります。呉々も御身御大切になされ度、御両親様はじめ皆様へこの点よろしく御伝え願います。では又おたより致しましょう。

尚　子供の七八才位用の夏服が一着買ってありますが、何分新品は内地へ送ることが出来ないので、苦辛［苦心］して居ます。何とかして御届けしたいと思って居ますが……。

私は元気で胃の方もあまり悪くなく、毎日毎日休日（祭日も）返上、勤務と云うことで張切って居ますから、御安心願います。

（昭和十九年五月二日消印。書簡。縦書き便箋・茶の二重封筒に青インクで記載）

注①三浦磐雄は朝鮮における日本の国策会社である東洋拓殖株式会社に勤務しており、そこから朝鮮平安南道江西郡城巌面大安里にある朝鮮製鉄株式会社平南工場鉄道建設事務所に出向していた。

②国家総動員法に基づく勅令の一つである軍需会社法のことか。昭和十八年十二月に日本国内に

施行され、民間企業を軍需会社に指定して、当該企業の生産・労務管理・資金調整・経理などのいっさいの運営に関与し、軍需品の増産を促した。生産担当者に命令権を与え、従業員には罰則規定をともなう法律的な服従義務を負わさせている。

③国家総動員法に基づく勅令の一つである国民徴用令のこと。昭和十八年七月に改正され、それまで十六歳以上四十五歳未満の男子と十六歳以上二十五歳未満の女子を軍の作業庁や政府の管理工場・指定工場に徴用できるとしていたのを、十二歳以上六十歳未満の男子と十二歳以上四十歳未満の女子と範囲を広げた。

第六信　蚤が出た

☆東京都赤坂区青山北町四丁目四十四　松尾聰様
★茨城県新治郡上大津村白鳥　羽成信夫氏方　松尾八洲子

その後の病状、如何ですか。筍《たけのこ》など召上がって障りはありませんでしたか。案じて居ります。昨日は又三児をつれて山歩きをしました。いつか土筆《つくし》をとった土手を上がって、向うにみえる松林の中です。すがすがしい松の香!! 皆で一しょに来ればよかったのにと、薫がお父ちゃまのお葉書にあった「散歩しましょう云々」をしきりに申します。昨日救命丸①が届きました。早速のませています。二日ばかり出なかった蚤《のみ》が、昨夜一匹出ました。今年の夏が思いやられますね。蚤取り粉、手に入りましたら買っておいて下さい。それから又厄介《やっかい》でお気の毒ですが、宗安湯《そうあんとう》②が買えたらおねがいします。おゆうおば様［隼雄の母。信夫の妻］に上げてとてもよろこばれました。信夫おじ様もタンもちだからほしいとの仰せです。又行李の中にある裁縫教科書三冊、持って来ていただきたいのです。近所の人が、裁ち方など色々たずねに来たりしますので……。胡瓜は大分皮がかたくなりました様子。田圃の芹ももうこわくて、おいしくなくなりました。これから秋までは野にも山にもとるものがなくて一寸つまりません。又お天気がくずれて来ました。おいでになる時には、よいお天気にしたいものです。お父様方、お元気ですか。あまり暑くならぬ中に、一度お出をお待ちして居ます。大掃除の疲れがぬけず、毎晩身体がしびれて困ります。（十日朝）

（昭和十九年五月十日消印。官製葉書。立憲政友会時局大演説会開催の案内葉書の行間に記載。次頁の写真参照）

注①宇津救命丸のこと。
②痰咳などに効く漢方薬。

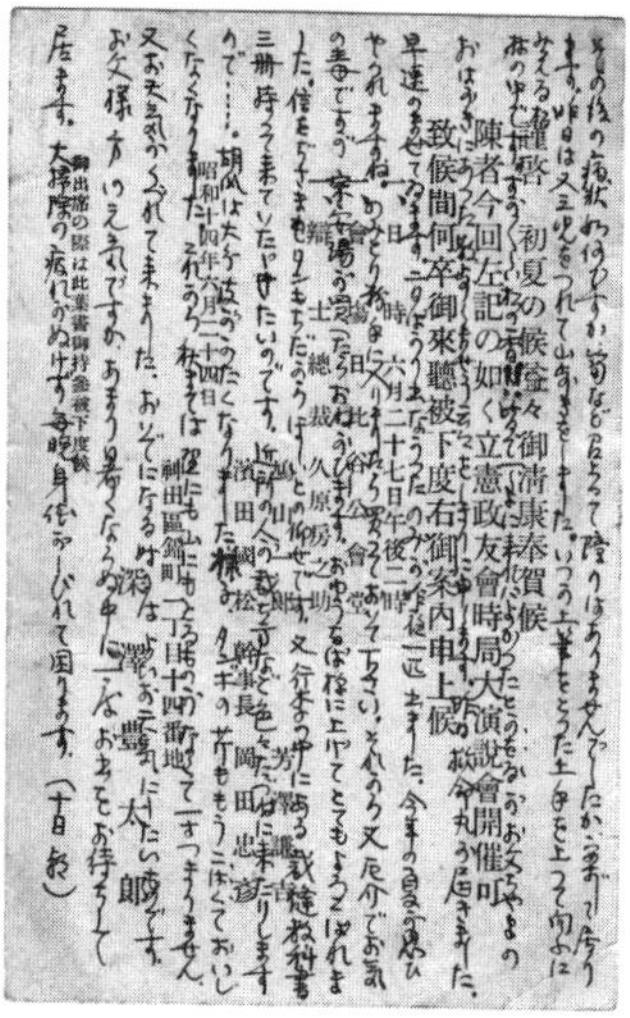
謹啓　初夏の候益々御清康奉賀候
陳者今回左記の如く立憲政友會時局大演説會開催致候間何卒御來聽被下度右御案内申上候

第6信が書かれた立憲政友会時局大演説会開催の案内葉書

第七信　あきらめられぬとあきらめた

☆茨城県新治郡上大津村白鳥　羽成信夫様方　松尾八洲子殿　親展

★昭和十九年五月十三日認む　朝鮮平安南道江西郡城巌面大安里

朝鮮製鉄株式会社平南工場鉄道建設事務所　三浦磐雄

五月五日附の精《くわ》しいおたより拝見しました。内地の気候は一月おくれて居たようでしたが、こちらは始めてで分りませんが、一月位早く大同江①の氷も解けたようです。五月八日前後に一時にさくら［桜］も、もも［桃］も、れんぎょう［連翹］も、すもも［李］、かいどう［海棠］、にわざくら［庭桜］、ゆすらうめ［英桃］……たんぽぽ［蒲公英］、すみれ［菫］、その他一時に咲き、内も外も花だらけ。柳も楢も唐松もまたたく間に緑と化し、春らしかったのでしたが、今日あたりは初夏のけしきに変わって居ます。何でもうっかりして居るとセル②や袷《あわせ》③を着るのを忘れるそうです。

それはさておき、三月以来のそなたの心づかい、苦労、洵《まこと》に御気の毒に思います。家康家訓の第一言、重荷を負う④のが世の中でしょう。苦労するのが世間であって見れば、この苦労を楽しむより外に生きる道はないと思います。ほんとにこの世ほど苦しみの多いものはない、と思います。一難去って一難来る決戦態勢の今年は、尚更に、物は段々と減る許《ばか》り。「いづくも同じ秋の夕ぐれ⑤」。特に大同江岸に水田、畑、山地を開いて鉄道の駅より二里半余［約十キロメートル］の僻地の工場地。何ものもなく、朝鮮婦人が頭にのせて巡査の目を盗んで売りに来る闇りんご一ヶ二十五銭から三十銭、さつまいも百匁［三七五グラム］九十銭から一円なのです⑥。たまたま宴会をやって鶏を買わせれば、五羽で二百七十円（一羽五十四円）、卵二十個十円（一ヶ五十銭）と云った風⑦。「洵にあきれ申し居候」と云うより外なく、でも羽が生えて飛んでゆくのです。洋傘はなし、下駄も見当たらず……いやはや……どこまでつゝくぬかるみぞ⑧……ですね。

でもお蔭様で家庭的に不自由は数限りありませんが、朝夕の喰物《くいもの》などに何等云うこともなく、ただ与えられるままに何でもその喰物に全力を挙げて善処するつもりで居れば、其の方の苦労丈《だけ》はありません。自分で火を起さなければ、御茶一杯飲めません。一ヶのお菓子もありません。そんな配給は、ちっともないのです。お酒丈は一ヶ月一升位ありますが、私は少しも呑まぬことにして、みんな他人へ。その切符、時には現品をやって終《しま》います。それにこんな私ですから、金は要らぬ筈ですが、いずれは自らの身に返るのでしょうが、弾丸切手⑨、国債、その他の数種債券の買入、それに寄附金、宴会費、慶弔の贈答費等、これもいやはや……。これはいやな方面許りをかきましたが、よい方面は、一人っきりですからよそからのお客はなし（もてなすことも出来ず）、空気はよし、規則だった生活ですから、からだは丈夫になります。時々部下のものから卵も呉れる、林檎《りんご》も呉れる、白米も呉れる、いもも。（又ジャムやシロップの特々配給も受けられる）コンスターチ〔玉蜀黍から作った澱粉〕や水飴、サラダ油などもらいます。だがこれを送ることが全く出来ない。郵便局で禁じて居る品物許りで、いつか帰ることが出来たら持ってゆこうと溜めてありますが……。薫ちゃんへと思って七才用の夏服（カーキ色ですが）が買ってありますが、纎維品は全体的にとめられて居るので、送れません。私も何とかしてと思って居ます。いずれは御手に入れましょう。

　八洲子殿、あらためて父さんからお願いがあるのです。「その日その日に善処してゆきますことを」。過去を省みないようにとは云いません。また愚痴を云いなさるなとも云いませんが、省みるのはよいとして、その過去のことを愚痴ったりその過去のことを現在に及ばして他人様《ひとさま》にあたって見ても何の甲斐もないことです。つまらぬことです。すべては時が、よかれあしかれ解決又は解決しかかっていることなのです。そんなものにかかわって居ては、現在に善処する暇がありません。尚又将来のことに気を揉むのも不益のことでしょう……。

自己主義・個人主義は唾棄《だき》すべきですが、自分を護《まも》るためのことなら、他人に迷惑をかけぬ程度で大いに活用すべきだと思う。他人には迷惑をかけることは云わずもがなです。背に腹はかえられぬと云って他人に迷惑をかける人もありますが、これは反省する必要があると思う。私もこうやって戸塚を遠く離れて、所謂異況［境］に暮して居ます。このことはたといお国のためとは申しながら、戸塚の方で近所の人たちにずいぶん迷惑をかけてるだろうと思います。早く帰りたいのです。私が帰ればあれもこれもと思うことが、沢山あります。然しこちらへ来て見ればすぐには帰れず、それに近く○○○[10]が適用されますようです。そうしたら応召[11]と同じで、ある期間年限迄は帰ることが出来ません。これも仕方がありません。まア場合によっては出張もできましょうが、内地への出張はとても許されない。よっぽど重要な社用がない限り駄目だと思います。

然し考えれば考えるほど、八洲子さんの云わるる通り、「時です」。時が解決して呉れます。その「時」を待ち、その「時」を楽しむより外に何物もないと思います。その「時」を想像して、その「時」の来るのを一所懸命祈りましょう。何物も何事も我慢しましょう。私も我慢します。どうか八洲子さんも我慢して下さい。具体的ないろんなことが、過去にもありましたでしょう。現在もあるでしょう。又未来にも来るでしょう。然し現実に善処して、与えられる苦を「時」をもって解決することにしましょう。時が来れば薫ちゃんも瞭ちゃんも檀ちゃんも大きく成人して、楽しい事があります。楽しいことになります。楽しいことのあるように現実に善処して行けば、必ず時と共にその楽しい時が来ます。

こんなことは八洲子さんの頭でよく分って居ることです。喋《はな》しを要しないことなのです。

俗な唄に（どどいつですが）

〽あきらめましたよ　どうあきらめた
　あきらめられぬと　あきらめた

と云うのがあります。⑫

その時々の現在に、悪いことは決して考えますまい。またしますまいね。よく前後を考え省みて、決してどんなことでも我慢することです。よく云います、「自分の体でさえ自分の自由には動いて呉れません」と。私が八洲子さんに会う日の来る時を、待って居て下さい。人には夫々《それぞれ》その人、立場立場で理由があります。盗人《ぬすっと》にも三分の理屈があります。到底他人は自由になりません。こちらで思うようには、動いて呉れません。云わば自分丈が自分に忠実であって、自分以外の者はみな自分の意志とは違います。

自分の体は自分のものでもなく、又他人のものでもない。言いかえれば自分のものであって、他人のものです。天上天下唯我独尊⑬で、天上天下唯我独卑なのです。決してどちらでもりません。鏡は表と裏とがあって鏡なのです。真理も理想も実相もその両方の間、両面の間に在るのですから、そのことをよく分ってもらえば、私の云う現在に善処すると云うことがよく分る筈です。一つの害《おか》されない信念を有《も》ちましょう。真理を摑みましょう。そうすれば腹も立てずに済む。他人様に迷惑をかけずにすむ。苦しまないですみます。分りましたか。ではおからだを御大切に。おからだの丈夫なのが何よりです。世の中に生きる道、これ一つなのです。体さえ丈夫なら愉快です。我慢も出来ます。楽しい時の来るのを待つことが出来ます。

まア道学者⑭見たようなことをならべましたが、よく味わって下さい。では又おたより致します。

白鳥へも手紙を出しますが、八洲子さんからもよろしく云って下さい。

五月十三日

八洲子さんの父より

八洲子さんへ

（昭和十九年五月十三日消印。朝鮮製鉄便箋・白封筒に青インクで記載）

注①テトン川。朝鮮民主主義人民共和国の北西部を流れて黄海に注ぐ朝鮮第五の大河で、全長四三一キロメートル。中流に首都の平壌がある。南浦にいたる鉄道を平南線というので、平南工場はこの沿線の町にあるか。

②ただしくはセルジ。薄地の毛織物で、梳毛糸を平織・綾織・斜子織などにした。綿・絹を使った交ぜ織りなどもある。和服の着尺地などに多く用いられた。

③裏地の付いている衣服。

④慶長八年（一六〇三）一月十五日付の徳川家康の遺訓といわれる詞で、「人の一生は重荷を負うて遠き道を行くがごとし。いそぐべからず。不自由を常と思えば不足なし。こころに望みおこらば困窮したる時を思い出すべし」ではじまる。もとは、水戸藩主の徳川光圀の作らしい。

⑤『後拾遺集』にある良暹法師の歌で、「さびしさにやどをたちいでてながむれば　いづくもおなじあきのゆふぐれ」（三三三）。

⑥日本政府の公定価格は四銭。前年末の闇値が四十銭。

⑦日本政府の公定価格は一個十銭。前年末の闇値が三十銭。永井荷風『断腸亭日乗（下）』（ワイド版岩波文庫）によると、四月十一日の東京では「鶏卵一個　金七拾銭也」とある。

⑧「討匪行」の一部。作詞は関東軍／八木沼丈夫、作曲・歌は藤原義江。「満州」の荒野にいる馬賊を追尾して討滅するまでを歌詞とした軍歌で、十五番まである。一番が「どこまで続く泥濘ぞ　三日二夜を食もなく　雨降りしぶく鉄かぶと　雨降りしぶく鉄かぶと」で、十五番は「東亜細亜に国す吾日本　王師一たびゆくところ　満蒙の闇晴れ渡る　満蒙の闇晴れ渡る」となっている。

⑨月一回、一枚二円で販売された籤付きの戦時郵便貯金切手。よくあたるという意味で弾丸切手と呼ばれた。
⑩現員徴用令。職場の移動や転業を禁じた法令。伏せてあるのは、秘匿すべき文言のためではなく、名称をど忘れしたためだろう。第十六信に適用されたことが記されている。
⑪一般的には呼び出しに応ずることだが、ここでは政府によって軍隊への召集令状に応ずることと。
⑫都都逸は七・七・七・五調の詩唄で、十九世紀はじめに名古屋あたりで発生したらしい。この都々逸は都都逸坊扇歌のもので、彼が江戸末期にはじめて三味線の伴奏を添え、全国に広めた。
⑬「この世には私よりも尊いものはない」の意。釈迦が生まれたとき、七歩歩いてから片手を天上に、もう片手を地に向けて唱えたという。
⑭道理・道徳を重んじるあまり、世事に暗く人情を無視するような偏屈さをもつ人。

第八信　米一升十円

☆茨城県新治郡上大津村白鳥　羽成信夫様御内　松尾八洲子様
★五月十六日　横浜市戸塚区汲沢二一三六　三浦志け子

八洲子さん、御手紙ありがとうございました。三人の坊やがくりくり太ったたって、何よりうれしいことです。土浦での十日間の様子がよく分りました。人は何処へ行ってもそうです。どんなよい方の家へ行っても、遠慮で身にならぬものですね。ほんとうにかまども流しもない処での苦労、私も子供三人連れて山へ海へ行って物資の豊かの時とは申せ、心づかい不自由には、子供は太っても自分はやせる一方でした。今も朝鮮に居らっしゃる父上の御身を案じ貴女方を案じ、たえ間ない客の帰った夜一人つくろいものに涙の流るるままに寝れぬ夜は幾晩か。よかれと思ってしたことも人には悪くとられ、恨まれてもそれは一時だ。後のことを考えれば、今の苦労は何でもない。人生は苦の連続。貴女方を引取らないのも考えての上で、かならず松尾家と三浦家のもつれのもととなる。それを思いこれを考えての上にしたことです。

物資の不足はますますふかく、米一升十円①、竹の子〔筍〕一貫目三円、里芋一貫目四円、たまご七十銭②、味噌も配給は十日で頂いてしまう。でもすべて時が解決してくれるでしょう。白鳥の人達はよい人ばかりですから、感謝をして日々を楽しく暮らしなさいね。聴様にもやさしくして上げなさいね。我儘者の私の様にならないで下さい。

すべての苦労は私に来る様、願いつつおります。貴女の上にも、やがて楽しい春の来ることでしょう。若いのですからね。

　うきことのなおこの上につもれかし

かぎりあるみのちからためさむ③

この気持ちで行きましょうね。ではまた。御身くれぐれも御大切に。

さようなら
志け子

五月十六日

なつかしいあっこ様

（消印不明。書簡は便箋に鉛筆書き、茶封筒宛先は墨書き）

注①政府の公定価格は五十銭。前年末の闇値が三円。前掲『断腸亭日乗（下）』によると四月十一日の東京では「白米一升　金拾円也」とあり、この記事と一致する。

②政府の公定価格は十銭。前年末の闇値が三十銭。『断腸亭日乗（下）』によると四月十一日の東京では「鶏卵一個　金七拾銭也」とあり、この記事と一致する。

③熊沢蕃山が山中鹿之助幸盛の歌として引き、新渡戸稲造が武士道精神の典型として紹介した。幸盛は戦国大名・尼子義久の家臣で、毛利元就軍に滅ぼされた尼子家再興のため、遺児勝久を擁して奮闘した。転戦中に三日月を仰ぎ、この歌を詠んだという。意味は「今も事態はよくないが、さらに困難が積み重なってほしい。限りがある自分の能力を、試してみよう」。これは「神よ、我に七難八苦を与えたまえ」という名言のもとであるらしい。天正六年（一五七八）、

毛利軍に捕縛されて処刑された。

第九信　天地にかけがえのない三人の子ども

☆茨城県新治郡上大津村白鳥　羽成信夫様方　松尾八洲子殿　親展
★昭和十九年五月十九日　朝鮮平安南道江西郡城巌面大安里
朝鮮製鉄株式会社平南工場鉄道建設事務所　三浦磐雄

大安里の父より

白鳥に居る八洲子さんへ
先便いろいろと書きたてましたが、よく分って呉れたでしょうね。
二三日前に聰さんからも、おたよりを頂きました。聰さんも、大抵ではありません。病後を特に気をつけられますよう、御伝え願います。それから早苗からも、久しぶりで手紙をもらいました。その中に、大姉様は苦労して居られて自然気もいらいらされるのでしょう。それに喰物も足りなかったのでしょうが、随分やせてほんとにお気の毒だ。白鳥なんかへ行かれて……と云って来ました。そのほかは畑を沢山作って手にあまりはしないか、と云って来ました。今二十日間許り、母［早苗の夫である舘林宣夫の母、美代。旧姓・織田］が高崎の方へ行って居てのんびりしてる、などと書いてありました。

八洲子さん。気をゆったり持ってのんきに暮すことですね。いい空気を吸って。然し三人のいたずらざかりの男の子を育てるのは、並大抵のことでないと思います。三人の子持が一番苦労だそうです。出来る丈《だけ》静かにゆっくり、あまり屈託しないように何事も世の中と思ってその日その日を楽しく送って下さい。体をこわさぬように。丈夫で居るのが何よりですから、私も体を大事にします。いつの日か会うことを楽しみにしましょう。

今朝名古屋へ立つ友達に、粗末なものですが、薫ちゃんが着られるだろうと思う洋服を一着持たせてやりました。そのうちに小包で届けられると思いますから、御受取願います。随分粗末な出来上りのようですが、それでも私共の手には到底入らぬものです。やはり配給品だそうですが、頼みに頼んでやっと手に入りました。その外にせめて缶詰の一缶丈でもと思いましたが、友人（相当な資産の人）で荷物も外に沢山あるようでしたから、洋服丈にしました。またもし送れるようなものでもありましたら、何とかして禁制品でもお送りします。

切類［きれ・布地］・きもの類を送ることが出来ないのが、一番困ることです。こちらへ来て直ぐから蚊帳《かや》を気にして探しましたし、会社の方へもたのみましたが、どうしても手に入りません。この蚊帳が手に入っても送ることは出来ませんが、いずれは帰宅するのですから、そのときに座具として持って帰ればと思って探して居ますが、未だに手に入りません。もし手に這入《はい》ったら帰宅（又は出張）の時に持って行って上げましょうと思って居ます。

とにかく遠くに居て色々思いますと、八洲子さんもよし江[①]さんも榛名坊や〔三浦榛名〕も、私の三人の天地にかけがえのない可愛い子ですから、三人とも丈夫に達者に暮して居てほしいのです。そうして仲よくして、立派な人になってほしいのです。戸塚の母さまだって、私と同じ思いで毎日毎日暮してるでしょう。

では又おたよりします。聰さん、白鳥の方へも宜しく御伝え願います。呉々も御身体御大切に。御達者でね。

（昭和十九年五月十九日消印。朝鮮製鉄便箋・白封筒に青インク）

注①舘林早苗のこと。字では早苗と書くが、ヨシエと呼んでいる。これは、姓名判断による改称。八洲子の弟・穂波は病気に罹って夭死したが、占い師から早苗という字も危ないといわれた。そのため字面はそのままにして、呼び方だけを改めた。

第十信　警戒警報発令下にあります

☆東京都赤坂区青山北町四ノ四四　松尾聰様

★五月二十一日　東京都大島波浮村港屋にて　村井聰一郎[①]

昨日元村を経て当地に参り候。同夕刻来、警戒警報発令下にあります。せまい港内にこだまする警鐘は、甚だ印象的でした。今日一日待機しましたが、聯絡《れんらく》［連絡］の結果、明払《ふつ》暁《ぎょう》星空の下を新島へ渡ります。今日はおたい浦の巌頭《がんとう》に立って、久しぶりで明るくなった空と水とを眺めました。い丶加減山を歩いて、かえりました。牛乳をのんで、甘藷［さつま芋］をたべて、宿でねころんでいます。四時になれば町の（正しくは村の）銭湯がわきます。港の水も漸《ようや》く山の緑を映じてきました。明日はなぎでしょう。

（伺おうと思っていたので、反《かえ》って御ぶさたになりました。去月二十五日前後は遠方のお運びの上、品々御もち下さいまして、ありがとうございました。）

（昭和十九年五月二十一日消印。「伊豆大島」と題した絵葉書に青インクで記載）

注①聴のとくに親しかった友人。英文学者。のち東京都内にある大学の教授となった。

第十一信　空襲がなければよいと祈っています

☆東京都赤坂区青山北町四丁目四十四　松尾聰様　御もとに

★五月二十四日した丶む　茨城県新治郡上大津村白鳥　羽成信夫様内

松尾八洲子

お葉書ありがとうございました。こちらを出かけられた時は、もう警報は解除になってていたのでしょうか。伝達がないので、夕方灯がつく頃まで知らずに居ました。今度はずいぶん近くまで敵が寄って来ましたね。軍の警戒も厳重でしょうが、空襲がなければよいとひたすら祈って居ます。この辺は真夜中（午後二時から三時時分）でも、毎晩夜間飛行をやっています。

お父ちゃまに別れてから栗畑の向こうの山へ入って（見事な赤松林）、蕨や花を折りながら奥まで。歩いても歩いてもつづいていて、驚きました。何だかあまり静かでもの淋しいので、道を見失わぬようにと、畑沿いの道にそって歩きました。途中、薫も瞭も脱糞。檀は背中で眠ってしまうし、相当疲れて帰宅したら、四時少し前でした。夜は戸塚の母に宛てた手紙をしたため、十時過ぎ就床。

二十三日、快晴。昨夜書ききれなかった青山宛の封書を清書し、おひる近く薫の絵を同封して投函。午すぎ、雪子ちゃん［本名は雪乃《せつの》で、雪子は愛称。羽成隼雄の長女。当時四歳］を連れて三児と近くの山へ松かさや蕨を採りに出かけて、間もなく雪子ちゃんがのどが乾いて悲鳴を上げるので、やむなく中途で引き返したら、三人のお客がお待ちかね。誰だと思う？　私も意外でした。石岡の伯母［野村てる］とお嫁さん（けい子さん［てるの子で、野村太郎の妻］）と浩《こう》ちゃん。よし乃さんが玉子を茹でたりあられ餅を炒《い》ったりして、お茶を出していて下さいました。すっかり慌ててしまって何を出してよいか分からず、浩ちゃんには茶筒にあった四つ五つのカルケットを出してあげ、さてあとは何にしたらよいかと考えている中にもう帰ると腰を上げてしまわれ、話もろくにしないでああそうそうといった調子で、立ち話を少ししてあっけなく御別れ。お土産には白米三升と庭で出来たという親指位の太さで長さ二尺もある見事な蕗を三十何本かいただきました。

それにここの家［羽成家］からてる子伯母さんにお土産として出した餅米一升とささぎ①（豆）一合余を内緒で置いて行かれました。それからザルに同じくあの大きな庭豆［大豆］を一升ばかり入れたのを、これも私に置いて行こうと伯母がけい子さんと相談したらしく、そこへおゆうおば様が見えて「どうですかこの豆は、少しですけれど」と勧められたので、二人は「もうあれだけ（餅米をさす）で結構です」と重いのを理由にお預けにしますと遠慮されましたので、「それでは」と引っ込めてしまいました。結局餅米だけは儲かってしまったわけです。

白鳥へは十三年ぶりで来られた由。伯母が浩ちゃんをおんぶして来たのだそうです。お米が重くて、二人とも手に豆を出してしまったといいました。浩ちゃんは例の通りわがままで、二人にチヤホヤされ通し。茹玉子をむしゃむしゃといくつもほおばるのを、そばから見ていていやな気持ちになりました。瞭は人見知りをして寄りつかず、薫も目ばかり大きくしてかげに隠れ、瞭はとうとう火のつくように泣き騒ぎ、そのため伯母も帰りをせかされた形です。私の手紙にお米の不自由を訴えましたのでともかくも来たとの事ですが、とにかく珍しいお客様でした。

この前石岡でお赤飯を御馳走になった時、もう餅米もお豆もなくてとか［伯母が］いいましたが、昨日の話ではうんと家にあるからとの事。それこそ無いものはないのでしょう。土浦の祖母［斎藤〈羽成〉ふさ］の話では、昔あったような餅菓子もよく手に入るそうですから、何不自由なく暮しているのでしょう。お嫁さんの持ち物や服装（洋服）など、皆伯母が見立てて買ってやるとの事ですが、かなり贅沢です。でもここでは何だか女優みたいで品がない女《ヒト》という評です。私は何もいいませんでしたが……。

伯母の話では、今度病院が共同病院（石岡・糸崎［志戸崎の誤り］・柿岡［現在の石岡市柿田］等五地方に各々一つづつ置かれる）になる候補とされ、はじめは売るつもりだったのが今は他へ住居を構える事も不可能だから、そのまま六畳と十畳の二間に引っ込む事にしてもらって、貸借関係にして話を進めて居り、そうなれば裏の病院もあけなければならず、今来ている亀井戸［東京都江東区亀戸か］からの疎開者二人（おばあさんかお母さんかしらないけれど〈四十いくつかの女の人〉。かなりの年の人と国民学校の児童一人）にも帰ってもらう事になろうというのです。折角《せっかく》転校したのだから、先《ま》づ一学期だけはこちらでという事にしたとか。何でもお米も持って来ていながら、半月も石岡の家のものを食べ、御はんも一緒に食べるので、野菜も何もかも一緒で困る。配給だけでやって行くのは大変だと話しても分からないのかわざと知らない風をしているのか、とにかく家へ来ている人は楽なものだと笑っていました。

青山のお母さんも結局来られなくてよかったような工合になった。今度は来てもらってもどうにもならなくて……などと、私たちの行くのもはっきりいわないまでも、先づ居るところがない事をいったのですから、断った形です。組合病院のようになって、伯母個人の経営でなくなるので、来月一杯くらいしか自分のものでないとかいってました。

おゆうおば様の前での話に、「何故あんた方は土浦［斎藤〈羽成〉ふさ宅。斎藤峯子も同居］に行かないの」と聞かれて返事に詰まりました。「聞けば、まだ異動証明も土浦に出してあるとか。ここが不自由なら、土浦の方がよかろう」といわれては、私も何といってよいか分かりませんでした。私は別に不自由で困るとはいわなかったのです。土浦へ行っても居られない事位、おゆうおば様もよく知って居るはずです。ここから信夫おじ様でも時々行くと、峯子おば様一人だったら何もないが、おばあ様［斎藤〈羽成〉ふさ］が居られるときっと蕎麦掻きでも御飯でも出してくれる。峯子おば様は信夫おじ様に「田舎から来るなら、米でも持ってきてくれればよいのにナア」というので、今度からは弁当持ちででも行くより仕方あるまいという話をしていました。それで田町［斎藤〈羽成〉ふさ・峯子の居住地。現在の土浦市城北町］へ寄って下さいといっても、返事が聞かれないのがよくわかりました。

あなたもあまりいつもいつも食べさせてもらわずに、一合余計に持ってでも来て、ここで炊いたのを詰めてでも行った方がよいでしょうと思います。そうでなければ、今度は寄れないという事でも前にいって置く事にするか。あまり世話を焼かせると後で何かいわれる事になりましょう。大した御馳走でなくても、やはり人が来るという事は大変なのですからね。

話が横道に逸《そ》れましたが、そんな話をしてすぐに帰ってしまいました。時計は三時を少しまわっていたでしょう。

夕食を終って、お風呂がなかなか沸かないので待っていると、やがて荷馬車が入って来て色々なものを届けてくれました。お米は七升のほかに三升分は入っているのかどうか分かりませんが、それにお砂糖が入っていなくて。はじめナフタリンを砂糖だとばかり思ってやれやれと喜んだのでした。でも籠が二つにお薬や削節器、お味噌、お醤油（一升瓶の外にビール瓶にも一本詰めて）、乾燥芋等々。靴も入っていました（薫に丁度よい大きさです）。カンナ［不明］の中のニッキ②は皆で一つづつ分けて、雪子ちゃんにも喜ばれました。紙包みのお菓子はナーニ？　鼻緒、それにフリカケと臭気止めもありました。まだ大きなものに炭一俵。暗くなってお風呂。九時にあがって十時までかかって届いた品物の整理。綻《ほころ》び繕《づくろ》いなどして、おしっこをさせて眠りに入る。

さて昨夜は一時頃、薫の大おねしょに起こされ、今朝は蒲団から敷布、寝間着の類《つい》まで山のようなお洗濯。おひるまでの間に薄縁《うすべり》を持ち上げて、ナフタリン粉をばら撒き、序でにゴミも掃き出してさっぱりしました。今晩は蚤が出ないでしょう、多分。

おひる頃、郵便が着きました。薫が例の通り同じ絵でなくちゃといってひっくり返りました。相変わらずです。昨日、腰の曲がった隣のおばあさん［羽成よし。同姓の隣人で、非血縁者］に、お茶（家でこしらえたのでしょう）を半紙に一包みとお豆を中丼一杯もらいました。おうつりに赤紫蘇粉を一つ入れたら、そんな事しないでくれと何といっても受け取らずに置いて行ってしまいました。何かしなくてはなりますまい。おさつと一緒にこれも借り。そのお豆を半分残して置いたのを今朝分けたら（湯呑み一杯づつ）、もっとくれなくてはと又ひっくり返って泣くので困ってしまいました。お菓子でも何でも雪子ちゃんに上げるほどないので、そっと渡すと、きっと廊下で食べたりして困らせます。「字を覚えましょうね。お勉強しないと偉い人になれない」と申しましたら、「遊ぶのが忙しくてね」と生意気な御挨拶で恐入りました。

「おはらい」とある中の粉口《ママ》は何でしょう？ メリケン粉［小麦粉］の配給かしら。これも入っていませんでした。そうそう馬車屋さん［羽成仙。同姓だが、非血縁者］は色々品物が多かったからでしょうが、一円五十銭くれというので、チップと共に二円出しました。

異動申告は今月中に来るのでしょうか。ここへ来て配給をとらなくてはおかしいでしょうといいましたら、おゆうおば様が仰言《おっしゃ》るには「村の分が減るのを喜ばないのだろう。構う事はない。町でとっている方が何かがとれてよいし、村の人たちもその方が喜んでいるよ」という事です。東京のおばあさんの分に色々とってくるのを見ると、やはりお醤油なども悪いし、お砂糖は状袋に半分です。一人ではあんなものかといよいよお砂糖も使えなくなります。

お酒の配給は毎月決まってあるようです。何でも五合とかで炭一俵と取り替えてくれるという話（値段は別）。土浦でのお酒はどうなっているのかしら。塩にしん、半日水に漬けておいて、焼いて食べたら辛い事辛い事。口が曲がる位で、一本にしておいてよかったと思いました。あと一本は後の楽しみ？　いつかのおさつ［さつま芋］、愈々《いよいよ》腐るようだからといって今朝新聞紙に包んでおゆうおば様に預けてしまいました。おさつ大一本と丸いのを一つ、計二本。じゃが芋大小とりまぜて六ヶ。おかいこが休み［繭を作るまで三〜四回動かなくなる］で、おゆうおば様がっかりして、先刻まで書院の廊下で背中を日に当てて寝ていました。

畑にはささぎと南瓜を蒔きました。いんげん、庭豆、じゃが芋などが頭を出してかわいいものだと、毎日のびるのが楽しみです。

ただ田舎は毛虫などが多く、嫌いなのでよけい目につきます。蝿も多く、今日あたりはうるさいほどです。山へ行けば目まわしとかいう小さい蝿が飛んで目も開けられません。もうこれからは蛇も出るし、山歩きにも不向きになります。蚊はまだのようです。

土浦のおばあ様、明日あたり見えるかしら。それこそ何にも食べるものがなくて困ってしまいます。乾燥芋はお米と差し引きかしら。あれでも戻して辛く煮付けて食べようかと思います。お米と差し引なら、羽成の家へ上げないし、そうでなければ少し位上げようと思います。信夫おじ様がこの間行かれた時、乾燥芋の話が出たとかいう事でしたから。

まみ［檀］君、一昨日の夕方、一度縁《えん》より落ちました。幸い怪我がなくてよかったのですが、高い縁なのでほんとうに一寸も目が離せません。それでもお洗濯はおんぶしてすると苦しいし、薫は自分の遊びに夢中で一寸もお守《も》りはしてくれないし、全く仕方がありません。今もはだしで泥こねをしています。

又小豆が食べたくなりましたが、今度はやわらかい炭なので、朝のおみおつけにも二度くらい炭を足さねばならず、やむを得ずおひるは冷たいおみおつけを啜《すす》って我慢します。夜は何か一品子供のためにこしらえてやるのが精々です。お醤油の倹約で、半分は塩で味付けします。

書いている中に、四時になりました。そろそろ晩の支度に取りかかりましょう。夜は石岡［野村てる宛て］へも手紙を書かなくてはならないし、色々用事がつきないものです。

何だかずいぶんお喋りをしました。読むのも御疲れでしょう。五つ寝るとと思っていたのが、十二にもなると、とても長く会えないように思います。夜は殊《こと》に……。

三つもお泊りして下さった後は、尚《なお》の事淋しくて、御返し［帰し］するのが本当にいやです。ではお元気で。

八洲子

私の　さとし様

封筒が乏しくなりました。もしあったらお願いします。
（昭和十九年五月二十五日消印。学習院の横書罫紙の表裏に縦書記載。白封筒に青インク書き）

注①豇豆・大角豆・ささげのことで、豆科の一年草。莢豇豆は若莢を食用とし、みとり豇豆・はた豇豆は種子をとる。種子は餡の材料や強飯に炊き込む。十六豇豆・三尺豇豆は莢が著しく長くなるものもある。ささぎは東北地方・関東西部・北陸地方などの方言。
②駄菓子の一種。楠科の常緑樹である肉桂（ニッキ）の細根をそのまま束ねたもの。根の皮にシンナムアルデヒドを多くふくむので、シナモンの香りが口中に広がる。

第十二信　米と酒と炭

☆東京都赤坂区青山北町四丁目四十四　松尾聰様
★五月二十六日　茨城県新治郡上大津村白鳥　羽成信夫様方　松尾八洲子

此の間お手紙を郵便箱に入れた後、間もなく、土浦の祖母［斎藤〈羽成〉ふさ］が杖をついてヨイショヨイショと訪ねて来ました。①粉とお砂糖と塩鰊《しおにしん》一本を持って来て下さいました。塩鰊はおばあさんの方の分ですが、干し鰊が配給になるからとて、一本届けて下すったものです。粉口《ママ》はメリケン粉［小麦粉］でした。お米も三升を配給の中に入れて届けたからとの仰せですから、今度一斗の値段を払わなくてはなりませんね。乾さつま［芋］はお米と差引ではないといわれましたが、それも土浦の家の方が分量が多かったから、取り代えて多い方をよこしたとか。食べる物なら何でも取ってくれと松尾さんにいわれたがお酒やビールは仕方があるまいからといわれるので、それも物々交換に必要だから取って下さいとお願いしました。

ビールは組長の親戚が配給所なので、「今月は松尾さんの分は来てません」とはっきり断られた由。組長のおかみさんが店に居たから、きっと何かいったのだろうという話です。毎日のように白鳥の病人［八洲子のこと。病人なのでまだ土浦にこられないということにしてある意］はどうかとわざと聞くそうですね。でも炭や薪が取れるから大したものだ。「斎藤さんではたくさん配給が取れていいですね」と嫌みを言われていつも変な気持ちがするけれど、法律に触れる事をしなければよいと思うが……、と祖母の言。お酒と炭の交換は沖ジク［沖宿］まで行かねばならないのだそうです。

それでは人手もない折とて頼むのも如何かと思いますので、お酒は飲む人もないから何かと取り代えられるなら、土浦の方で役立たせて下さってもよいと申しました。但し、調味料にはとても結構なのですから、東京から一升瓶を持って来ていただけるなら、少しでも残りのお酒を入れて来て下さい。おばあさんは昨日の一時のバスで土浦へ帰りましたが、お昼前に薩摩芋をくれた足の悪い女の人の家を訪ねました。そして土浦のおばあさんが、その家が炭焼きの家の隣なので、炭を二三俵買って下さいと頼み込み、又ジャガ芋や小麦の方も何とかしてくれと話しましたら、男の人でしたが（当主の弟か）「宜しい」と承知してくれました。

なかなか気の激しい人なのだそうですが、見舞いにと包んだ三円がきいたのかもしれません。お芋のお礼を何にしようかと考え悩んだ末、やっとこの見舞金の事を思いついて肩が軽くなったようです。炭の空俵を早速二つ届けて買ってくれるよう頼みました。やはりおばあさんでないと顔がきかないのでしょうよ。

この家は高森［久。本郷に居住し、炭屋の番頭として勤めていた沼本氏の隣にいたため、その伝手で炭などを入手していた］といって、昔、ここの羽成の家と親戚だったとの事。土浦の衛生屋（［糞尿の］汲取）と連絡をつけて、毎日のように何樽も馬車で運んで来るのだから、肥料は十分で、野菜は何でも素晴らしい成績だとかいっています。

山羊も鶏も兎も飼っていますので、子供たちが大喜びでした。五円も包んで置いた方がよいと思ったのですが、これはおばあさんやおゆうおば様に反対されて止めました。おばあさんに持たせて上げるお土産が何もなくて困りました。もうそろそろバスの時間だというのに、行李を開けて夏羽織や下着類を探し、風呂敷一杯持って行くといわれるので、今度松尾［聴］に持って行ってもらいましょうと無理に少し残していただきました。

土浦へ度々松尾が寄って御飯をいただいたりして……と申しましたら、寄って下さらないと折角待っているのにがっかりする。それに遠慮して居られるのか、三膳上るとそれ以上は決して食べないし、丼のお代わりも出さないといわれるので、戸塚でお野菜や御飯の事があってからだと話しました。

こんな事、話さない方がよかったカナ。

「でもいつだってお腹一杯食べさせて頂いて、おまけにお弁当まで詰めていただいて、どんなにか喜んだでしょう」といったら、おばあさん涙を溜めて「それが何より嬉しい。お腹が一杯になって帰ってもらうだけで満足だ。何も高いお金を出して買った物はない。皆、家のあり合わせなのだから」といって居られました。でも峯子伯母様は、何も心配しないらしい。朝から「今日は松尾さんが来る日」と、おばあさんがお献立を考えてコトコトやるのだそうです。本当にいいおばあさん。

戸塚へのお米や炭を持って行く話をしたのが、後悔された。何もおばあさんを心配させる事など、耳へ入れなければよかったと……。でも私の悪い性分で、隠して置けない。

昨夕石岡「野村てる」へ礼状をしたため、夜は頭痛がひどくて早く寝てしまった。昼間行李を全部動かしてお掃除をしたり、位置を変えたりして骨が折れたためかもしれないが、今朝も右胸が痛んで苦しい。肋間《ろっかん》神経痛かしら。おばあさんが私の顔色がすぐれないと心配して居られましたが、何だか疲れてしまって、何をする事も出来ない。気疲れも多分にあると思う。

この頃はここの家も忙しいので四人分のお守り、それに色々訪ねて来る人の応対もあるし、お風呂の下［焚口］も見たり、用事が増えて来ている事もある。村の人と話をするのは、私には骨。言葉がよく判らないし、相手の感情を害さぬようどういったらよいかと頭を使って本当に嫌になる。雪子ちゃん、朝から晩まで薫とよく遊ぶのはよいが、暸を徹底的に嫌い、少しでもそばへ寄ると拳骨《げんこつ》で胸や何かを打つし、見ていられない。それに薫と牛小屋の隣の物置みたいなところへ入り、「いい事をするんだ」と隠れているのは何かと考え、気が気でない。それとなく監視はしているが、田舎の子はませているから油断できない。それに御飯の時もつききりで、落ち着いて食べられない。この間も何かくれと泣くので、おさつの甘く煮たのを小皿に取って食べさせてどうにか宥めたりしたが、今日もそっとキャラメルを三児に舐《な》めさせたら、いつの間に見たのか（きっと暸が薫に渡したのを見たのだと思う）、蚕室のおば様に「東京のおばさんとこには飴がある。おれにも買って来てくれ」と泣き叫ぶ。やらないわけには行かぬし、やれば癖になるし。おゆうおば様も、飴など隠して持って居て一つだってくれないと言うだろう。又言わないまでも思うだろう、と気を揉む。そして丁度梅干しの精みたいなのが出て来たので、早速機転をきかして皆に一つづつ舐めさせ、「おお酸っぱい酸っぱい」といったら、やっと「それか」と収まりがつきました。全く小さい事にも気を配り、太るどころではないのですよ。どこへ行ってもこんな苦労はつきものですから、仕方ありませんね。でも何も子供たちに嘘を教えなくても済む事も、隠れて食べるなど言わなくてはならないのが嫌です。今度又梅干しの精でもあったら、買って来て置いて下さい。「可哀相に東京から来たって、そんなものでも舐めさせて置くより外ないのだから」と田舎の人が話しているのを聞きましたから。多分薫達が梅干しの種をいつまでもしゃぶっているのを見て、その事を言ったのでしょう。何もないのだと思わせた方がよいのだと思います。

土浦の祖母〔斎藤〈羽成〉ふさ〕に、お豆でもあったらほしいといいましたら、ここへ来たおばあさんみたいな人に「お豆を一升でも五合でも譲ってやって下さい」と頼んで下さったのはいいのですが、おゆうおば様が後で私に「土浦のおばあさんが欲しいのかと思ったら八洲子さんケ」というのです。返事に困り、「子供たちも大好きだから二合もあると一日食べられるし」といいました。この間石岡の伯母〔野村てる〕に出した笊《ざる》のお豆を「それじゃ、お上《あが》んなさい」とくれそうなものだと思ったのに「しまいナ」とよし乃さんにしまわせたばかりなので、とても工合悪くて困りました。まだ持って来てくれませんが、何だかいやになってしまった。結局欲しいなど考えるのがいけないんですね。考えると乞食みたいだと思う事があります。虫に喰われてとてもひどい萎《しな》びきったお葉を一握りもらっても「有り難う」と頭を下げなくてはならない。昔ならそんなもの棄ててしまったでしょうものを。これも私の傲慢かしら。

又この頃大声で子供を叱るようになった。ヒステリーか？　そうでもないと思うが何しろ薫が一寸もいう事を聞かなくて、畑には入る。花は折る。コスモスの苗は抜く。泥足で廊下に足跡がつくと叱られるところから、畳へ直かに飛び乗る。薄縁の上にべたべたと足跡がついて、何か入って来たのかと驚く事が度々。だんだん私の手に負えなくなる一方。おじさんも呆れて、たまには「畜生」と怒鳴る。全く言う事を聞かせるのにはどうしたらよいでしょうか。今朝も自転車を直すそばから、輪を廻しておじさんをイライラさせ、もうどうしてよいか分からなくなってしまいました。貴方は教育者。何とかしてこれを反抗心を起こさせないで、言う事を聞かせて下さいませんか。私はそばに居ても、子供を導く事の出来ない愚かな母親です。親の資格がないんです。貴方の家の誰か［松尾儀一のこと］に言わせれば……。

又愚痴っぽくなりましたね。そばでまみ君がチョコチョコおいたばかりして、一寸《ちっと》も書けません。時々字が変になっているのは、利き腕を握られたり押されたりするからです。そろそろお昼寝をさせましょう。

朝鮮の父［三浦磐雄］から内地帰りの人に、薫の洋服を持ち帰ってもらったから、その中に小包で届くでしょうといって来ました。

まだ色々書きたいのですが、郵便屋さんが来る時間ですから、早く出しましょう。では御達者で。あまりこちらの事は御心配なく。

八洲子

さとし様

（昭和十九年五月二十七日消印。学習院用箋に青インクで記載）

注①母子は、異動申告では土浦在住になっており、母子の分の配給が土浦で渡されている。それを母に届けているもの、と思われる。第四信の四月十日付け書簡によれば、配給分は青山の聰が受けていたが、この間に届出がなされたようだ。

第二章　来る日も来る日も代用食

昭和十九年（一九四四）六月三十日には学童疎開促進要綱が閣議決定され、学童集団疎開の範囲は東京都（昭和十八年七月に東京府と東京市が統合されて東京都となる）のほか十二都市に拡大した。戦争に巻き込まれて死ぬ恐怖はいよいよ国民の目に見えるものとなったが、それだけでなく、日々食べていくことがかなり難しい状況ともなっていた。

というのは、日本国内では戦争遂行のために、軍需物資の生産がなにより優先された。そのために、国民の生活物資の生産は最低限度までに切りつめられた。一例をあげれば、昭和十九年の衣糧供給量は七年前の七・四パーセントしかなかった。これでは、必要なものを手にできない。そこで薄くしかし公平に渡るようにと、配給制度が考えられた。

配給というのは、政府などが生産者から供出させた物資を、会社や国民に計画的に割り当てる制度である。生産量が決まっているから、金にあかせてむやみに買われては不足してしまう。そこで供給量に見合った需要量とするために、配給すべき物資にあたるだけの切符

（割当票などともいう）を政府や業界統制団体が発行した。会社・国民はその切符を提示しながら、対価を支払って物資を入手していくわけである。

一般国民関係では主食となる米、塩・砂糖・味噌・醬油などの調味料、タオル・足袋《たび》・軍手をはじめとする繊維製品やゴム靴・脱脂綿・塵紙・石鹼・マッチ・蝋燭《ろうそく》・木炭・練炭・自転車などの生活関連品、酒・たばこなどの嗜好品などがあった。昭和十七年二月からは衣料がすべて点数の切符制となり、ワイシャツなら十二点、タオル三点などとされた。また非喫煙者のたばこ切符と喫煙者の砂糖の切符とが交換されたりして、切符は貨幣のように使われもした。

しかし生産がさらに縮小されると配給は滞り、買うための切符は配られても、買うべきもの自体が店頭に置かれなくなっていった。

物資不足のために、国民は主食の米（成人一日一人二合三勺［約三四五グラム］が配給の基準）をそのままたべることができなくなってきた。米のなかに大根を炊き込んだりして、みかけの量を増やすことも一つの知恵だった。やがて米の配給に蕎麦・高粱《こうりゃん》・玉蜀黍《とうもろこし》などの雑穀類や豆粕、馬鈴薯《ばれいしょ》・さつま芋などの芋類や南瓜などが混ぜられ、しだいにこの代用食が主食と呼ばれるようになる。ついには芋の茎・桑の葉・玉蜀黍の芯・落花生や蜜柑《みかん》の皮・卵や蟹の殻・蝗《いなご》やさなぎなどが代用食とされていった。これらの材料を茹でて乾かし、擂《す》り鉢《ばち》で粉にしてから小麦粉と混ぜ、代用パンなどとして食したのである。（昭和十九年三月一日付「毎日新聞」)

本章には、昭和十九年五月二十九日から八月二十八日付までの書簡、十六通を収めた。

母・八洲子と三人の子は、この時点では上大津村にすでに疎開していた。しかし村としては、疎開の受け入れを一致して拒否することに決めていた。羽成宅がそれを破って疎開を受け入れたのは、かなり勇気のいる決断だった。羽成家が母を受け入れたのはもちろん母の祖母・斎藤〈羽成〉ふさの仲介があったからだが、羽成家にもふさの求めを拒絶しがたい事情があった。

というのは羽成家は、もともと土浦藩・土屋氏(九万五千石)のもとに出仕するとき、他人の土地を踏まずに城館に通えるほどの群を抜く大地主であった。だが、明治後期に鉱山に出資した人の連帯保証人となっていたことから全財産を失って没落。ふさは、嫁ぎ先の斎藤家の財産をもとに土地の買い戻しなどをして羽成家の再興に尽力した。そのときの恩があるため、要請を拒み切れなかったのだ。

苦衷は察するにあまりあるが、羽成家は疎開を受け入れた。

だが、その羽成家も当主・隼雄(三十七歳)がニューギニアに出征中であった。縁戚であれば、羽成家も援助しようと努めたろうが、農業労働の要となる男手が不足していた。母子の生活物資を援けようにも、女手中心では、羽成家でさえ食糧がかつかつであった。

母子はこうした居心地のよくない、またきびしい食糧事情のなかに入り込んでいったのだった。そのために、母は、みしらぬ地で、まず母子が生きるために最低限度の食糧を調達することに追われた。

こうした環境では、配給がもちろん頼りとなる制度だった。だが、配給地ははるか遠い菅谷村（土浦市菅谷町）。しかも量は少なく、必要となる種類が手に入るとは限らない。むしろ日常的に不足する。書簡によれば、そうした入手した配給品を、ときおり斎藤家の人々が自宅の物も加えて分けてくれている。さらに母子を助けようと、東京の父も自分の配給品をさいて売買し、白鳥まで届けた。蛆《うじ》がわきはじめている鰊すら描かれているが、それですら母子には心強い食料だった。食事は毎日のこと。だが子どもには母の苦労がわかるはずもなく、食事を自由にとれないことが理解できない。一家の毎日の食料を補うのには、附近の人たちの善意に縋《すが》るとともに、村のなかに売りにくる人たちから調達することになる。そうした折にありがちな子たちの

八洲子母子の暮らした羽成家の離れ

下痢や発熱などの病気。母には、気の休まるときがなかった。

かつて母は、この日々を私にこう追憶した。「座して待っていては明日が迎えられない。だからせめて腹にたまればと子連れで田の畦道《あぜみち》の野草を摘んでいたら、『都会の人はいいわね。こんな昼間から、親子でのんびり散歩してるよ。子守だけで暮らしていけるのね。私たちは野良仕事が忙しいというのに』と悪口をいわれていたの。でもほんとうは食べ物が少なかったから、食べられる野の草を毎日探していたのよ」（拙稿「母・松尾八洲子との思い出」『忘れえぬ女性』所収、豊文堂出版）と。

村人の冷たい視線は、母子はもちろんだが羽成家にも向けられていた。羽成家も受け入れはしたものの、母子は土浦にある斎藤病院長（創立者は斎藤明で、羽成ふさの夫）の一族でもあるから、親戚はとうじの土浦市内に数多くいるはず。それなのに、なぜ土浦にいかないのか。市街地への空襲の恐れや各家庭の事情で受け入れて貰えぬ事情が書簡に書かれているが、周囲の人たちは疑問に感じたろう。とはいえ母には何も手だてなどなく、羽成家に頼るほかない。おそらく疎開者の少からざる人たちが、こうした気まずさを感じることがあったろう。

書簡のやりとりだけでなく、母のもとには父がしばしば青山宅から赴いてきた。母に会い、子どもと遊ぶためである。しかし迎えた喜びは、帰らせる寂しさに繋がる。十三年の単身赴任生活を過ごした編者も、空爆などの緊迫感はないものの、妻との間になにか似通ったものを感じあったことがある。ともあれ神立駅《かんだち》までの閑《しず》かな帰り道は、父にとって心が凍《こご》えるような風景ではなかったか。戦争さえしていなければ、こうした切ない思いをしないで過ごせたのに。

第十三信　朝の味噌汁を三度に分けて

☆東京都赤坂区青山北町四丁目四十四　松尾聰様
★五月二十九日投函　茨城県新治郡上大津村白鳥　羽成信夫様内　松尾八洲子

二十六日付のお手紙拝見。まだこちらからの手紙が届かないとみえます。水曜日のも金曜日のももうこの手紙が届くまでには御覧になって居られるでしょう。それとも届かなかったかな。

例によって貴方の細かい御報告により、東京の生活を偲び、貴方も内外ともに多事で一刻も身の休まる時もなく、大変だと同情致しました。何だかこう書くと決まり文句で冷淡のように聞こえますが、本当にそう思っているのです。もう少しのんびりとした毎日を送らせて上げたいと思うこと切《せつ》です。

東京はもう蚊がずいぶん居るようですね。こちらはまだ一匹もお目にかかりません。蚤は相変わらず、時々悩まされますが、以前のようにひどくはありません。ナフタリン①のせいでしょう。部屋中とても強い香で、二三日は御飯を食べても何でも、これでは堪らないと思うほどでした。

東京の毎日は如何ですか。食物。こちらは相変わらず一物も手に入らず、朝こしらえた味噌汁を薄めておひるに冷たいのを飲み、晩に取って置きのお芋を少々煮て食べさせる程度の事しか出来ません。東京はおなかにたまるものはなくとも、ともかく何か細かい配給があるらしいですね。夕食のおさい［お菜。おかずのこと］が三品も揃って羨ましい限りです。味噌煮やおひたし、油炒めなど、一人でよく色々なものが出来るようになりましたこと。でも貴方の事ですから、お鍋を見ながら新聞を読んだり、手紙を書いたり、本を読んだり、予習をしたり、採点をしたりなさっていらっしゃるんでしょうね。これは冷やかしではありません、ほんとうに。私もこの頃でも本を読みながら御飯を炊き、おかずの煮える間に綻《ほころ》びを繕《つくろ》い、お掃除をし、なかなか時間の利用を考えているつもりですよ。食休み、これだけは欠かさずにしますが、この時間には新聞や本を読みます。ここでは他人《ひと》に煩わされる時間が短く、自分の考え通りに時間を使う事が出来るのが嬉しいことに思います。

二十四日には小木［喬］②さんがいらっしゃって、御飯まで差し上げ大変でしたね。私が居ないことをご存じだったのかしら。

二十六日の金曜日は、予定通り戸塚［母の実家、三浦家］へいらっしゃいましたか。戸塚ではどんなでしたでしょう。戸塚でもお母様はあんなですが、父も居ない家庭でどんなにか淋しくしている事でしょう。貴方も忙しいお体で大変でしょうが、切符のきれるまで［買えなくなるまでの意味か］せいぜい見てやって下さい。やはり誰か覗《のぞ》けば心強い事はたしかですもの。そして私たちの様子も時々知らせて安心するようにいって下さい。青山のお父さん［松尾儀一］は、一体何を戸塚へいいたいのでしょう。又悶着が起こらないように祈っていま
す。私が居ないのだから、悶着も起こりますまいが……。

今朝（二十八日）十時頃、よし乃おばあさん［隼雄の祖父・長右衛門節男の後妻。東京在住］が、長策《ちょうさく》さん（息子）に送られてやって来ました。向こうの家では別にいやな風も見せず、ニコニコと迎え、皆嬉しそうに賑やかです。同居の件もどんな風に折合いがつきましたか。配給は取って、家の者と同じ麦飯を食べてくれるのでなければなどとおゆうおば様がいってい
ましたが、どんな事になったのでしょう。食い込まれる食い込まれるといっていながら、「そうしてくろ［そうしてくださいの意］」というものは嫌ともいえないのだそうです。やはり人がよいのですね。雪子ちゃんが大きな人形（いつもおんぶしているのの少し新しいと思われるもので、メリンス③の着物が着せてある。誰かの古物とおぼしきもの）をもらい、又きれいな千代紙（大判）を何枚ももらって、嬉しくてはしゃぎ、薫や瞭の目の前で拡げて見せなが

ら、体をゆすって歌をうたっている。こちらは指をくわえてみてる。子供だなアと思いました。薫にそっと「ほしいの」と聞きましたら、「一寸も」と答えました。東京に行けばあんなに立派な玩具がたくさんお山のようにあるのだからね、と宥《なだ》めました。「かおるツァんには一つも出さねーど」（やらないよの意）「つまんネーもの」というのを聞いて、何だか嫌な気がしました。子供のいう事だから気にしなくてもよさそうなものですけれども。

長策さんが挨拶に来て一寸話して行きましたが、別に私との話を好むはずもなく、何かいやいや聞いているという風で、私も話している中に何かそんな事を気にしはじめて不愉快になりました。いい加減に向こうへ行ってくれればと思った時、おばあさんが「何も買えなくて」と海苔佃煮と福神漬をお皿に一寸一つまみ入れて持ってきました。

おばあさんが帰って良かったねネと子供たちにも話しましたが、このおばあさんだって何も私に心《シン》［芯］から親切なはずはなし、何だかクリストフの反抗④というところを読んでいるせいもあるのか、他人の心を考え、何か口を噤《つぐ》みたい思いで一杯です。ひとと話したあとは何だか口をきいた事が後悔され、何もいわない事が尊く思われて、頭をかかえて部屋に引き籠もり、クリストフと話をします。まるでクリストフと一緒に苦しみ、楽しんでいるみたいですね。先達《センダッテ》『桑の実』⑤を読みかけたのですが、あれは二年位前に読んだ事がありました。又何かあったら全集でも持って来て下さい。無気味なものは駄目ですけれど、何か私に教えるところのあるものでも。

こうしていると、暇が出来たせいもありましょうが、日々が時々が勿体《もったい》なくて何かモリモリ勉強してみたい欲求に駆られる事があります。一寸覗いてみた国文学⑥をもっともっとやってみたいと思います。どうせボンクラ頭で何もこなせはしないのですが、やはりよいものが読みたいのです。せめて貴方の千分の一、万分の一でも分かれば、それで満足だとしなければなりますまい。でも私は私なりにそれでよいのだと思っています。私は学者の妻で、私自身学者になり得なくてもよいのだと、此頃では思っています。三児を仕上げるまでは、三児のよい相談相手となり、立派な母であるよう努めましょう。時々無茶苦茶になる悪い癖も、こうして色々な苦労に揉まれて少しづつなおして行かれ、又行くようにしましょう。

薫は今夕から鼻がひどく詰まり、さっきも寝しなに息が出来ないと騒ぎました。雪子ちゃんが今朝何十となくクシャミをするのに、そのそばでじっと屈《かが》んで顔を覗いてなどいるので、うつったのかもしれません。遊ぶなともいえず、本当に困ったものです。喘息《ぜんそく》が出なければよいがと案じています。場合によったら、明日一日寝かせて置きましょう。

おひる過ぎ、名古屋の人から小包が届きました。父が朝鮮から帰る人に頼んだ洋服が届いたのです。カーキ色のかなりしっかりした物で、金釦《きんぼたん》がついています。たしか手紙には夏物とあったのに、これは冬物学童服と書いてあります。薫に丁度良い大きさで、来冬はどうかしら。ズボンは長ズボン。薫に着せたら嬉しくて嬉しくて大喜び。撫で撫でしながら朝鮮のおじいちゃんに何て御礼をいおうかなどといいました。これを着る日はいつでしょう。私も父が苦心して手に入れた事を思い、こんな服が着られるようになった薫を思い、思わず涙をこぼしました。私のお父様はいいお父様、お母様だってきっと同じです。「私の天地に代え難い三人の子供を思う」と〔父の磐雄が〕書いて来ました。遠い所で不自由なさりながら、私たちのために蚊帳を探して下さったり、ほんとうに優しいいいお父様だと思います。三人の子供、私とよしえ〔早苗のこと〕さん、〔三浦〕榛名さんが、仲良く助け合ってお父様の帰りを待ってくれ、と叫んで居られるお父さん‼「きっとお母様も同じ思いでしょう」と書かれてあるのを読んで、そうだお母様だって口にはいえない苦しみもあるのだ。優しくして上げなければならないと思いました。先の事は決められないが、いつかは私たちもこうした別れた生活でなしに、毎日顔を見合い、手を取り合って、皆で楽しく過ごす事が出来る時も来ましょう。それまで「時」を待ち、自分で自分の身を滅ぼすような事はしますまいね。

今夜で七つ。まだあと六つねんねしなければ、お目にかかれないのですね。離れているととても懐かしくて、苦しい位です。やっぱり貴方が来て下さらないと、何も手に入らなくて困ります。まだお豆はくれないのよ。こちらが下さいといったものかどうか。「松尾が来ても何もないから少し下さい」と、貴方をダシにしようかな。それも見え透いているし、何かいい策はないかしら。

薫はやっと眠りましたから、私も今のうちに眠って置きましょう。それでなくても夜半に三度四人（大一、小三）のおしっこをさせるのだから、大変なんですから。東京は又三日間の火なし訓練とか[7]。お腹をこわさぬよう御用心。
(昭和十九年五月二十九日消印。七銭分の切手貼付。学習院の横書罫紙の表裏に縦書記載。縮緬文様の二重封筒に青インク書き)

注①naphthalene。防虫・防臭剤
②小木喬。一九〇六〜九〇年。日本物語文学専攻の研究者。青森県立弘前高校校長などをへて青森中央女子短期大学教授。主著に『鎌倉時代物語の研究』『散逸物語の研究　平安鎌倉時代編』『いはでしのぶ物語　本文と研究』などがある。
③スペイン語のmerinosのことで、毛織物の一種。メリノ種の羊毛の細い梳き毛糸を使って織った薄地で柔らかい織り地。
④フランス人文学者であるロマン・ロラン(一八六六〜一九四四年)の長編小説『ジャン・クリストフ』の主人公。この作品は、一九〇三年に稿をおこし、一二年に完結した。十巻。「人間完成を目指して苦闘する魂の生成史」を主題としているといわれる。「反抗」とあるのは、天才音楽家である主人公がドイツの旧習に反抗し、フランスに去る部分のことをいったもの。
⑤鈴木三重吉(一八八二〜一九三六年)の著した長編小説。大正三年(一九一四)刊。
⑥母は日本女子大学校文学部国文科卒業で、卒業論文は弓道に関する有職故実の研究だった。
⑦「火なし訓練」と呼ぶが、配給ができなくなった分を紛らわすために耐乏するよう求めた措置

であろう。

第十四信　寒くて火が懐かしい

☆東京都赤坂区青山北町四丁目四十四　松尾聰様
★茨城県新治郡上大津村白鳥　羽成信夫様方　松尾八洲子

はっきりしない天候ですが、皆様御障りもありませんか。

二十八日付のお葉書、二つとも拝見。今朝はどうしたのか八時に郵便屋さんが来てしまって、この葉書を今日の便にしようと考えていましたのに、間に合わなくて残念です。黄疸①は如何ですか。こちらは薫の風邪が私にうつって、昨夜から気分が悪くて困ります。今日もくもり。寒くて火が懐かしい。家では茶摘みとのことで、手伝いの人も何人か来て大分にぎやかです。手足が冷え、頭痛がして起きていられないので、これを出したら蒲団に入るつもりで居ます。

昨日は土浦の伯母［斎藤峯子］が配給の塩や鰊《にしん》と一緒に手作りの野菜など持って訪ねて来ました。夕方までいて、おひるを一緒にしただけで、往復歩いてどんなにか疲れたことでしょう。

支柱の小竹《しの》はこの辺ではたいてい桑の枝を使っているようで、おじさんが小竹ならかなり太いのでなくては駄目だから却って桑の方がよいでしょうといわれました。桑の皮は繊維を取って軍需品として大切なそうで、国民学校②の児童の毎日の日課にしています。皮を剝いた枝が百で一抱えも出ますから、よさそうなのをもらっていらっしゃるように。

松炭一俵入手。久しぶりで温かいものでも煮ようか。寒いようですから、お風邪を召されぬよう御用心。頭が治ったら、隣村へでも出かけましょう。皆様によろしく。（三十日朝したたむ）

（昭和十九年五月三十一日消印。官製葉書。立憲政友会時局大演説会開催の案内葉書の行間に、青インクで記載）

注①血液中に胆汁色素が異常に増加して皮膚や粘膜に沈着した状態。胆管の閉塞・肝機能障害・溶血性貧血などによっておきる。ここでは、栄養失調による貧血が原因か。

②昭和十六年四月に、それまでの六年制の小学校をあらため、八年制の国民学校に改編した。義務教育で、六年を初等科、二年を高等科とした。皇国民としての錬成を心身一体として目指すこととなり、国体観念を深め国防精神を高めることを目的とした。種々の教科は国民科・自然科・体錬科・芸能科・実業科の五つの科目に纏められた。

第十五信　鍋に穴があく

☆東京都赤坂区青山北町四丁目四十四　松尾聰様
★茨城県新治郡上大津村白鳥　羽成信夫様内　松尾八洲子

駅までの道が暑くてお困りでしたでしょう。今日も快晴。両児は相変わらず泥こね。大分たくさんのおだんごが出来そうです。

いつもより早起きして除草。朝食後は茶の間の障子はり。久しぶりで外から見えない部屋に坐ることが出来ます。まみ［檀］君が散々ぐずって眠ってしまいましたので、筆をとりました。たった一つの大切なニューム［アルミニューム］鍋が穴あいて、使えなくなりました。長火鉢の一番上の抽斗《ひきだし》をあけると、奥の方に凸型《とつがた》のものがあります。ニューム製の穴ふさぎです。小さいものや大きいのが混じっていますから、適当に持って来て下さい。分からなかったら、お父様［儀二］に伺うとすぐ分かります。それから瞭のお箸を忘れないでおねがいします。売っていなかったら、茶箪笥の抽斗の向かって左の方に、竹のおはし類と一緒に骨の短いのがあります。探してみて下さい。

いつの間にか桐の葉も青々としげって、日射しも夏らしくなって来ました。碧空《あおぞら》に浮かぶ雲もちがって来ました。庭先の白あやめに紫の露草がよい対照をなしています。

午後はじゃがいもの施肥、トマトの移植などしようかと考えています。南瓜の芽は惜しくも皆瓜ばえ①という害虫にむしばまれてしまいました。成績のよいのはしんぎく［春菊］につるな②位のものです。玉蜀黍も栗の下では駄目でしょう。蚊がひどくなって、そろそろ蚊帳《かや》③なしではたえられなくなりそうです。（六月六日ひる）

（昭和十九年六月六日消印。官製葉書。立憲政友会時局大演説会開催の案内葉書の行間に、青インクで記載）

注①瓜蝿。瓜葉虫（ウリハムシ）のこと。体長七～八ミリメートルになり、幼虫・成虫とも瓜類の葉・根を食べる。

②一名はまな・はまじしゃ（左上の図を参照）。海辺に自生する伏臥生宿根草。高さ三十センチばかりで、葉や嫩茎を食用にする。茎葉を煎じてのむと、腸カタルの子に効き目がある。

③蚊を防ぐため、部屋の四隅から吊り下げて寝床などを覆う道具。麻・絽・木綿などで作られている。ただし、これを用いると風通しが悪くなり、寝苦しくなる。

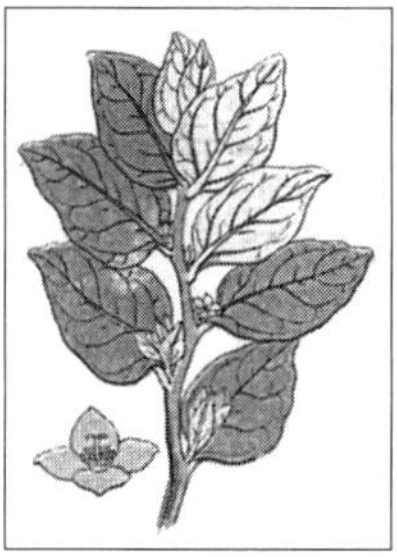

ツルナ
牧野富太郎『増補版　牧野日本植物図鑑』（北隆館）より

第十六信　泥ちゃんがふえて困ってしまいます

☆茨城県新治郡上大津村字白鳥　羽成信夫様御内　松尾八洲子様　みもとに
★横浜市戸塚区汲沢町二一三六　三浦榛名

新緑さわやかなる頃となり、梅の実がたくさんなっています。さつきがまっ赤にさいて、風がそよそよと吹いて来ます。雀がペチョペチョないています。この新鮮な空気に包まれていると、よい気持です。ただ前に出来た光学①の生徒たちのはやり歌を聞いていると、ぞっとしてしまいます。いやらしいのばかりうたいますからね。

大きいお姉様は、お元気ですか。

坊や［榛名の自称］は先月の末よりひどい病気を致しました。一番始めの日には四十度以上の熱が出まして、次の朝に熱は下がり、お腹が下りました。何も悪いものも冷えもしないのですけれど、一日に二十回以上も出ました。出血をしまして、三四日は長出血で、今はもう出ません。今でも時々お腹が痛くなるのです。母ちゃまが坊やの看護に疲れ、又うつったのかもしれませんが、坊やと同じに四十度からの熱になり、下がったあとはやはり下して居ります。母ちゃまはまだ治りません。明日から坊やは学校へ行くつもりで居ます。

去年まで毎朝々々もって来てくれた苺は、影も形も見せません。くやしいやらつまらないのやら、お腹がぐうぐう云っています。家の畑の隅には四五粒なりましたが、まだ少しあかるんで来た時に、あかるんだのはみんな光学の子供に取られてしまいました。今年は一度も食べていません。今こちらでは卵一箇五十銭になり、それでも買えません。この辺の家の鶏がたくさん泥ちゃんにとられて居ます。とられた家では、働く勇気が出ないと云って居ます。お米の泥ちゃんもあり、泥ちゃんがふえて困ってしまいます。

白鳥ってどんな所でしょう。畑ばっかりですか。川がありますか。山ですか。栗や柿がなるでしょうね。たべたいな。大きいお姉様や薫ちゃん、瞭ちゃん、檀ちゃんはどうしているでしょう。お会いしたいですね。でもきっと会えるでしょうね。会えるような気がします。例の通り神津さんが来て、坐り込んでいて。母ちゃまは病気なのに、又熱が出てしまいます。いやですね。坊やの家の裏の山の南側を畑にするのです。今、植木屋さんが畑にして居ます。せみがジージーないて居ます。だんだん暑くなりますから、お身御大切にあそばして下さいませ。

かしこ

六月八日

坊やより

大きいお姉様へ

（昭和十九年六月十日消印。縦罫便箋に青インクで記載）

注①戸塚宅の近くに光学ランプなどのガラス製品を製造する工場があり、そこに勤労動員された生徒たちの口ずさむ歌をいう。

第十七信　子どもを丈夫に育てるのがお国へのご奉公

☆茨城県新治郡上大津村白鳥　羽成信夫様方　松尾聰様・八洲子殿　親展

★昭和十九年六月十五日　朝鮮平安南道江西郡城巌面大安里朝鮮製鉄株式会社平南工場鉄道建設事務所　三浦磐雄

精《くわ》しい御手紙再三頂きまして凡《すべ》てが手に取るように分りました。疎開の御生計遠くより御察し申上げて居りますが、実際如何《いか》許《ばか》りの御苦労ならんと遙に敬意を表して居ります。当方は御蔭様で日々のそうした苦労は少しも知らずにその日を送って居ります。否《いな》知らない訳もありませんが、その体験はしなくても済んで居りますようなことです。その代り何もかも自分の思うようにはならず、賄いの拵《こしら》えて呉れるものを只々喰べて居るに過ぎません。でも東京や横浜……内地よりもこちらは楽だと思われます。

申し遅れましたが、現在私の勤めて居る平南工場が五月二十三日に現員徴用令の適用を受けましたので、御承知の徴用章を胸につけて毎日勤務して居ります。その日から満二ヶ年間は自分の用で退社することは出来なくなりました。又会社としても辞めることが出来なくなった訳です。一方から云えば二ヶ年間は在勤の保証を受けたようなものなのです。ともかくもこの年で御国の為に御奉公も徴用士として出来ることになりました。名誉と云えば光栄の至りであります。尚私の受持ってる鉄道の方は資材難の今日、この間十日許《ばかり》京城［ソウル市のこと］・平壌へ行きまして、その獲得に尽力して来まして、この冬までにはどうしても仕上げなくてはなりません。①完成をすべての人が期待して居りますので、私の責任も決して軽くはないと存じて居ります。マア一所懸命に努力しましょう。

それから私は夏の服だと思って居ましたら冬のだったそうですが、考えて見れば五月のはじめに手に這入《はい》ったのでして、こちらもまだ冬服だったのでした。何かの見あやまりと存じます。其後も何かと存じましても、送りたいものは皆禁制品でして、又これはよいと思うものは配給の切符品なので手が出されません。目を皿のようにして物色して居ますが、思うようにはなりませんことを御察し願います。

何と申しましても体あっての物種《ものだね》ですから、十分に此の上とも御からだを第一に御大切になさいますよう御願申上げます。私も先づ先づ元気で、休日返上実施後一日も自由に休まず勤めて居まして、仕事も捗《はかど》って居ります。何《いず》れは完成して冬眠のときが来ましたら出張もさして呉れるのではないかと今から待って居ります。

大同江岸の工場丈《だけ》のある寮に単身の生活。今日此頃は昼となく夜となくカッコーカッコーと啼《な》く鳥、時に燕も飛び廻って居ります。小鳥は色々なのが来ます。この工場はとても朝鮮としては景色のよいところです。立木も十分あって山は青々として居ります。春と云うよりは夏になる前に、百花一時に咲き揃って居ました。今はあざみ［薊］、石竹《せきちく》[2]、女郎花《おみなえし》に似た名も知れぬ黄花が野にも山にも一杯に咲いて居ます。夜になると水雞《みずとり》が二つ三つ、なるほど物を叩くように絶え間なく鳴きつづけて居て異様な思いを起させます。二年半前迄は一軒の家もなく、人も稀であった田圃の寒村が、現在七八千は屯《たむろ》してるでしょう。何か催し物があると五千人位は集って来ますから、それが九割迄（或はもっと以上）が［朝鮮］半島の人なのです。僅かに数える位しか内地人は居りません。私の所にも十五人中内地人は二人ぎりなのです。他もその通りの割合だと思います。これだけ位の割合ではなかなかやりにくいのです。時々外の処で聞くことですが、よく結束して内地人社宅を襲ったなどと云います。[3]当工場は今までも今でもこれからもそんなことは発《おこ》らないと思いますし、あっては大変なことですが、よく注意してその思想上の陶冶が大事なことと思われます。

いろんなことを次から次へ書きまして失礼しました。大事なことを忘れて居ましたが、私の身分のことでいろいろ御高配も願って居ります山梨［勝之進学習院］院長閣下に対し、五月二十三日附で徴用されましたから軍からの御召しでなければ二ヶ年間は転職することが出来なくなりましたと云うことをよろしく御伝え願います。南へでもその外へでも軍からの御召しならば転出することも出来ましょう。何れへ参りましても均しく御国への御奉公。その辺よろしく御思召《おぼしめ》し下さいますよう、呉々もよろしく御つたえ願います。

次に御両親様達の疎開のこと、嘸かし御心配のこととと存じます。よくとくと御考えなされましてとよろしく御伝え願います。住みなれたところを去ることは、体丈《だけ》でも並大抵の事ではありません。それに所変れば凡てが変りますから、十分に土地を選ばれましてと仰せられたいのであります。

八洲子さんも随分御苦労様なことですが、三人の子供のすくすくと伸びてゆく可愛らしい男の子三人持って丈夫に育ててゆくことが何よりも御国へ対しての御奉公だと、自分の体も大切にして気をつける上にも気をつけて、その日を和《なご》やかに平《たいら》かに暮して下さることを朝夕御祈りして居ます。

土浦の方の御世話にもなってるとか。私からも礼状を出しておきますが、よろしく。白鳥の方へもその外最寄《もより》りの方々へ、よろしく御伝えおき願います。

ではは繰り言ながら、呉々も御体御大切に。又おたよりいたします。

大同江岸の父より

聰　様

八洲子殿

(昭和十九年六月十五日消印。朝鮮製鉄便箋・白封筒に青インクで記載)

注①三浦磐雄が朝鮮製鉄で従事していたのは、京義線の京城↑↓新義州の複線化工事であった。この工事は「満州」国に大量の物資を安定して輸送するために、その輸送能力を増大させる必要があった。そのためにすみやかな往復ができる複線としたのである（松尾茂著『私が朝鮮半島でしたこと　一九二八年～一九四六年』草思社）。

②ナデシコ科で、ただしくは「からなでしこ」。さきが歯牙状にこまかく裂けた五弁の花を付ける。花の色には、紅・淡い紅・白などがある。

③一九三九年七月に内務次官・厚生次官連名で「朝鮮人労務者内地移住ニ関スル件」が通達され、京畿以南の七道で募集形式による日本人事業主を経由した労働者の動員がなされた。四二年二月には政府の閣議決定の「朝鮮人労務者活用ニ関スル件」に基づいて、官斡旋のもと九道で朝鮮人が徴用された。さらに四四年九月に日本への労働力動員についても国民徴用令が適用されることとなった。朝鮮国内での強制的徴用は四八五万人、日本国内への徴用は一〇〇万人以上といわれる。また「満州」へも十七万人が開拓移民として移住したという。こうしたなかで朝鮮人による反体制運動も胎動し、日中戦争が長期化すると、日本の敗戦の噂が流され、食糧・労働力の供出拒否、出勤率の低下などの抵抗があった。さらに呂運亨らが建国同盟を結成して新国家建設の準備を進めていた。（武田幸男編『朝鮮史』山川出版社）

第十八信　芋もとうとうなくなってしまいました

☆東京都赤坂区青山北町四の四四　松尾聰様

★六月十七日　茨城県新治郡上大津村白鳥　羽成方　松尾八洲子

梅雨に入って毎日うっとうしい御天気。それに何か椎の花の香に似た強い花の香が空気中に充満して、頭が重い。畳がベタつくし、蒲団《ふとん》は湿っぽいし、蚤はいくら蒲団を干しても干しても、蚤取り粉など何の効果も示さないのか、毎晩苦しめられてオチオチ寝られない。瞭を除いて、皆身体中傷だらけ。蝿も多くて、高藤［武馬］①さんの「門の中」を思い出すほど。全くこれからの時候は叶《かな》わない。身体もベトついて、黴《かび》が生えそうな気がする。警報が出ているので、一層押しつけられたよう。身体の調子も手伝っているのかも知れない、こんなに文句ばかりいっているのは!!

お葉書度々ありがたく拝見。郵便屋さんから渡されない日は、淋しくて物足りない。でもこちらからは一寸もたよりを出さないのだから、申し訳ない。②日曜日は来られるのだからと話をするほどの事もないので筆をとらないでしまったが、又一週間も会えないとなるとこれより手がなく、まみ［檀］君の昼寝の間、上の二人を監視しながら筆をとりはじめた。

手が又しびれてひどく不自由。ポツポツ休み休み綴《つづ》る事にする。おたふく（蚕豆・空豆のこと）を持っているという吉田さん［幸太郎。鶴沼在住のいわゆる便利屋］。あれから一、二度顔を見せたので捕まえて頼んだら、忙しくてもぎってもいられないけどそのうち持って来てやるよといいました。一貫匁位も持ってくるかといっていましたが、もいだまゝか、莢《さや》を取った豆なのかはっきりしません。莢つきの一貫目では、剝いたらいくらもないでしょう。

あれからは一寸も何かが手に入らず、毎日何を食べたらいいかと首をひねって、大事な山芋も里芋もとうとう無くなってしまいました。昨朝は仕方なしに乾物《かんぶつ》の箱を開けて、非常用のうずら［豆］を取り出して煮ました。敵が近づいていつどうなるか知れないのだから、今の命を生きた方がよいと勝手に理由を付けて、お砂糖を奮発してこってりと煮て食べさせたら、子供たちが大喜び。

お昼過ぎ、大きな地震があって、皆蒼《あお》くなって外へはだしで転《ころ》げ出す騒ぎ。あれほど揺れたのに時計は不思議に止まらなかった。下から突き上げられるような感じがしました。この頃はよく地震がありますね。夜半にゴーッと音がして来てガタガタとくると、三人の坊やを抱えてどうしようと困ってしまいます。これが空襲だったらどうでしょう。こんなに時局が緊迫してくると、やはり疎開してよかったとも思います。いくら食物がなくて困っても。

そしたら間もなく赤ら顔の魚を持ってくるおじさんが自転車を引いて入って来ました。鰻を持っているというので飛び出して入ったら、成るほど二皮ばかり入っていました。一皮あけてみせて、四百匁［約一・五キログラム］だというので、それだけもらいたいがいくらと聞いて驚きました。百匁一円八十銭だから、七円二十銭だと。何だか寒くなってしまいました。

でも欲しいといったのだから、黙って七円五十銭出したら、釣りは反対に向こうから五十銭返して、結局七円で買ったわけ。早速蒸したり焼いたり、たれも甘く拵《こしら》えてお出を待っているわけですが、四日も保たせるわけには行きますまい。相当身が厚いのでカチカチに煮固めるわけに行かず、勿体《もったい》ないが食べてしまうより仕方ないでしょう。こんな高いものを食べるなんて罰が当たりますね。許して下さい。

今日はおひるにおうどんにしました。何もお野菜がないので（土浦からのお大根も、とうとう使い切ってしまいましたので）、さとう豆を少しもらい、三つ葉を切って来たり、トウのたった牛蒡《ごぼう》を抜いて来たりして。それでも出汁《だし》③は上等な煮干しと、たった一枚残っていた油揚げでおいしく出来たのに、薫は又々文句がはじまり、とうとう私も我慢に我慢して来たのに腹が立って、食べなくてい丶と片付けてしまいました。そしたら暴れる事暴れる事。食卓は叩く、茶碗は投げる。障子は蹴る、破る。大変な騒ぎ。黙って見ているうちに、村の子供が集まる集まる。わいわいいって廊下に上って、泥だらけにされるなど、これも大変。お腹が空いたお腹が空いたと泣かれるのには困って、とうとう一時間ばかりの後、又私の敗《ま》けになりました。

ごはんの時文句の出るのは薫ばかり。一日も一度も黙って食べません。分けたものの分量の多い少ないが先づ一問題。それから内容が瞭に比べてお豆一つでも少なくてはいけない、とぐずるのです。今朝は、昨日の残飯にたった一粒入っていた豌豆《えんどう》が自分になくて瞭に入っていると散々ぐずった挙げ句、瞭がハイって出したお豆をもらってとうとう食べてしまいました。どうしてこんなに我儘なのでしょう。東京へ帰って、おじいちゃんに又「母親がなってないから」といわれたくないと思いますが、やはり私の力が足りないせいでしょう。

今日新聞を見ましたら、池田［亀鑑］[4]さんや時枝［誠記］[5]さん、金子［元臣］[6]さんなどの名前が出ていました。あなたももう四十［ただしくは数えの三十九歳］。私のような愚かな者を妻にしたため、自分の研究に身を入れる事も出来ず、貴い一生を無駄に過ごされるような事があったら、どうしましょう。うるさい子供や私から離れて居る事が出来る今、忙しいのはいつもの事ですけど、その合間を見ては少しづつ御仕事を進めていらして下さい。クリストフを読んでいたら、こんな文句に打つかりました。

「どの女も皆危険だった。愚かな女も愚かでない女も、人を愛する女も我身を愛する女も。……間違った愛情を押被《おしかぶ》せて芸術家を窒息させるのだった。その愛情はひたすら天才を飼い馴らし平らにし、枝を切り、削り、香りをつけて、遂には天才を自分の感受性や小さな虚栄心や平凡さと同程度のものとなし、自分達の社会の平凡さと同種のものとなしてしまう」

芸術家というのを学者に置きかえてみると、丁度私たちのように当てはまるのだと思って、悲しくなりました。貴方が余りに家庭愛が強くて居られる。それはそれとして、それに甘えて私がいつまでも貴方を今のままにして置くのは、本当に申し訳ない事です。戦争が烈しくなって来て落ち着けなくはなっても、お仕事はお仕事として進めていらして下さい。私は力もなくて貴方の御手伝いをする事が出来そうもありませんけれど、せめて貴方に色々煩わしい事をお耳に入れたり又短気な事をしでかさないように三人の子供を守り育て、参りましょう。愚かな自分にも一寸覗《のぞ》いた国文学をもっともっとやってみたいと欲を起こした事もありましたけれど、こんなカチカチ頭になって退歩してしまった今では、到底何も出来っこないと諦めてしまうより外ありません。子供を生み、育て、家事をする丈の平凡な女で終わる事が詰まらなくて苛立った事もありましたけれど、やはり私には何も自分で道を開いて行くほどの事は出来そうにない。普通の詰まらない女として、一生を子供のため、家のため（私たちの）に尽くして参るのが、一番だと考えるようになりました。そしてなお力が余ったら、お国のために何か力を尽くしたいなどと考えています。それは子供が大きくなった後にでも。

身体に無理をされてまで白鳥通いをなさらないように。私たちはどうにかやって行けましょう。やって行きましょう。羽成の家にいつまで厄介になれるか。それもあんまり心配したって仕方がない。実際子供たちに畑や庭を荒され、ウンコやおシッコは方々にされるし、お風呂も先に［松尾一家が］入れといわねばならず。いえば［羽成家の人の入浴が］遅くなって小さい子が寝てしまうし、いつも見ている目がさぞうるさいでしょう。でも気にしていたら、どこにも居られはしませんね。

土浦にも一度も行かなくては悪いので思い切って行ってみようかと考える事もありますが、往復四里［約十六キロメートル］も歩いたりして体が疲れる上、三児を引連れて気兼ねや何かで、とても勇気がありません。色々考えると土浦へ移る事も食料の事や何かで心配にもなりますし、ここに居ては冬が困るし、迷い抜いています。おばさん［斎藤峯子］は「土浦の家に来るようになる事は覚悟しているが、ここに居られるだけ居て、いよいよ駄目なら来なさい。そしたら私は買出し専門、あなたは家事専門という事にしましょうね」といわれました。これも秋までに考えなくてはなりますまい。でもそれまでは何が何でも頑張り抜きましょう。その時の事はその時。［土浦の斎藤〈羽成〉ふさ宅には］定期［便か乗車券か不明］があるので、何かあったらいつでも［土浦から］来て頂ける安心もあります。［聡の方は］無理をなさらないで下さい。

今夕方の四時半。雨が降り出しました。蚕が上る⑦のでこの二日ばかりはまるで戦《いくさ》のような騒ぎでした。山のような蚕のフンが庭一杯に拡げて干してあるのをまとめるので一騒ぎして、又まみ君を抱きながら机に向いました。寝起きで御機嫌が悪くて泣いてばかり。大分急いだのですが書き切れませんでした。夕方は炭を熾《おこ》そうか熾すまいかなどと空を睨《にら》んで考えています。

農家は蚕が上って、これから麦刈、田植とますます忙しくなります。

目がかすんだり肩が凝ったりして針仕事にも飽きると、クリストフを読みはじめます。夜は蚊帳があるので、寝ながらはとても無理。それに薫が眠るまで色々な童謡や軍歌を歌わせるので、そのうちにこっちも眠くなって、十時頃には目をつぶってしまう事になります。薫は毎晩一字づつ覚えて、今はタチツまで行きました。今晩はテです。新しく覚えて、又アからずっと復習させます。お手本を見ないでソラで書かせるのです。なかなかよくやります。字も上手になりましたよ。時々お父ちゃまのお葉書を出しては拾い読みしています。数は駄目のようです。十まで行ってその先が出来ないのです。イチ、ニ、サン、シというのとヒトツ、フタツ、ミッツ、ヨッツというのとが同じだと思えないらしくて……。

私が本を読んだりしていると遊んでいるようで、［羽成］家の人に見られないように隠れて読んでいますが、農家も忙しいので時々は手伝いに顔も見せなくては悪いし、お蚕は怖くて何ともならず、ずいぶん困りました。庭を歩くと足の裏にフンが一面にくっついて、気持ちの悪い事といったらありません。その中に平気で寝ころぶのですから、子供はおかしなもの。

そろそろ五時になります。晩は何にしましょうか。警報中は早く戸を閉めなくてはならないので、御飯も早くすませましょう。

二晩つづいてお風呂が沸いたので、今日はお風呂もなし。雨で寒いので早く床に入ってといいたいのですが、入るとすぐに［蚤が］ムヅムヅいうので、これもたまりません。昨夜などカラッと全部干したのでふわふわと暖かくヤレヤレと足を伸ばしたら、もうピンピンするのです。起き出してみたら寝間着の裾から三匹一緒に跳ね出すので、寒くなったような始末。夜半にも何度起き出すか知れません。毎晩二三匹潰さない日はありません。お父ちゃまにも、ラクラクと寝かせて上げる事ができそうにありません。ムシムシ暑くても、蚤がいない東京の方がいいですね。とにかくここへ来てから、安眠したためしがありませんもの。子供も可哀相です。どんなに薬を撒いても、出る時は出るのだそうですから、諦めています。おしっこをしかえるのも入れると、五度位も起きなくてはなりませんから、到底のんびりとなどいうわけに参りません。これも母親の務めなら致し方なし。

靴下も立派なものばかりで、一足揃えるのにずいぶん骨が折れました。お寝間着の浴衣《ゆかた》も洗って置きました。又一枚位浴衣を持ってきて下さるとよいと思います。あれでは外に出られないでしょうから。お尻が裂けていますからね。

前のお家［羽成］の病人、小康を得ているかして、まだ朝夕お医者は入りますが、変わった様子もなし。

それから重曹⑧が、愈々《いよいよ》一匙《さじ》しかなくなりました。先日喉《のど》が痛くて使いましたので……。又少し持って来て下さいませ。勝手な事ばかり書きましたけれど、いつものやすこと思って許して下さい。

さとし様　　　　やすこ

軍歌集のいいのが見つかりましたら、買って来て下さい。

（昭和十九年六月十八日消印。学習院の横書罫紙の表裏に縦書記載。縮緬文様の二重封筒に青インク書き）

注①高藤武馬。一九〇六～九〇年。和歌文学専攻の研究者で、法政大学教授。主著に『萬葉女人像』『萬葉の女たち』などがある。俳人としても知られ、雑誌「方言」を創刊し、「言語生活」の編集もした。随筆集に『門の中』、句集に『紅梅』などがある。松尾聰編『全譯萬葉集』（開発社刊・全五巻）にも分担執筆で参加し、父と長く親交があった。

②かつて母は、私たち子どもが筆無精で礼状などを書かないでいると、「早く手紙を書いてしまいなさい。私も『手紙を書けないのは、心がないからだ。心があれば何か書けるはずだ』とお父さん（聰）に言われたことがあるわ」といっていた。それはこのときのことだろうか。

③茨城県稲敷郡あたりの方言で、莢豌豆のこと。三月豆・サト豆ともいう。

④池田亀鑑。一八九六～一九五六年。平安文学専攻の研究者。東京帝国大学助教授のまま、大正大学教授・立教大学教授などを兼ね、昭和三十年に東京大学教授となる。『源氏物語』研究の権威者で、日本古典文学に文献批判の視角を採り入れた。主著に『古典の批判的処置に関する研究』『源氏物語大成』『平安朝の生活と文学』などがある。

⑤時枝誠記。一九〇〇～六七年。言語学専攻の研究者。京城帝国大学教授・東京大学教授をへて早稲田大学教授。西洋言語学を批判して、言語過程説という独自理論を主唱した。主著に『国

語学原論』『国語学史』『文章研究序説』などがある。
⑥金子元臣。一八六二～一九四四年。中古文学専攻の国学者。國學院大学教授・慶応大学教授。一方で槇園という歌人として知られ、御歌所寄人ともなった。主著に『古今和歌集評釈』『万葉集評釈』などがある。
⑦繭を作りはじめること。
⑧重苛性ソーダ。筋肉などを軟化させるので、喉のうがいなどに用いる。

第十九信　いつになったら楽しい家庭が取り戻せるのでしょう

☆東京都赤坂区青山北町四丁目四十四　松尾聰様
★六月十九日夜　茨城県新治郡上大津村白鳥　羽成信夫氏方　松尾八洲子

無事にお帰りでしたか。［空襲警報の］解除は何時でしたでしょう。夜になるまで一寸も知らずに居ました。只今夜も九時過ぎで、内も外も静まりかえっています。お金を数えたり日記をつけたりして、やっとゆっくりしたところです。

一寸前に吉田さん［いわゆる便利屋］がお酒の瓶を届けに来ました。そしてお葉を沢山にもらいました。このおじさん、なかなかはしっこくて［敏捷で］マメなのに驚きました。今日あれから二度土浦に出掛け、空豆を二十二貫も売って来たといいます。田町へ行き着くまでにパタパタとなくなってしまうのだそうです。一貫匁一円四十銭で飛ぶように売れてしまったとか。夕方四時頃、幌蚊帳《ほろがや》①やお鍋の鋳掛《いか》け②二つにお塩・はねぎ・大根・莢豆《さやまめ》など、自転車につけて持って来てくれました。懐が膨れていると見えて、駄賃なんかインねえというので、バットとほうよく③を一つづつあげました。お酒を上げるというので気をよくしたのか、お葉も漬け物にするほど沢山あります。

兄弟四人か五人あって、あの人が一番賢く、下の方へ行くとまるっきり役にしないバカなのがいるそうです。金儲けがとてもうまいんですって。おかみさんは今少しで生まれるようなお腹を抱えて、田うない「田起こし」でも何でもしているとか。元気ではち切れるばかりですね。ここの家では供出④が大変で、家の者も食べられないとそればかり心配していますが、吉田さんは至って何というか、暢気《のんき》に「供出も今年は実際に田畑を調べて歩いて上中下と分かち、その各々に又甲乙丙と分かれていて、供出量を査定し保有米を残して、あとはどこへ売っても構わないのだから、いくらか浮くさ」といっています。

今朝の胡瓜《きゅうり》もあの人が自分で作ったものかもしれないなど話していました、おゆうおばさんが。西瓜《すいか》の話が出て、この村では作る人がなくて食べられない。昔から西瓜を作るとその家に人死にがあるといって嫌うので作る人がないが、あの吉田さんは去年も作って持って来てくれたから、頼むと買えるだろうなんていっています。何でもやるんですね。驚きました。

ともかく重宝な人が見つかったといえます。

今日は土浦も防空服装ものものしく、大変だった由。寄られなくて却ってよかったでしょう。でもおばあさん〔斎藤〈羽成〉ふさ〕が「今日は来る日だが、白鳥に居たでしょうか」って聞かれたそうです。何でも「靴が見えたようだから、居たのだろう」といったら、「それでは寄らずに帰ったのかナ」といわれたとか。おばあさんは待って居て下さったのでしょう。今に桃や梨がとれるようになるそうですから、そしたらおばあさんにも上げられるでしょうか。代価《ね》は高いがこの村の中に作っている人があるのだそうです。

今夜は暖かいせいか、蚊が群をなして寄せて来ますし、こうして坐っていると座蒲団の上に二匹も三匹も蚤が上がって来て、既に三匹征伐しました。日が長くなって七時すぎても外が明るいので薫たちがなかなか家に入らず、したがって八時でないと床に入らないので、仕事が思うように出来ません。ナフタリンは、もう買えないでしょうね。今夜はたくさん撒いてみましたから、寝られるかどうか。

空豆、嵩張《かさば》るから剝いて貴方の食料に差し上げればよかったと、後悔しています。この次ぎいらっしゃる時までもつかどうか。青物がなくて困り切っていたら、どうやら助かり、窮すれば通ずなどと考えました。庭先の豌豆や空豆、いくらでも摘んで上がって下さいとおゆうおばさんが何度もいわれます。つい二三日前は、子供が一つ二つ摘むのもいやなようで、英二さんも薫が見て手伝おうとしたら、「そうたことやンでねぇ」と怒ったのに、がらりと変わったのは、鼻薬のせいか。夕方、お米の炒ったのをお碗に一杯位づつ二度持って来てくれたし、ずいぶん現金ね。

昨夜よく眠れなかったので、昼間疲れて少し眠ったら十時になっても頭がはっきりしていて、寝られそうもないのは困ったこと。クリストフでも少し読んで寝る事にしましょうか。

今度の御出は金曜日ね。四つ寝たらと薫も楽しみにしています。お父ちゃまの御帰りの後は、薫も瞭もボンヤリ考え込んでいて、瞭が突然「どこ歩いている」といいました。子供心にも淋しいのでしょう。いらっしゃった時は嬉しくて甘えるのですから、あまり叱らないで下さい。大事なお父ちゃまなのですから。私がツンツンしているようなのも、嬉しさを隠すためよ、一つはね。だからあまり悪く思わないで……。

ナーンダなんて笑わないで。きっと貴方が茶化《ちゃか》すと思いますが、本当なの。貴方にやさしく出来ないのが、いつも悲しく思うことです。わかって下さると思うけど。いつになったら私たちの楽しい家庭が取り戻せるでしょう。これも悲しみの一つ。

では御出を楽しみに、筆を擱きます。

箒はここの家のを使わしてもらいますから、買わなくて結構です。今のはすぐ駄目になってしまいますから。それにここのが五六本いつも空いているので。印判やハンカチ、御忘れになって、御困りでしょう。しまって置きます。

六月十九日夜

（昭和十九年六月二十日消印。漢文講義資料の藁半紙裏面、二重封筒に青インクで記載）

注①竹や針金を骨として、幌形に作った蚊帳。寝ている小児の上にかける。
②鋳掛けは、金属器にあいた破損の穴などを、溶かした銅やハンダなどで埋めて修理すること。
③「ほうよく」は不明。焙烙（ほうろく）の誤記か。焙烙は米・豆などを煎るために使われる素焼きの平たい土鍋。
④生産物を公権力が強制的に買い取ること。

第二十信　ひもじさが一番こたえます

☆東京都赤坂区青山北町四丁目四十四　松尾聰様
★七月二日　茨城県新治郡上大津村白鳥　羽成信夫様内　松尾八洲子

三十日付の御手紙拝見しました。暑さにもめげず、先づ先づ御元気の様子で何より安心しました。

こちらは薫も三日ばかりして元気になり、又いつもの通り、庭を駆け回っていますから、御安心下さい。タレヒトリ病気ニナッテモ、タダジャオカネーゾの凄文句《すごもんく》。ジャ、ドウシテクレルのですか。熱は火曜日が一番高く、一夜中蒲団掛けに起きていたようなもの。翌朝はやはり熱が取れず、お昼頃にも七度一寸《ちょっと》あり、夕方七度五分。おなかがとけてしまい、起き上がる力も失せて一日寝ていましたが、雪子ちゃんが色々面白い事をしてみせると、声高に笑いなどするので、案じながらもこのまゝで快くなるかもしれないと思ったりしました。

水曜日の夜も蒸し暑く、蚊帳《かや》に蚊が十匹ばかりと蚤が何匹だか分らないほど居て、とうとう十二時半から朝まで一睡も出来ませんでした。昼間は気が違いそうにジリジリ照りつけるし、裸になっても間に合わない位。毎夕お風呂があるので助かるものの、全くこのままでは私もいつか参ってしまうでしょうと思われました。

あけて二十九日、ようやく薫の熱が下がり、日向《ひなた》に出ないように言って聞かせて起こしましたが、おなかはピリピリ。やはり寝冷えでしょうね。梅肉エキス①をうんと舐めさせて、食事に気をつけましたら、もう昨日あたりから健康便になりました。

それはよいとして、今度はまみ［檀］君が愈々《いよいよ》歯茎が腫れ上がり、気むずかしくて一寸も遊ばなくなってしまいました。熱もあるし、御飯も碌々《ろくろく》食べずに困りました。そこへ持ってきてお米がなくなってきて代用食のため、フガフガになって東京の時と全く同じように冷汗は出る、物も言えなくなって苦しい事。やはり何といってもひもじさが一番こたえます。薫はげっそりしているし、本当にずいぶん痩せましたね。そして肌に粟みたいに鳥肌が出来て、健康体でない事を思わせます。

野菜物も土浦からの人参少しとはねぎがあるだけで、毎日何を食べようかと一思案です。ホットケーキは薫がすっかり飽きて食べませんので、昨日は蒸かしパンにしてみましたら、あの上等なふくらし粉、気が抜けたのか、思い切ってうんと入れたのに少しも膨らみません。べっとりと糊みたいになってしまい、取り出して焼き直すなど大騒ぎをしました。二キロの粉四回で使い切ってしまいました。

さて愈々困ったと思っているところへ、土浦の伯母［斎藤峯子］が三十日のお昼前にひょっこり訪ねて来ました。配給のお米を背負い、三度笠を被《かぶ》って汗だくで全く気の毒。お米の袋も汗にしみて、何ともいえない気がしました。

今月は二十日過ぎても何一つ配給物がなくて、閑散でがっかりしたといっていました。［羽成家の］母屋《おもや》へはいつかの鰊《にしん》を（土浦の家の分）二十数本持ってきました。干しておかなかったのか、もの凄い虫で、水に浸《ひた》すと蛆《うじ》も浮き上がってくるものでしたが、何にもない時なので喜んだようです。

お昼のお弁当を十一時頃に開けて、地下足袋《じかたび》のまゝ縁側で食べていますので、水を汲んできたから手と顔を洗って下さいといっても汗びっしょりの体を拭おうともせず、この方がいいと澄ましています。お弁当を三分の一ばかりまみ君に食べさせましたので、ホットケーキを一重ね上げました。夕方でなければ暑くて帰れないからと留めたら、やっと上がって、五時過ぎまでよし乃おばさんの方へ行って話をしていました。夕飯が出来たから食べて下さいというのを何といっても聞かずに、六時近くに帰りました。

メリケン粉［小麦粉］の袋を二つあけて、お米もすぐにあけて、袋を皆持って帰りました。一升瓶も持って行って下さるとよかったのですが、帰りは軽くて嬉しいというのに悪いかと思ってやめました。粉は干して缶に入れておくと来年まで平気といいますが、私の考えでは夏を越したらとても駄目だと思います。

その晩でした。吉田さんがふらりと入って来て、胡瓜《きゅうり》を一貫目ばかり置いて行きました。値段を上げよう［支払いをしよう、の意］と蝦蟇口《がまぐち》を取りに行っている間に、自転車でさっさと帰ってしまいましたが、お酒をもらった御礼のつもりかしら。じゃがいもの事を、念を押して置きました。小麦もうんと穫れたようです。おじゃがはまだ家で食べるのにやっと少し探り掘りをしている位で、もっと経って掘るそうです。胡瓜は今が全盛といいます。

いつかの空豆、後からの一〆五百匁だけはカラカラに干せました。

峯子伯母さんやよし乃おばさんの話では、お酒を上げたというが、あんな人に何で上げたのよ。あの人は狡《ずる》いのだから、何でもやると皆ただどりされちゃうから上げない方がいいといいます。

高森さんの方へも話してはありますが、あれから行かれなくてそれに行っても今はどこの家も空っぽです。子供をぞろぞろ連れて行くのも物欲しそうで嫌ですし、やっぱり土浦のおばあさんでなくてはだめかと考えますが、おばあさんに病気になられると大変ですからね。

ここの家でも昨日［七月一日］から田植がはじまりました。

うっかりして、月末に上げるべきのを忘れて、昨朝持って行きました。十円と電気代七十銭、それに野菜をもらったお礼に二円出しましたら、他人行儀で嫌だといい、野菜なんかいくらでもないのに売ったりしてはひどいからといわれました。断られるのを、何でも受け取ってくれと置きましたら、すぐ生まれたての赤ン坊の頭ほどの大きいお握り（炊きおこわ）を二つ下さいました。又お腹が空いて目のくぼむ話をしたら、家の麦飯でもよかったら、お握りにして食べなさいといってくれました。これは峯子伯母さんの居る時でしたが……。でもまさかお握り下さいともいわれませんしね。それでも今日は新じゃがを蒸かして、二十幾粒かもらいました。頗《すこぶ》る美味。喉を通る時の快《こころよ》さ。勿体《もったい》ない話です。貴方にも食べさせたかった。

農家は今四食です。朝と十一時、三時、夕方と。他人を頼めば、白い御飯や御《お》こわや何かと竈《かまど》に火を絶やさず。大変は大変ですね。

よし乃おばさんに小豆を二合ばかりもらいました。そろそろ畑の胡瓜がなりはじめ、隠元［豆］も食べられるようになりました。

田町のおばさん、石田を通ったら玉葱がたくさん干してあったから、あれを買って持っていると冬まで困らない。二〆《しめ（ママ）》目位買うとい丶というので、色々買って頂くのに十円と衣料切符一枚預けました。会計は炭（二円六十五銭）、薪（四円十銭）、米（三円四十五銭）と全部すませました。メリケン粉はあれだけやっとだったとかで、とても後の望みはないとかいいます。

そうそう、ここの家で大麦一升もらいました。それからよし乃おばさんが篩《ふるい》にかけて取り出した小麦を、一升近くもらいました。長い虫がついていました。全く情けない話。土浦の配給米には何にも混じっていないので、それを一合位づつ混ぜて炊いています。朝と夜の二度分だけ。

こちらの様子はまづこんな工合。

機関学校②へはお手紙差し上げない方がいいと思って、出さない事にします。［聰が昭和寮に移って］空《から》になる青山の家の事も気掛かりだし、何と騒いでも仕方がない事だけど、色々考えると嫌になって御飯の途中でふっと涙がこみ上げて来ます。

クリストフ、昨日まで楽しみに読んで来ましたが、とうとう読み終わってしまいました。何だか淋しい。行李《こうり》の中に残して来た「親和力③」でも持って来て下さるか「カラマーゾフの兄弟④」も読んでみたい。

「桑の実」を読み返しているけれど、［鈴木］三重吉もなかなかいいですね。描写が非常に精確で、生々した色彩を好ましく思います。

ここへ来てから一晩もゆっくり寝られない事は、辛い事の第一。電灯がつくともう蚊がうなり出して、蚤が跳ね返り、手紙書きも本読みも針仕事も何にも出来なくなる。八時頃からやむなく蚊帳に入る事になる。そして又チクチクムズムズ。生きた空《そら》もない［心地がしない］。夜半に独り起きて三児の番をしながら、団扇《うちわ》であおいで息をついているのを察して下さい。戸を開けて冷たい空気を入れてと思うのですけれど、何か入って来るといけないと思って、それも出来ません。貴方がついていて下されば開けっ放しに出来ますけれどね。とても臆病な自分をおかしく思います。

母屋に和子さん［羽成隼雄の妹］が来ています。お風呂を汲んだり、お弁当を田圃へ届けたりしているようです。

さきほどよし乃おばさん［ここは節男の後妻］に頼まれて、小岩［よし乃は浦和在住。長策の家族に対する手紙か］へ葉書をしたためました。よし乃おばさんはここへ来て毎日おさんどんやお掃除に骨が折れて、嫌になったといいます。九月にならない中に帰りたいといっています。こゝでも玉子が四十銭〜四十五銭になりました。もうつまらないから買いません。五つで二円では、バカバカしいでしょう。

毎日暑い日でしたが、今日はつい今さっきから雨になり、ほっと息をつきました。こんな天気では御飯が酸っぱくなるようです。御面倒ですが、お釜の蓋にするものを持って来て下さいませんか。お鉢の上にのせておいたのです。周りがうらこしみたいに出来ていて、それに竹が編んではってあるのです。

この頃の日課は、子供たちのズロース拵え。古い白絣《しろがすり》を裁《た》って、三人分仕上げるつもり。私は、いくら食べられなくても、やはり二度と買えないこうした布類を手放したくないように思います。もう蒲団《ふとん》のがわもびりびりですから、近いうちに浴衣《ゆかた》を壊して蒲団にしようと計画しています。それに四人目の坊やのためにも［当時妊娠中。ただし九月末までに流産している］、取って置きたいように考えます。おむつが役に立たないほどぼろになりましたから。そして私たちの着物にもなるでしょう。この間まで貴方の着てらした筒袖《つつそで》の紺絣からは、もんぺが大小一つづつ取れました。子供たちは夏は腹巻きと中又《さるまた》［股引のこと］だけで、裸にしておくより外ないと思います。泥の中にころげ廻って遊んでいるのですからね。

言葉も日に日に凄くなり、俺、コン畜生、バカヤロの連発です。「しょうがないじゃないか」という事を「しょうあんめえ」といいます。困ったもの。又シとスを混用したり、リとルを間違えたり。皆五つの子［数え年の五歳。雪乃のこと］の模倣です。ホットケーキを焼いていると、指を咥《くわ》えて見ているし、これには困ります。何だかもっと大事な用があったようですが、困った事ばかり多く書きました。では、又。

（昭和十九年七月三日消印。藁半紙の表裏、百人一首文様の白封筒に青インクで記載）

注①梅干しの果肉を裏漉しにかけたものが梅肉。そこから絞り出したエキス。
②機関学校は海軍所管の教育機関で、タービンなどの構造や機械操作などを学ぶ。明治七年に置

かれた海軍兵学寮分校（機関術）が前身で、兵学校付属機関学校をへて、明治十四年に海軍機関学校となる。京都府舞鶴市にあった。昭和十九年十月に海軍兵学校に併せられて、その舞鶴分校となる。機関学校のだれに書簡を出そうとしていたか、不明。

③『親和力』は、ドイツ人作家のゲーテ（一七四九〜一八三二年）の小説。主人公とその妻の姪との宿命的な愛の悲劇を描いた作品で、近代心理小説のさきがけとなった。

④『カラマーゾフの兄弟』は、ロシア人作家のドストエフスキー（一八二一〜八一年）の作品。老地主が殺された事件を題材として、三兄弟の言葉を通じて神の存在や人間性の本質を追求する。

第二十一信　大切な手鏡を壊してしまいました

☆東京都赤坂区青山北四ノ四四　松尾聰様

★七月十二日　茨城県新治郡上大津村字白鳥　羽成信夫様内　松尾八洲子

又暑い日が戻ってまいりました。ゆっくりお休みになれないで、又お忙しい毎日でどんなにか御疲れでしょう。まみ［檀］坊やの風邪は大した事なくてすみそうですが、昨日お腹から細い細い白い虫［回虫］が出ましたので、驚いて早速セメエン［虫下し用の粉薬］を皆でのみました。日中は除草がこの頃の日課です。暸坊やは時々おいたをして、昨日は東京の「よし乃」おばさんの大切な手鏡①を滅茶々々に壊してしまいました。とても大事にして居られて、疎開のつもりで持って来られたとのこと。買って御返しする事が出来ない今日、何としてお詫びをしましょうか。母屋にはまみ君の他は上らせない事にしていたのに、一寸の間にとんだ事をしてしまいました。大型ので見るからに美しいのです。あなたからも今度お詫びして下さい。昨日は午後から人形製作。素的にかわいいのが出来ました。チイ坊②が大喜び。

（昭和十九年七月十二日消印。京都南風堂発行の近江矢橋之帰帆の絵葉書に青インクで記載）

注①「鏡」について、薫がこのとうじを回顧して作文を書いている（「鏡とぼく」）。なお薫は、昭和三十年十一月十八日に脳症で病死している。享年十七。

鏡とぼく

ぼく、ずうっと前の五つぐらいのときでしたが、おかあさまがおけしょうしていらっしゃいました。そこへぼくがいってみました。

すると鏡とはしらないので、ぼくはへんだなあと思いました。

その時おかあさまが、これは鏡というものですよとおっしゃいました。ぼくは、ああそうかと思いました。おかあさまはおけしょうをする時、いつでもはなの上をぺたぺたたたきます。

ぼくの家の鏡は、本ばこの上においてあります。

（初等科二年生［昭和二十二年度］薫作。塚田俊編集『追悼』昭和三十一年二月刊所収）

②小さい坊やの意味。瞭・檀のことか、または羽成家の十一歳の定男または八歳の英二（ともに隼雄の子）か。

第二十二信　子どもはみんな風邪

☆東京都赤坂区青山北四ノ四四　松尾聰様

★茨城県新治郡上大津村白鳥　羽成方　松尾八洲子

暑い最中《さなか》を無事に御かえりでしたか。

今日は注射の日。大した反応がなければよいと念じています。子供たちの目はまだ快くなりません。瞭坊やは幾分よくなったかと思われますが、薫はひどい最中《さいちゅう》。それより今朝から瞭がだるそうで、熱をはかったら八度五分もあるので、おどろいて蒲団にねかせましたが、四時頃おひるに食べたものを全部吐いてしまいました。おなかもゆるみ、風邪から来たものと思われますが、暑い時なのでかわいそうです。（十八日夕）

瞭坊や、今朝は七度五分。少し元気が出て話をするようになり、おにぎりを二つ食べました。まみ［檀］子も薫も、風邪気が抜けません。そして私も疲れたのかめまいがして、今日は頭がクラクラして歩けません。蚊帳《かや》は修理しても何の効能もなく、閉口。

（昭和十九年七月十九日消印。仙台名所・東北帝国大学医科大学の絵葉書に青インクで記載）

第二十三信　配給の馬肉と手作りの茄子

☆東京都赤坂区青山北四ノ四四　松尾聰様

★七月二十五日ひる　茨城県新治郡上大津村大字白鳥　羽成信夫様内

松尾八洲子

毎日涼しい日がつづきます。働くのには楽ですが、お米には困った天気です。三児、ようやく昨日あたりから元気を取り戻したようです。高子さん［長策の娘］ともお馴染になって、花火をやったり麦の穂を拾ったり、なわとびをしたりして遊んでいますが、雪子ちゃんが薫や瞭を相手にしてけんかするので、泣くやら何か大騒ぎ。味方を得ていばってみたいのでしょう。本郷の脚の弱い［高森］おばさんが来ていますので、又T［不明。薬品の tablet かまたは ticket か］を頼みました。昨日おじさんが土浦から配給の馬［肉］と伯母の手作りのお茄子《なす》など届けて下さいましたので、大助かり。今度こちらに来られる前に寄られるようでしたら、団扇《うちわ》といんげん［豆］の種子を持って来て下さい。コンロの網は買って頂きました。むらさき［醤油］のハンパも届けて頂ければ尚結構です。

（昭和十九年七月二十五日消印。仙台名所・清水小路専売局前通りの絵葉書に、青インクで記載）

第二十四信　蚤と蚊

☆東京都赤坂区青山北四ノ四四　松尾聰様

★七・二七　茨城県新治郡上大津村白鳥　羽成信夫氏方　松尾八洲子

今日は思いがけない御出に子供たちの喜びは非常なものでした。御帰りの後間もなく暸坊や元気になり、熱はすっかりとりきれませんが、よく喋り、気分も悪くないようです。夕食が早くすんで、今まで毛物［セーターなど］や本の片付けをしていました。八時すぎますが、まだお風呂があかないと見えます。セトヒキ①の米櫃はふたが取り違っているようです。気温が上ったのか、今夜はひどい蚊です。

又蚤と蚊に悩まされ通して、一夜明けました。

暸はケロリとしています。皆いい子だけど、仁丹②をくれないからカルクン［薫］だけはいい子でないのだそうです。よし乃おばさんは、案の定うけとられません。代わりに何を持って来ても駄目だと強硬です。他人と思うならそんな事が出来ようが腹が立つといわれ、引込むほかありませんでした。ともかく出すだけは出したのですから、あとは又何とか考えましょう。今日は青空が見えたり土砂降《どしゃぶ》りになったりのおかしな天気。今夜からは御骨折ですね。雨でないように祈って居ます。おうどんでも戻して、御夜食を上るように。

（昭和十九年七月二十七日消印。陸軍士官学校講堂の絵葉書に、青インクで記載）

注①瀬戸引きのことで、金属製什器の内外に硝子質の釉薬（琺瑯）を塗布して焼き付けたもの。外見は瀬戸物（陶磁器）の釉薬がかかっているように見える。金物では酢など酸性のものは入れられないが、瀬戸引きならば可能となる。
②薬の商品名。小さな丸い粒状をした、銀色の口中清涼剤。

第二十五信　行きたいのですが、切符が買えるかどうか

☆茨城県新治郡上大津村字白鳥　羽成信夫様御内　松尾八洲子様
★七月二十八日　横浜市戸塚区汲沢町二一三六　三浦榛名

大きいお姉様、お元気ですか。いつも今日こそお手紙書こうと思い、つい試験でしたので書きそこねてしまいました。もう試験もおわり、十日間の水泳もおわりました。二十五日から八月十三日迄お休みです。お兄様はお休みはないのでしょうか。お休みがあるとは一寸も思いませんでした。ほんとうにありがたい事です。一度土浦へ行きたいと思います。おばあさん［斎藤〈羽成〉ふさ］も年をとっていますし、今年七十七才でしょうと思いますので、一日か二日行きたいと思います。その時はぜひ大きいお姉ちゃまにも会いたいと思います。でも切符がかえるかどうかわかりません。御近所の方にたのんでおきましたから、かえしだい行くつもりで居ります。来月は月番ですから、今月中に行くつもりです。しかし来月になるかもしれません。みんな大きくなったでしょうね。きっとお会いできるでしょうね。いろいろお話したい事がありますが、又行きました時にしましょう。ではおあつい時ですから、お体に御気をつけて下さいませ。では又。

かしこ

大きいお姉様

その他の小さい皆様へ

はるな

（昭和十九年七月二十八日消印。封筒には「皇軍へ絶やすな乙女の慰問文」の字と島デザインの桜と女学生の絵が印刷されている）

第二十六信　朝の汽車で行こう

☆茨城県〈土浦局区内〉新治郡上大津村白鳥　羽成信夫様内　松尾八洲子殿
★七月三十一日　東京都赤坂区青山北四ノ四四　松尾聰

（追記）四日はつかれやすめをしたいから、特別のことがない限り、そちらへは行かぬつもりだ。五日のあさの汽車で行こう。但し［斎藤〈羽成〉ふさのいる土浦市］田町へは五日（土）には寄らぬ。七日（月）以後に寄りますと一筆そちらから出しておいてほしい。

（封筒の裏面に記載されたもの。中身はなし。昭和十九年七月三十一日消印。白封筒に墨書き。追記分は黒インク書き。なお封筒の表には聰の字で「渋谷区穏田一ノ四　今泉嘉一郎①殿」という宛名の下書きがあるが、インク消しで消されている）

注①穏田は渋谷川沿岸で、原宿などとともに神宮前と改称された。今泉嘉一郎（一八六七～一九四一年）は八幡製鉄所の工場建設などに関わった製鉄技術者で、退官後に鋼管製造会社（のちの日本鋼管で、平成十四年《二〇〇二》に川崎製鉄と経営統合してＪＦＥホールディングスとなる）を創業した。昭和九年に政友会から出て衆議院議員となる。しかし昭和十六年六月、七十四歳で没した。嘉一郎の経歴には学習院との繋がりがない。地元の代議士という関連かもしれないが、三十代前半の聰が政治家に何かを依頼することもされることもともに思い浮かばない。

第二十七信　空襲がこないで丈夫でいたならば、又会えますすね

☆白鳥・松尾八洲子様
★戸塚・三浦榛名

大きいお姉様へ

大きいお姉様、その後お変わりありませんか。この間はおいしいあずきやトマトや桃をいただいて、とてもうれしかったわ。ほかのお家で出したごちそうよりも、大きいお姉様の真心のこもったごちそうが何より一番おいしく思い出されます。

母ちゃまも坊や［榛名の自称］も、早く大きいお姉様や三人の小さい坊やたちに会いたくてたまらなかったのが、とうとうお会いできてうれしかったわ。何と云ってよいかわかりません。薫ちゃんは大きくなっていてびっくりしました。又瞭ちゃんが何時の間にかいろいろしゃべられるようになり、又檀ちゃんが歩くのでみんなびっくり。何時見てもかわいらしいですね。白鳥のお山は山ゆりが咲いて、とてもよい所ですね。この辺の山ゆりはすっかり咲き終わりましたが、今家の茶の間から見える山ゆりは咲いてよい香りがしています。大き

いお姉様と別れるのがいやで、一緒に戸塚までかえりたいと思いました。しかし戸塚へはいま直ぐにつれていけないと思い、無理に帰って来ました。大きいお姉様と別れる時は悲しくなってしまいました。大きいお姉様の姿が見えなくなってしまった時は、母ちゃまも坊やも一度に泣いてしまいました。泣きながら、電車に乗れないといけないと思いながら走りつづけました。でも幸いに駅では、二十分程ひまがありました。汽車に乗っても簡単服を着た大きいお姉様がねんねしたかわいらしい檀ちゃんをおぶった姿と、両側に小さな薫ちゃんと暸ちゃんの姿が目に浮かんで来て、涙と汗が出てしょうがありませんでした。その日は土浦に泊まって、翌日六時三十分の土浦発で帰りました。夜、母ちゃまと二人だけ、月の光をあびてとぼとぼと帰ってきました。その間も大きいお姉様の事ばかり思い出し、今頃のみにくわれてはいないかしらと思い心配でした。でも又この夏に空襲がこないで丈夫でいたならば、又会えますね。たのしみにして待っています。きのうの夜、神津さんが来ました。八時頃から来て、夜中の一時半頃迄話をして行きました。今日も来るのですって、云っていきました。いやになってしまいます。あら、カナカナぜみが鳴いています。白鳥でも鳴いているのでしょうね。もう夕方です。一日からもう月当番の仕事があります。あすの朝も早く起きて戸塚の町へ行きます。では又おたより致しますね。お体を御大切にして下さいね。今頃薫ちゃんも暸ちゃんも檀ちゃんも大きいお姉様も、夕方のごはんでしょう。おたより下さいね。

はるなより

大きいお姉様へ

（昭和十九年八月上旬か。封筒なし。横型縦罫便箋に青インクで記載）

第二十八信　梅肉エキスをたのみます

☆東京都赤坂区青山北町四丁目四十四　松尾聰様

★二十八日朝　茨城県新治郡上大津村白鳥　羽成方　松尾八洲子

薫病気。昨日まで元気よく遊んでいたが、五時半頃手足を拭いて上げようとしたら、熱があるので、計ってみたら九度近い。頭が痛くもなし、お腹も何ともないがだるいという。食事を軽く済ませて、直ちに蒲団に入れる。水枕、梅肉エキス、手拭いでたえず頭を冷やす。あまりひどい暑さだったので、軽い日射病かと思われる。

二十八日朝、熱はまだ七度台。目付《めつき》も大して悪くなく、食欲も変りなし。ただ熱のため味が全くないし、起きていられないほどだるい、とか。五つの子［雪乃］、朝から廊下に上って歌をうたったり人形をあやしたりして、薫をなぐさめている。

悪いものは食べないし、疫痢《えきり》の徴候なし。昨夜の雨で今日はいくらか楽だが、暑さは相当。のどに出来た汗疹《あせも》がチクチクする。下の児二人は元気。昨夜は蒲団かけと蚤退治で十分毎に起されて閉口。戸を閉めると蒸風呂のよう。お米が心細く、来る日も来る日もおひるは代用食。この次には、シッカロール[1]、梅肉エキスたのむ。

（昭和十九年八月二十八日消印。官製葉書。立憲政友会時局大演説会開催の案内葉書の行間に、青インクで記載）

注①皮膚に散布する薬剤の商品名。亜鉛華または亜鉛華でんぷんで製作され、汗を吸収するので、汗疹・ただれなどの防止・治癒に効果がある。

第三章　父の遺言書

中国戦線での大陸打通《だつう》作戦の効果があがらないことをみて、日本政府は軍事力での解決を諦め、昭和十九年（一九四四）九月から中国重慶政府に対して和平工作に転ずることを決めた。もっともその条件内容が問題で、中国政府から相手にされなかった。一方日本はアメリカ軍の進撃もとめられず、十月のフィリピン防衛をめぐるレイテ沖海戦で大敗を喫し、制海権を失った。根本的に資源不足と生産停滞に悩む日本は、海軍神風特別攻撃隊を編成して無謀な試みに邁進した。そうしたなかでアメリカ軍はマリアナ諸島を攻撃し、六月にサイパン島、七月にグァム島・テニアン島をすでに陥落させていた。その三島に基地を作り、サイパン島には飛行場を建設。ここを発進基地として、日本本土空爆に本腰を入れることになった。

東京空襲は昭和十七年四月十八日がはじめだが、以降しばらく途絶えていた。しかし十一月一日には偵察飛行が確認され、空襲警報が発令された。そして昭和十九年十一月十三日には名古屋へ、十八日には大阪へ、そして二十四日にはサイパン基地を発進したB29戦略爆撃機約七十機がいよいよ首都東京を空襲し、これを手はじめとして一〇二回におよぶ東京への連続した空爆がはじまる。ただし、当初はおもに軍需工場である中島飛行機武蔵野工場を狙った精密攻撃だった。

B29はbomber（爆撃機）29の略称で、ボーイング社製の四発重爆撃機である。被弾に強い機材で作られたために五十四トンという重量だが、時速六〇〇キロメートルで飛行し、上昇限度が一万二五〇〇メートル、航続距離は五二〇〇キロメートルだった。スーパー・フォートレス（超空の要塞）の異名をとり、十数門の機関砲も備えていた。日本軍の誇る零式艦上戦闘機（零戦）で迎撃しようにも時速五七〇キロメートルしか出ないので追いつかなかった。また武装した状態では一万メートルまで上昇できず、時間もかかりすぎた。襲来したのは昭和二十年だけで延べ四万五二一六機であったが、日本軍はそのうち五十機を撃墜した（公称は七〇〇機）。これらの多くは、武装を解除した戦闘機が体当たりしたものである。地上の高射砲では砲弾が目標物まで届かないから、国民はなす術なく空爆に連日曝されることとなった。

内田百閒『東京焼盡』（内田百閒集成22、ちくま文庫）によると、十一月二十四日にも空襲があり、翌日は警戒警報のみ。二十七日に「どすんどすん」という地響き。十一月三十日の〇時五分には投下された爆弾によって火の手が上がったのが見え、雨風にのって火事の匂いも感じた。四時十五分にも爆弾が投下された。空襲はちょうど三日目ごと、と書かれている。気ままに落とされる爆弾の行方しだいで、今日にも家が火事となって、家族や自分が死傷する危険性があることを、だれしも自覚しないわけにいかなくなっていた。

本章には、昭和十九年十一月二日から十二月までの書簡、七通を収めた。

松尾家では、昭和十九年八月ごろ父が青山の自宅を離れて、学習院の職員寮となっていた昭和寮に移った。昭和寮は淀橋区（新宿区）下落合一丁目にあり、もともとは学生寮だった。文部省の高等学校規程改正にあわせ、昭和十八年度からは高校一年生の修練の場とすることとなり、前にいた寮生は退出させられた。しかし高等科生の身体を維持できるだけの食糧も入手できず、昭和十九年三月十九日に閉鎖された。そこで第一寮に少数の地方出身学生を収容し、あとの三寮に家族を疎開させたかあるいは戦災で家を失った教職員が入寮した。父の入寮はこうした事情とは異なり、教務部の一員として学習院の近くに待機し、被災の危機に対処することを任務とした。

さらに青山宅にいた祖父母も、昭和十九年十二月以降、おくればせながら秩父に疎開した。松尾本家の周男（聰の従兄）が板橋区役所の練馬派出所に勤めており、そのときに世話した学童疎開のさきである埼玉県秩父郡久那村大久保（現在の秩父市久那）を紹介したのである。ここに祖父母は秩父、父は下落合、母子は白鳥、叔父（拾）は青山と、松尾家は四分裂することとなった。

白鳥では、この年の終わりごろから、母たちの生活が好転しはじめた。それは羽成家の数軒さきに居住する桂木良知・しげの夫妻が好意的に接するようになってくれたからである。桂木家での葬儀の当日、母は所用で出向けなかった。そこで翌日弔問に赴いた。それがきっかけだった。良知は作男（雇われて耕作する者）で、羽成家よりかなり格下だったらしい。その羽成家の姻戚者が、別の日にわざわざ格下の家を訪ねてきたことに恐縮し、母の持っているさまざまな物資との交換ではあるが、母子の食糧事情について以後なにかと便宜をはかってくれるようになった。桂木夫妻には子がいなかったためか、娘のように思ってくれた。これで暮らしはおおきく改善された、と母は述懐している。しかもこの好意は疎開時だけでなく、終戦後の食糧難のなかでも続いた。とはいえその母でも、嫁入り道具としてもっとも大事にしていた紅葉貼の裁縫箱や三方鏡を食糧と交換してくれと求められたときは、断わることもあった。

当時のままに立つかつての学習院昭和寮第二寮

書簡では、外祖父・三浦磐雄が朝鮮半島で不穏な動きがあることを伝えている。国内では、父が原宿駅近くの東郷神社境内などが罹災した状況を母につぶさに報告してきているが、「この図、防護方法について考えるよう具体的被害の様を示せるものなれば、ただ興味半分にて猥《みだり》に世に示すべからず」などと注記するなど、政府機関による抜き打ちの検閲を意識した感じもある（第三十四信参照）。

また十一月付で遺言書が三通並んでいる。逃げ遅れることも、また妻に会いに行くための列車が運悪く空爆を受けることもある。どこにいたとしても安全なところなどなく、どこで死ぬかしれない。連日の空襲を見聞きするなかで、死を近いうちにほぼ現実におこることとして覚悟しなければならない状態に父は追い込まれていた。自分の死後の妻への配慮、親や子への愛情はかなしみを伴って伝わってくる。なお、富永惣一氏に対する遺言書（第三十三信）は密封されたままだったが、今回私が開封した。

第二十九信　白鳥だとて油断はならない

☆茨城県新治郡上大津村白鳥　羽成信夫様方　松尾八洲子殿　親展

★昭和十九年十一月三日　朝鮮平安南道江西郡城巌面大安里朝鮮製鉄株式会社
平南工場鉄道建設事務所　三浦磐雄

謹啓　久々で御たよりに接しました。こちらからも暫く御無沙汰致して居りまして申訳もありません。

其の間色々と御苦労も多かったようでしたことを伺いまして、洵《まこと》に御気の毒に存じます。当方も暑さの厳しきこと内地どころではなく、其の上秋の気候と云うものが短かく、既に二十日許《ばかり》も前に霜が下りて手袋の欲しいようなことでしたが、昨今は日中お陽さまさえあれば暖かです。聞くところでは十一月になって急に寒さも増し、又十二月になると少しは暖かくなるなど申して居りますが。

それはそうと流産なされたとか。其の間の御心労並大抵ではなかったことと御察し致します。その上に子供達の病気などもあって、ほんとうに大変でしたことでしょう。しかし昨今は元気も恢復されましたとか、安心致しました。何と申しても体が大事ですから、精々御大切になされますよう呉々も御健在を祈って居ります。私も日々忙しくともかくも鉄道が一段落つくまでは一所懸命に勤務をして居ります。

これも御国の為と存じて居ります。只今会社の中が何となくごたごたして居て、不愉快なことが多いのには心も腐ってしまいますが、之《これ》も時日と共に解消もしましょう。

八月二十三日でした。戸塚［三浦家の留守宅］から電報で「叙勲五等授瑞宝章①」旨のことで知らせて来まして、嬉しく存じました。皆さんにも喜んで頂いて居ります。これも皆さん達の御かげ様だと思って居ります。これにつき御祝詞も頂き忝《かたじけ》なく御礼申上げます。榛名は元気よく学校のことは離れて横須賀の海軍経理部に毎日勤めて居るとか。本人も喜んでたよりして来ました。まア結構なことだと私も喜んで居ります。

西太平洋に於ける大戦果[2]御同慶に存じますが、東京方面の空襲も必至ではないかと日々心配して居ります。そのために疎開もして苦労して居られるのですが、呉々も御気をつけなされますよう。白鳥だとて戸塚だとて米鬼の盲爆に逢っては叶《かな》いません。油断はならないと思います。当方でも既に空襲警報は三四回ありましたが、まだ敵機は来て居りませんが、何分製鉄工場のことですから、あぶないと思って居ります。こちらも気をつけて居ります。

事務所の疎開というようなことで私の事務所は工場から一粁《キロメートル》半も離れた鉄道工事現場の側へ移転しました。そのため今迄は三四分で事務所へ行けたのが、二十五分もかかりますので、これから寒くなるのにそれを歩いて通勤することが大変だと思いますが、戸塚の家から戸塚駅までと思えば大したこともないので。只《ただ》寒さが零下二十五度と云うような時もあるのですからと思いますが、ともかくも外《ほか》の人も通《かよ》ってるのですから、大したこともないだろうと思います。

土浦の方の御世話に大変なったとのことですが、私からも手紙を出してよく御礼を申して置きましょう。

青山の方の御両親や弟様［義弟・松尾拾］は、如何なされましたか。御序《おついで》のとき、よろしく御伝え下さいますよう。

こちらは林檎の名産地ですから、今年は御送りすることも出来ると思って居りましたのに、この種の小荷物の取扱いは絶対に出来なくなりまして、その意に任せません。何かの方法でと思って居りますが、先々《さきざき》出来ないと思われます。残念に存じます。

何か御送りしようと常に思って居りますが、禁制品が多いのに、こちらも物につまって居ます。私等への砂糖の配給など一ヶ年の間に二回、漸々今年百二十匁［四五〇グラム］丈《だけ》しかありませんでした。勿論《もちろん》御菓子など一度飴玉を四十匁と最中《もなか》を六ヶもらった丈のことでした。尚内地と違って応徴士③への待遇がとても行届かないので不平も多いようですが、それもあきらめるより外はないのです。と云っても毎日食事丈は十分と行かなくても採れて居るのですから、感謝して居る訳です。

何はともあれ身体を大事にして、一日も多く御国の為に御奉公することが第一と存じて居ります。何れにしても誰もが体を大事にして働くことだと思います。

時々御たよりを頂きたいのです。内地の事情を知ることが私としての一番の楽しみなのですから。御ひまはとてもないでしょうが、時々願います。

呉々も御身御大切に御健在をはるかに御いのりして居ります。白鳥の方々へもよろしく御伝え願います。

では又おたよりもいたします。

大同江岸より　磐雄

（昭和十九年十一月三日消印。朝鮮製鉄便箋・裏地が藍の白封筒に青インクで記載）

聰　様
八洲子殿

注①瑞宝章は国家、公共に対する功労のある人への褒章。当時は勲一等から八等まであった。磐雄は東京市都市計画課・高崎市都市計画課・拓務省・東洋拓殖株式会社（出向で朝鮮製鉄）などに勤務した。浄化設備・道路計画などに従事したが、褒章は拓務省に在職したことへのものか。

②昭和十九年十月二十日〜二十五日のレイテ沖海戦（比島沖海戦）のことか。「大戦果」とあり、国民には知らされていなかったようだが、前章でも触れたようにこの戦いで日本海軍は武蔵をふくむ戦艦三隻・空母四隻・巡洋艦九隻ほかを失い、大敗した。これにより日本海軍は大型軍艦の大半を失い、組織的な作戦が遂行できなくなった。

③応徴の語意は徴用に応じることにすぎないが、文面からすると応召の命令によって義務的に従事するのでなく、志願して自発的に応じた人のことをいうか。

第三十信　不消化便ですから、食餌に気を付けて

☆茨城県新治郡上大津村白鳥　羽成信夫様方　松尾八洲子様

★十一月三日　土浦市田町二七五二の二　斎藤峯

先日は切角［折角］のお出に何の御馳走もなく、お土産もなく、お粗末致しました。後で檀ちゃんの便を見て驚きました。よくよく不消化便①ですから、お食餌《しょくじ》に気をつけて上げなさい。今日は峯子［斎藤。八洲子の母方の伯母］が買出しに沖宿［現在の土浦市沖宿町。南に霞ヶ浦が接する、半農半漁の村］方面へ出かけて、私一人です。取敢えず、塩の券を送ります。お天気がつづいたら、白鳥へ参ります。

祖母［斎藤〈羽成〉ふさ］より

八洲子さん

（昭和十九年十一月四日消印。家庭科学社製便箋・白の二重封筒に黒インクで記載）

注①当時約一歳十一ヶ月。おそらく下痢を起こしていて、その原因を判断したもの。細菌性・ウィルス性ではなく、消化不良性下痢と判断したらしい。

第三十一信　死の現実は醜く暗きものなれば幼児等に知らしむべからず

☆茨城県新治郡上大津村白鳥　羽成信夫様方　松尾八洲子殿
★十一月二十九日　東京、目白　学習院内　松尾聰

八洲子に対する言い置き

昭和十九年十一月
松尾聰

一、万事めさきのことより将来のことを考え、現下の小感情に揺られることなく冷静着実に事に処すべし。

一、今後の生活につきては、次の如くなるを希望す。

（イ）両親と同居し、両親に敬事し、又両親にはできるだけ孫共を可愛がってもらうべし。

（ロ）八洲子は万難を排し、公立高等女学校に職を得て将来の生計を確保し、併せて世間を知るべし。（子供等の教育について得る所も多かるべし）

（ハ）青山の家は売るべからず。売って金にするは易《やす》けれど、その金はたあいなく消散しやすし。苦しくとも、薫、大学卒業までは保ちつづけるべし。

（ニ）生計は両親の扶養には両親自身にて附せらるる扶助料あれば、先づ心配なからむ。但し不時のことにて不足の時は、可能なる限り勿論《もちろん》然《しか》るべく八洲子に於て之《これ》を捻出す

べし。

八洲子及子供たちの生活及教育費は、青山の家を他人に賃貸し、他に借家を求めて住まば、その差額、先づ百円足らずはあるべし。それと八洲子就職による小百円の収入と合せて二百円見当はあらむ。それにて何とかなるべし。又何とかすべし。
（ホ）薫は学習院に入れてもらうべし。学習院は公立中学校より金はかからず、その心配なし。瞭はその時代の「教育」がほぼ信頼するに足るべしと判ぜられなば、普通学校に入れて、兄弟互に切磋するがよからむ。檀はその「時代」に然るべく方向を定むべし。
（ヘ）三児の人間として大成するか小成にだに達し得ざるかは、ひとえに八洲子の常時の有言無言の教育如何《いかん》にあり。冀《こいねがわ》くば常住坐臥①ひとえに自己を滅し、理性に徹し、大望に沈潜し、瞬時もくだらぬ小感情に自己を破ることなく、三児をして吾が母を慈母観音の如く感じ仰がしめよ。母は児の「母」たるのみにて、母たり得るにあらず。世の凡《すべ》ての人の母たる覚悟あってはじめて真の母たり得む。
一、小生万一の際の後始末に関して上京の際は、三児を白鳥又は田町〔斎藤〈羽成〉ふさ・斎藤峯子〕にお願いしてのこしおくべし。
一、死の現実は醜く暗きものなれば、一切幼児等に知らしむべからず。仏壇への礼拝は可なるも、三児とも、夫々《それぞれ》十二、三歳になるまでは墓参せしめざる事を希望す。

一、戦争継続中は、東京に居住すべからず。従って小生の葬儀等簡略にすませたる上は、七七忌法養②などを待つことなく、出来るだけ速かに、青山宅の貸つけ其他後片付けをし、両親と共に疎開すべし。その地は白鳥には限らねど、暫くは白鳥に両親共御厄介になるよう、田町にも御相談して御願申すべし。

さて然る後就職先を考え、若し東京都内の高女③に就職の節は、土浦あたりに居をうつして通勤すべく、それが困難ならば、一時八洲子のみ檀と共に、戸塚あたりに御厄介になって（上の両児は両親と共に疎開先にあるべし）、可及的速かに、土浦又は水戸・石岡〔茨城県〕あたりの県立高女に転任すべきか。ともかく、どこか公立高女を履歴し居れば再び都立に転ずることも可能ならむ。

以上

注①常住と行住坐臥とを混合した誤用の語句で、「いつも・ふだん」の意に用いる。

②四十九日法要のこと。仏教では、人の死後、次の生を得るまでの日数とする。この供養によって、地中にある魂が迷うことなく来世に行けるように祈る。じっさいには輪廻転生するとは考えていないので、死者への孝養・追善供養などの儀式である。

③旧制の高等女学校の略称で、女子の中等教育機関。中学校・実業学校（ともに五年制）とならぶもの。修業年限は当初四年だったが、五年制もできた。これらの上に、三年制の高等学校・専門学校があり、三年制の大学がさらにその上にあった。

第三十二信　窮無き御寿を祈願仕候

☆松尾儀一・てい
★十一月　松尾聰

昭和十九年十一月
聰

御両親への遺詞

一、御健康をいのり、窮《きわまり》無《な》き御寿を祈願仕《つかまつり》候《そうろう》。

一、今後の御生活は、何卒《なにとぞ》、別紙八洲子への言い置きの如く、被遊《あそばされ》候よう奉願《ねがいたてまつり》候。

一、八洲子、直ちに教職に就き候事は家政上甚だ不都合のことと御反対の思召《おぼしめし》とは拝察仕候えども、女高師[1]出ならぬ八洲子が公立の相当の女学校に就職するはよほど無理をせねば不可能なるべく、従って小生死直後、人々の同情がなお無理をも強行してくれ候程度にある間に、遮二無二就職させてもらうよう、小生の友人・先輩等に配慮・盡力を御たのみ下され度候。

一年後には極めてむつかしかるべく、二年後には全く不可能となるべし。「去るものは日々に疎《うと》し」の言を御熟慮願上候。なお八洲子就職の場合、孫共の処置にはお困りに候わば、檀は戸塚に暫く預り頂くなど、八洲子と然《しか》るべく御相談被下度《くだされたく》候。（万一懐胎中に候とも、就職は是非とも強行せしめ度く、希望仕候）

（朱罫線の原稿用箋・茶封筒に青インク書き）

注①女子高等師範学校。教員養成専門の教育機関。明治三十年の師範教育令により、女子高等師範、中学校教員養成のための高等師範、小学校教員養成のための尋常師範の三種の学校に分かれた。現在の教育大学の前身。

第三十三信　小生の亡後の生計甚だ憂慮すべき

☆富永惣一教授並学習院教官各位　御中

★昭和十九年十一月記　松尾聰

富永先生並に学習院教官各位へ謹言並に懇願の條々

昭和十九年十一月記

松　尾　聰［在判］

一、長い間の御厚情奉謝《しゃしたてまつり》候。終始温き周囲を小身に感じ続け得候事は、小生終生の感銘事に候ひき。

一、学習院の存立は天壌と共に無窮たり。①こは疑なし。又疑あるべからず。然《しか》るが故に、些かの瑕瑾《かきん》［わずかの傷］たりとものこし得べからず。急速の大改革をひたすらいのり上げいのり上げ候。

一、私事にて恐入り候え共、小生の亡後の生計甚だ憂慮すべきに似たり。愚妻八洲子幸に国語科中等教員無試験検定免状所持仕り居り候間《あいだ》、各位の格別なる御同情・御庇護により、可能なる限り迅速に然るべき女学校に就職の儀、御盡力相仰ぎ度、懇願仕り候。高女は都立の高女ならば甚だ難有《ありがた》く候。（私立は一旦就職いたし候とも、いつ首になるやら判り申さず、甚だ心許《こころもと》なく候。小生自ら嘗《かつ》て私学に在職罷在《まかりあり》、身にしみて呆れ候事多々有之候②）。

一、豚児、末の方は何が何やら判りかね候えども、長男は来春学齢にて、学習院入学を希望仕居《つかまつりおり》候間、何卒《なにとぞ》宜敷願上候。少々馬鹿かも知れ申さず。御鞭撻厳重に奉願上《ねがいあげたてまつり》候。

一、末ながら各位の御健康と御多幸とを祈上奉候。

右、松尾聰謹言

（手漉き和紙の便箋に記す。封筒は学習院用の白いもの。三枚の便箋間の継ぎ目および封筒裏面に松尾印が各三顆あり。計十二顆捺印）

注①天壌は天と地、無窮は窮まりないこと。天地がいつまでも変わらずにあるように、学習院も未来永劫存続し続けるという意味。

②昭和九年一月から同十一年三月まで、法政大学予科の専任講師であった。一月に就任したことでも窺われるが、このころ法政大学では学内での対立があり、結果としてひとときに多くの教授が退職することとなった。その事件後に、父は補充人事で就職した。このおりの一連の騒ぎを意識している表現。なお父と法政大学との関係は続き、昭和十五年四月から同二十年三月まで法政大学高等師範部講師を兼任している。

第三十四信　東郷神社が罹災

☆茨城県新治郡土浦局区内上大津村白鳥　羽成信夫様内　松尾八洲子殿

★二十九日　東京都豊島区目白一丁目学習院内　松尾聰

十二月〔十一月の誤記〕二十九日、快晴。今日は東京無線①行き。目下工場の一室にあり。さて昨日は学校を早く退出して、西原〔三浦磐雄の腹違いの妹・みやぎとその夫・兵治夫婦。母の異腹の叔母夫妻〕を訪ねた。H〔原宿〕駅で下車早々、もと〔学習〕院の英語講師をしていた木曾〔秀観。昭和十三年九月～十五年三月まで講師〕という人にあった。それは別紙地図〔一四二、一四三頁参照〕の1の附近に住んでいる。「まァごらんなさい、あたりを」というので案内してもらった（縄を張って裏改札口から環状道路へ出る道は立入禁止だが、西原訪問を理由に入れてもらった)。それが(1)から(7)に至る地域だ。小型爆弾らしいが、かなりやられている。しかしこれだけのことにも拘《かか》わらず、ここ「(1)から(7)」では一人も死なかったという。西原氏を訪ねたら、「丁度庭の畑にいて、サイレンなので家に入ったら、途端にメリメリだ」とのこと。しかし不思議に便所のガラス一枚位破れただけだったという話で、まずまずよかったというもの。要するに小型爆弾なら壕に入っている限り、爆風など心配ないらしい。いつかもらった沢庵?の御礼に、京菜を半分置いてゆこうかと包んでおいたが、やめた(フフンなんていわれると癪《しゃく》だからだ。いや癪は構わぬが、勿体《もったい》ない)。嫁にいった某子君はまだ懐胎のけもなき由。

西原を辞して東郷神社[2]に初めて参拝。薫が金魚を見せてもらいにおじいさん[松尾儀一]と行ったお馴染みの池は、ひどくなっている。武吉さん[不明]の邸など寄る気はなかったが、環状道路を渡って裏から見たら、隣の家がめちゃくちゃなので、驚いて武吉さんの正門に行った。そうしたら、板が打ち付けてある。裏から廻って入って、見舞う。玄関への道が大穴を開けて深く、五六間の長さで陥ちている。百キロ爆弾位か。武吉さんは二百五十キロだと云うが、そんなでもあるまい。だが二、三米離れた邸はガラスが一、二枚割れただけで、当時在邸の夫人と子供さんは壕で全然何ともなかった由《よし》。

図の被害箇所は、実見せる又は確実なる話によるもののみだから、実はもっとあるだろう。そしてこれは一機が一回に投げた弾によるものだ(ボタン一つで爆弾四個落ちる由)。

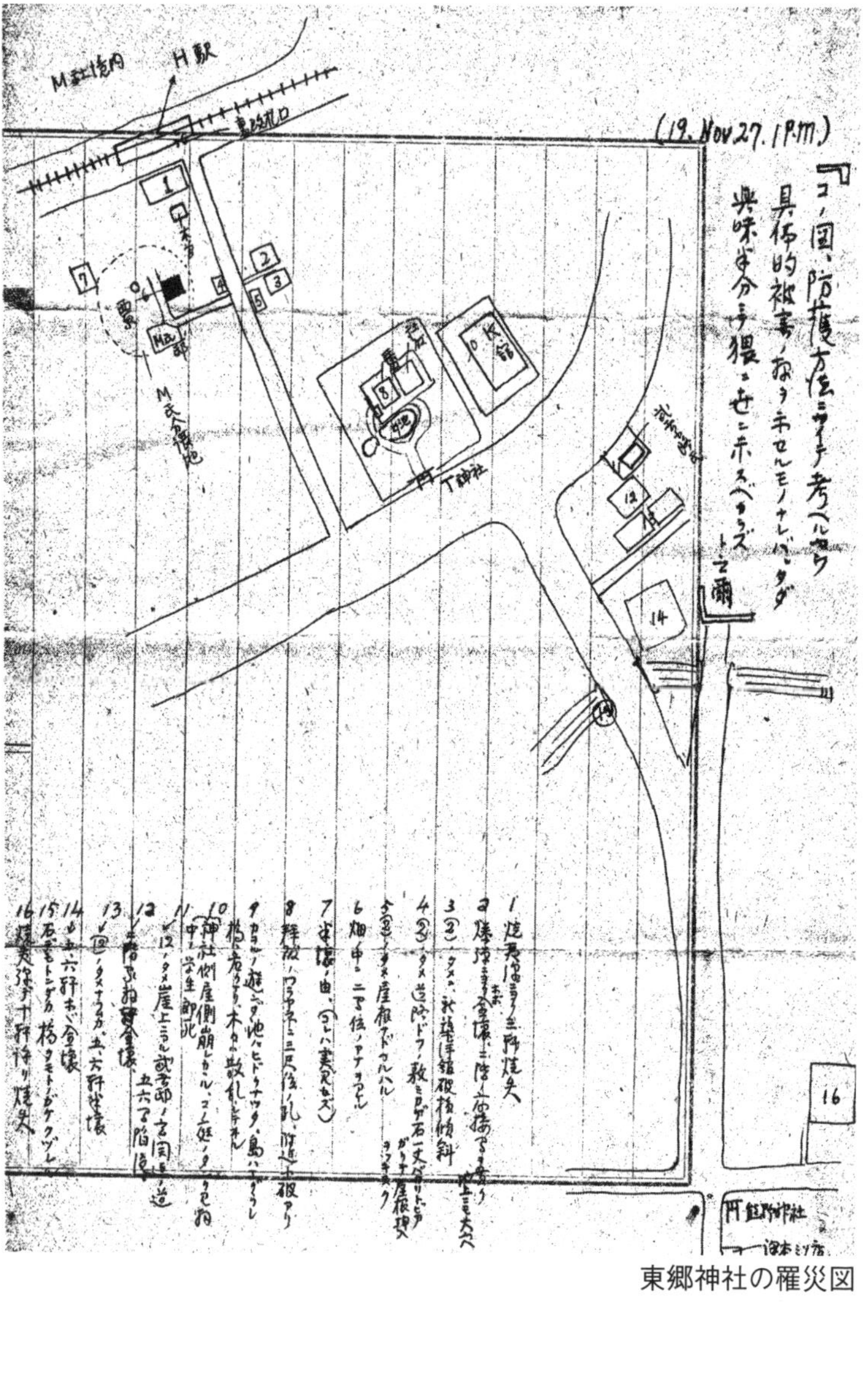

東郷神社の罹災図

（19.Nov.27.1P.M.）

『この図、防護方法について考えるよう具体的被害の様を示せるものなれば、ただ興味半分にて猥《みだり》に世に示すべからずと云爾』

1 焼夷弾により三軒焼失。
2 爆弾によりほぼ全壊。二階の応接間を貫く。地上にも大穴。
3 （2）のために、新築洋館破損・傾斜。
4 （2）のため、道路ドブの敷みかげ石、一丈［約三メートル］ばかりとび上がりて、屋根・押入をつきぬく。
5 （2）のため、屋根などふるわる。
6 畑の中に二間位［十二尺。約三・六四メートル］の穴をあける。
7 半壊の由（これは実見せず）。
8 拝殿の藁屋根に三尺位［約九一センチメートル］の孔、附近小破あり。
9 薫の遊んだ池はひどくなった。島はえぐられ、橋は危くなり、木々は散乱している。
10 神社側屋側崩れかかる。この庭のタンク見物中の学生即死。
11 （12）のため、崖上にある武吉邸の玄関迄の道五六間陥没。
12 二階家数軒全壊。
13 （12）のためならんか、五、六軒半壊。
14 五、六軒ほぼ全壊。
15 石でもとんだか、橋のたもとのがけ崩れる。
16 焼夷弾で十軒許り焼失。

かなり広範囲なことに注意して、そちらでもよく心掛けなさい（新聞によれば、茨城県下も二十四日には処々盲爆した由）。できたら壕を掘らせてもらうといい。(16)は風に焼夷弾③が流されたのか。

なお木曾氏のところでは、爆弾の破片が屋根を貫いて、茶の間に落ちた由。こうした被害は附近一帯に相当あったろう。

さて家へ帰って［青山］五丁目の被害も聞いたが、一つは湯屋《ゆや》［銭湯・公衆浴場のこと］に当ってあのあたり焼けた由。人死もあった。縄を張って入れぬので、よくは判らぬ由だが、ゴミゴミした所なので、ひどかったろう。

所で、青山の御老人たち［松尾儀一・ていのことをさす］はさぞ驚いたろうと思ったら、当時、ガラスがビリビリして消防自動車がピュウピュウ行ったので、どこかやられたなとは思い乍ら、翌日まで何も知らず、母は翌朝「どこか焼けたのですか」と辻さんに云って呆れられた由。お父さんに至っては、空襲中、居間で足袋《たび》の繕いをやっていたそうだ。

江東・城東方面は爆弾も大きく、相当だったらしい。

さて今は十二時二十分。そろそろ［爆撃機が］御入来の頃かな。きょうは薄雲はあるが青空だから、やや不安の気分だけは免れる。

この手紙は、［青山宅を］退出して青山で投函するから、届いたら無事だったと思いなさい。

瞭、元気かしら。皆元気でいるように。

二十九日　　　　　　　　　　　　　聰

也春古堂能《やすこどの》　万為留《まいる》

あれから手紙を二、三枚（小木［喬］④・手島［靖生］⑤・田村［不明］。夫々用向の件あり。小木・手島の転勤希望の件、田村は疎開の件）書いて、只今三時過ぎ、幸に敵は来ぬ。曇ったが、又晴れた。

（昭和十九年十一月二十九日消印。規格R列5判の原稿箋・茶封筒に黒インクで記載）

注①東京無線電機株式会社。帝国無線電信機製作所と東京無線電信電話機製作所が合併し、大正十一年十月にできた。昭和十九年八月に東芝・日本電気・日本無線などとの共同出資により器材の生産工場として帝国通信工業を川崎市に設立したが、本体の東京無線電機は戦後に解散となった。とうじの東京無線電機は大森と蒲田に社屋があり、蒲田社屋は東京都蒲田区下丸子町三一三番地に所在した。勤労奉仕に従う高等科生の引率と監督のために蒲田に出向いたもの。

②東郷神社は東京都渋谷区神宮前一丁目にあり、東郷平八郎を祀る。東郷は、日清戦争の緒戦の豊島沖海戦で清国兵輸送中のイギリス商船・高陞号を撃沈して著名になる。日露戦争で連合艦隊司令長官として日本艦隊を指揮し、世界最強といわれたロシアのバルチック艦隊を黄海海

戦・日本海海戦などで撃破した。大正二年に元帥。昭和九年没。神社は、昭和十五年に東郷元帥記念会が建立した。

③焼夷弾とは、「焼いて夷（たいら）にするための弾丸」の意。少量の炸裂薬と可燃性の高い焼夷剤とを充填する。テルミット反応を利用するエレクトロン焼夷弾、油脂を燃料とする油脂焼夷弾、黄燐の自然発火作用を利用する黄燐焼夷弾の三種がある。東京大空襲では、M69集束焼夷弾が使われた。

④小木喬。七十九頁、注②参照。

⑤手島靖生。一九〇九？～九九年。中世文学専攻の研究者。九州中部にある大学の教授となった。著作に「一知識人としての『増鏡』の作者のあり方」（日本文学研究資料刊行会編『歴史物語Ⅱ』所収）などがある。前掲松尾聰編『全譯萬葉集』の分担執筆にも参加し、聰とは長く親交があった。

第三十五信　病院通いご案じ申しております

☆八洲子様

★て以子

こなたへお便りも申上げませんで、大変失礼申上げました。おゆるし下さいませ。八洲子様、昨今病院通いをなされます由、其後如何でいらっしゃいますか。御案じ申して居ります。二回も手術①をなさいましたのでは、さぞお苦しかったでしょうと山々お察し申して居ります。何とぞ御大切に、御無理なさらぬ様、お日たちの程、祈って居ります。只今勝手［台所］の外でおつけ［汁物］をこしらえながら、筆をとりました。目がね［眼鏡］がなく、字がまるで見えませんから、丁度目くらが書く様で御座います。御はん［判］じ下さいませ。御伯母様［斎藤峯子］にもおばあ様［斎藤〈羽成〉ふさ］へも、宜しくお伝えの程願い上げます。

度々頂戴物を分けていただきました。御礼宜しく御伝え下さいませ。

あなた様からもいろいろと頂きまして、有がとう御座います。何とか御返しをと思いますが、手に入るものがありませんから、おゆるしを願います。では御大事に。坊やたちへも宜しく。

ていより

八洲子様

紙がありませんから、失礼します。取急ぎ。かしこ

（昭和十九年十二月ごろ。手渡しの書簡。罫線入りの日記帳を壊して青インクで記載。封筒には赤色・灰色の花の柄がついている）

注①詳細は不明だが、一度は流産のためか。白鳥での入院ではなく、土浦市内の新治病院の栗栖病院長が斎藤〈羽成〉ふさの主治医となっていたから、紹介をうけてそこで手術したか。

第四章　長男の学童疎開と母の懐妊

昭和二十年（一九四五）に入ったばかりの一月九日、アメリカ軍はルソン島に上陸し、二月初めにはマニラを陥れた。日本の最高戦争指導会議は、いよいよ本土決戦態勢を確立するための戦争指導大綱を決めた。その四月にはドイツのヒトラー総統が自殺し、五月にドイツ軍は無条件降伏していた。日本はこの報をうけても、ドイツ降伏後も戦争を継続すると発表した。この間、中国戦線を縮小しながら和平工作を進めようとしてもいたが、かえって中国軍の激しい反攻をよびさましてしまった。

一方昭和二十年三月九日の東京大空襲をはじめとして、日本国内の各都市は連日連夜空爆をうけた。とくに三月にアメリカ軍の方針が無差別攻撃へと変更され、範囲も全国に広げられることとなった。さらに三月に硫黄島、六月に沖縄が占領されると空爆の発進基地も増え、日本の主要都市はおおむね焦土と化した。

東京への空襲では、昭和二十年三月九日・四月十三日・五月二十五日が大規模だった。三月九日の二時間の空襲だけで東京市の四割が焼かれ、死者は七万二〇〇〇人を数えた。落とされた爆弾は一〇〇〇キロ級五個、ナパーム性M69油脂焼夷弾（ナパームはグリセリンなどをガソリンと混合させた油脂。M69は集束弾で、落下中に分解して、二・七キロ級三十八発の小型焼夷筒になる）四十五キロ級八五四五個、同上二・八キロ級一八万三〇五個、エレクトロン一・七キロ級焼夷弾七四〇個という。永井荷風は三月十日の日記に「昨夜猛火は殆東京全市を灰になしたり。北は千住より南は芝、田町に及べり。浅草観音堂、五重塔、公園六区見世物町、吉原遊郭焼亡、芝増上寺及霊廟も烏有に帰す。明治座に避難せしもの悉く焼死す。本所深川の町々、亀井戸天神、向島一帯、玉の井の色里凡て烏有となれり」（前掲『断腸亭日乗（下）』）と、猛火の跡を書きとめている。

勝つ見込みなどなく、近衛文麿ですら単独で「敗戦必至・早期終戦」を昭和天皇に奏上したという状態だった（二月十四日）。敗色濃厚どころではなく、国民は空襲にさらされつづけ、政府が決断しないがために死者の数をいたずらに増やした。国民を覆う飢えと空襲の恐怖。何を待っているというのだろうか。それでも、日本政府は戦闘の停止を命じようとしなかった。

本章には、昭和二十年二月十一日から六月十六日付までの書簡、十三通を収めた。

そのころ松尾家では長男・薫が六歳となって、昭和二十年四月に小学校入学の学齢を迎えていた。だが国内の状態は、もはや教育どころでなくなっていた。国民学校初等科児童については、すでに学童を疎開させるという方針が定まっていた。昭和十九年七月から初等科三年生以上六年生までが、翌年三月からは疎開強化要綱の閣議決定にのっとり初等科生全員が疎開することとなった。これにより、全国で四十六万人が疎開していった。

ついでながら、中等学校以上の学徒については、昭和十九年三月の決戦非常措置要綱に基づく学徒動員実施要綱により、二百八十九万人の学徒がどこかの軍需工場での生産に従事した。二十年三月の決戦教育措置要綱では、授業を一年間停止させた上で、学徒を軍需生産・食糧増産・防空防衛に動員することにしていた。

さて、父は薫を学習院初等科に入学させることにした。遺言書には「公立中学校より金はかからず」とあるが、自分の目が届くあるいは情報が得られる範囲においておきたかったのであろう。

薫が入学すれば、ただちに学童疎開の対象となる。そこで三月末から学習院初等科の保護者会にしばしば赴いて相談していた。そして四月。学習院初等科は、縁故疎開ができる人はその疎開先で教育をうけさせることとし、縁故のない不就学児童だけを日光に連れて行くことにした。書簡によれば祖父母は縁故疎開の形で自分のいる秩父に薫を引き取りたかったようだったが、当初父は学習院に在籍する手続きをとった上で、縁故疎開の形で母のいる白鳥の学校に通わせようとした。その後思い直して、薫を日光に疎開させて集団生活させることに方針を変えた。祖父の偏愛・溺愛を懸念したためかとも思われるが、教育的な見地から集団生活の体験を重視したのかもしれない。ともあれ父親としての決断を貫いたのであった。

薫の疎開先は学習院日光学寮と名付けられ、栃木県日光市上鉢石町にある金谷《かなや》ホテル新館大広間が当てられた。四月七日に日光植物園で初等科・中等科の合同始業式を挙行した。一年生は五十四人いたが、ここにきたのは十四名で、四十名は縁故疎開した。四月二十八日には、新一年生十四名と二年生八名の計二十二名が日光駅に到着。ここにも父は何回か行き、薫のようすを観察して母に報告している。

ところで、いま一つ大きな問題が起きていた。それは母の懐妊である。

昭和十九年十月末あたりに妊娠したものらしく、やがて八月十一日に白鳥で四子・涼《すずし》を出産することとなる。四月時点では六ヶ月目くらいで、腹も大きくなりはじめていたろう。

父母の心配はやがてくる出産の日の準備についてで、産婆《さんば》（助産婦）はだれに頼み、産前産後の母子の生活はだれに世話してもらうのか。土浦・戸塚などから出張ってもらうのか。その話の成り行きしだいでは、白鳥・土浦・戸塚のうちどこで出産するかの判断に影響した。また身重《みおも》の母に子の面倒を見きれないとすれば、元気いっぱいの暸《あきら》・檀《まゆみ》をどこに預けるのか。その話のなかで、父は妻の実家である戸塚宅に呼ばれ、そこでの話をユーモアたっぷりに描いてみせている。

米軍の空襲により焼け野原と化した東京浅草界隈
中央にポツンと残ったのは東本願寺。写真は終戦直後の昭和 20 年 9 月 28 日にアメリカ戦略爆撃調査団が撮影したもの。
平塚柾緒編著『米軍が記録した日本空襲』（草思社）より

第三十六信　諸も大根も十分にあり

☆茨城県新治郡上大津村白鳥　羽成信夫様内　松尾八洲子様
★二月十一日　埼玉秩父久那村大久保　作美［恒次］方①　松尾儀一

御手紙忝《かたじけの》う存じます。燃料不足の由《よし》、冷気一しおの事と推《お》します。当方は其点は稍《やや》恵まれて居ります。数日前、私が来て初めて翌朝の炭に聊《いささ》か不足を感じ、前夜前通りの組長の宅に行き、炭の無心を申込みました所、心良くかます［叺］に一杯配《とど》けて呉れました。代金はまだ判りませんが、仕合せで居ります。貞子単《ひと》りの時は、家主さん計《ばか》りを頼りにして居て、二日間炭の無い日が有ったとの事です。

紀元節②も今日で、之から漸々と暖かい日が出来て、炭も不用の日が来るでしょう。今でも天気の日は、日中は火鉢も必要なく羽織も不用です。此呑気《のんき》な暮しから見て、昨日は昼夜の警報で、在京の者は嘸《さぞ》寒さも気持ちも落附けぬ事でしたろう。次に食物に附ても今の処は恵まれて居ます。米は三百グラム配給を受け、口を先方に預けて三度共米（三度共混物なし）の飯の碗盛を頂いて居ります。勿論《もちろん》満腹とは申されませぬが、空腹感はありません。私は兎角《とにかく》今の処食物には縁があると見えて、先頃は吉富の妹［タミ。儀一の実妹で、吉富林作の妻］が別府［当時大分県別府市に居住］から餅米を持参して、其赤飯を頂き、次に去る三日の

二月十一日　　儀一拝

八洲子様

晩泊った時には、お萩と甘酒の馳走に成りました。又此地に来てからでも助役さんの家で三回、区長（班長）のうちでも組長さんの家でも両三回、おやつにさつま［芋］の馳走に成りました。昨日は助役さんの家（歩程十二三分）で、又お貞にと云うて、藷［甘藷。さつま芋のこと］を七本もらって帰りました。（尤も煙草を一箱進呈しましたが）私としては口に恵まれて居ると申せましょう。

併《しか》し之が幾日続く事やら先の事は判りません。現に自炊をしろと云われて居ますので、責めて飯丈《だけ》は共同炊煮をと願って居ります。副食物の野菜は助役さんが尽力すると云って居るし、其母堂の人が両人の食う分量位なら宅でも分けて呉れると云って居られ、藷も大根も葱も十分にあり、又漬物もあるとの事です。此等の点は御安神［安心］下さる様。

自分事のみ書いて申訳ありません。去る三日には薫に会えて久方振《ひさかたぶり》の健容を見て、悦ばしく思いました。暸《あきら》にも檀《まゆみ》にも会い度《たく》は思いますが、又の機会を期します。下の二人は二年又は四年遅れて私にはなじみがまだ少ないので、偏愛などと聰は感じて居る想［そう］ですが、私には其様な考えは毛頭ありません。③なじみの少ない丈に、子供の方でも爺《じい》さんと云う感じが乏しかろうと想うのです。今の私には欲も得も体面も希望もありません。単に平和に此頃の語の大和一致④の考えがある丈です。そして若き人、幼き者の将来に幸福あれ、不幸無かれと祈る外、他に何事もありません。

勿論此先幾年生延びるか、否幾月で此世にさらばを云うか判らぬ身。お互に気まずい事の無い様にとのみ、念願して居ります。何卒体を大切に、末永く栄えて行く様に成さる様。今日は木村老母［みね。松尾儀一の妻・ていの母］の満三周年忌日です。

※原文は片仮名混じりだが、平仮名表記に改めた。

（昭和二十年二月十二日消印。赤坂方面委員用箋・茶封筒に青インクで記載）

注①作美方に寄宿しているが、たんなる表札上のことか、あるいは貸家に寄宿したか。第四十三信に大家として落合の名が出てくる。

②現在の建国記念日だが、その根拠は『日本書紀』にある神武天皇の即位記事にある。全国平定をした神武天皇は、正月一日に大和国の磐余宮で即位した、という。しかし神武天皇は古代国家の神話的・歴史的構想によって創案された非実在の人物と見られる。

③儀一は、青山宅の離れに長男の薫が来るとお菓子をやるが、次男の暸がそのあとをついてくると、障子を目の前で閉めて入れなかった。また二軒ばかり離れたところに居を移しても、朝方に薫を抱いて母屋に連れて行き、夕方眠ったところで帰すというありさまだった。初孫の嬉しさと長男・嫡子への過剰な期待感があって、偏愛となったのであろう。『忘れえぬ女性　松尾聰遺稿拾遺と追憶』（豊文堂出版）参照。

④軍・官・民の相互信頼のもとに一丸となって戦争を遂行する、という考え方。

第三十七信　炭がなくて寒かろう

☆白鳥・松尾八洲子
★松尾てい

御手紙有りがとう御座いました。おすこやかに御過しの由、何よりと御喜び申上げます。薫ちゃん、無事に［学習院初等科の入学］試験もおすみになってほんとうに安心しました。警報の少なかった時で、幸でしたね。

瞭《あきら》ちゃんも檀ちゃんも元気ですか。瞭ちゃん、此頃は御飯上手に食べますか。もう一粒もこぼさない様になったでしょう。

そちらは炭がないので、さぞ皆んな寒むかろうとかわいそうでなりません。どうか風邪を引かない様に御用心下さいませ。縁側に立って、朝、用をするのは冷えますから、一そう御注意なされます様。股引《ももひき》でもはくとよいのですが。

羽成様、土浦の方へもよろしく御伝え下さいまし。

東京へ行って靴下のぼろぼろを沢山持って来たので、毎日いそがしいです。こゝへ来ても遊ぶひまはありませんよ。

てい子

八洲子様

（昭和二十年二月十一日付け。第三十六信書簡の裏面に鉛筆で記載）

第三十八信／第三十九信　瀬戸物を畑の中に埋める

☆白鳥・松尾八洲子
★昭和寮・聰

車中、秩父への手紙を書いた。

七月半にお産だが、小生は点呼でだめらしい。

此間土浦へ診察に行ったら、「伯母さん〔斎藤峯子〕は　四児の世話が嫌。祖母老衰のため白鳥で産をせよ」といい、石岡の〔野村照子〕伯母さんは「危険。白鳥では産婆《さんば》が不安だから、やはり誰か来てもらって土浦で産め。但し石岡は共同病院となりそうだから空き部屋はなく、石岡では産めまい云々」。戸塚は館林〔宣夫①・早苗夫妻〕が信州へ疎開し、もとの二人になるから、来てもらえまい。

よって、七月はじめから約一ヶ月ばかり、
一、上の二人の子は戸塚で預ってもらい、土浦又は石岡に〔三浦しげ〕母さんに来てもらって、伯母さんと一緒に檀と産婦と産児の世話をして頂く（異動申告はしますが、不足の食料・薪は車で白鳥から運ばせましょう）。
二、上の子二人をそちら（秩父）へ預かってもらい、八洲子と檀とを戸塚へ送る。但し、
これは食料・薪炭・産婆・爆撃が土浦より数等不安。
但し、まだ八洲子と十分打ち合わせていないし、八洲子からもっとゆっくり土浦・石岡・
戸塚へ話させて、少しでもそちら（秩父）の骨折りを減らさせるよう交渉させたいと思っ
ています。
と。［以上、秩父宛の第三十八信となる書簡。以下第三十九信］
戸塚へともかく早く手紙を出すようにしなさい。
来月はじめ（舘林が出て暇になった頃。……尤《もっと》もなかなか予定通り信州へは行けまいが）
には、僕が出掛けてみる。今日はこれから帰って学校へ寄り、午後もし気力があったら、青
山へ一寸行って、リヤカーを万一借りられたら借りて初等科へ運び、四時までに宿直に戻
る。……しかしそううまくは運ぶまい。
明日の卒業式が済むと、あとは農工作業だけだが、教務は新学期の事で又いくらか忙しく
なる。（以上、車中にて　十九日）
［学習］院へ着いたら、あすの卒業式の学生への［卒業生のうち『最等者（優等生）』に対する］
御下賜品を拝受の使者として宮内省②まで行かされて、結局青山へは行けなかった。電話をか
けたら、昨日［父・儀一が］秩父から出てきて、今朝帰った由《よし》。だいぶムロタに何かいってて

たようで、ムロタが会いたいというから、明日か明後日行ってみるつもり。街は、リヤカー・馬車・牛車が文字通り右往左往している。どこへ持って行っても結局焼けるのにと、客観的に眺めれば浅ましくもなる。

夜の宿直、重い毛布で又うなされるような一夜かしら。（以上、十九日夜）

注①三浦早苗の夫の宣夫は、東京帝国大学医学部卒業の医師で、とうじ厚生省衛生局の防疫官。のち厚生省公衆衛生局長。信州の出身で、両親の家はともに庄屋だった。

②学習院は、明治十年十月の創立当初は華族会館の所管。明治十五年に文部卿の監督下におかれたが、明治十六年九月から宮内卿の管轄下に入った。以後は昭和二十二年に財団法人学習院となるまで宮内省所管。

二十日夜記　於昭和寮

幸に昨夜は起こされずにすむ。今日は朝、卒業式①。式中サイレン。これも無事。式後、送別会。学生の作った餅米で赤飯一塊。缶詰の筍、大根。今日は最後のお菓子ができる筈だったのが、十日の火事で砂糖が焼けてオジャン。

正午退出。青山へ行って、瀬戸物［東日本・中日本においては、陶磁器の汎称］を畑［松尾家の庭に作られた］の中に埋める。蜜柑箱に入れて、鍬《くわ》が見つからぬので、スコップでやったので、一尺［約三十センチメートル］は土を被《かぶ》せかねた。まァい、や。オランダ舟［模型か］も入れた。紅茶セットは背が高いのでやめた。ただ紅茶茶碗と皿三組入れた。入れるものがないので、欠け茶碗も入れた。あとは、箪笥《タンス》の中の僕の着物と本を背負って帰る。車中、今日も又お客にブツブツ小言を云われて、あっちへ引っ張られ、こっちへ引っ張られ。背中の痛いのは治りっこなし。

リヤカーはいよいよダメだ。思い切って拾《おさむ》［聰の弟］と、その中《うち》目白からリヤカーを引いて青山まで往復するかも知れぬ。だが、目白も五十歩百歩。つまんねーなア、とも思う。

さて只今夜の九時。今夜は多分B［29］がやって来るだろう。明日は八時から十八時まで日直だが、十時から初等科父兄会に一寸抜けて外出する。青山へ寄って、又本も少し取ってこよう②。

今夜はもやしの雑炊をやったが、頗《すこぶ》るまずい。

以下、二十一日朝記

今朝は衆口ことごとく帝都空襲を覚悟していたが、幸に事なし。五時に起きて、久々に朝飯炊き。今日は祭日だから、他の連中は寝坊していて、飯が炊けるなり。炊きたての飯を食べるのはここでは月に一回か二回だ。それに今日は味噌汁も作った。人参が腐りかかったので入れた。

今六時過ぎ。腹ペコだが、飯はまだ蒸《む》れぬ。人参もかたい。［本館③］地下のガスのそばに椅子《いす》をおいて、これを書いている。

今朝は初等科へ行く前に、青山へ一寸寄ろう。まさかリュックを背負って初等科へも行けまいから、何か小さなものでも持って帰ろう。保証人室においとくのだから、大事なものは持って行けぬ。五月人形位かな。だが、それは途中の都電で［混みすぎているため］潰されるかしら。

やっと人参が柔かになった。

皆元気で。ポンコ［胎児のこと］にも気を付けよ。腰の冷えるのは、何とかほんとうに工夫して温めよ。

（封筒欠佚。幾何試験問題の裏面に青インクで記載）

注①職員は午前八時まで、生徒は午前八時二十分までに登院。午前七時三十分までに警報が解除されなければ卒業式を取り止める、という院長の指示が出ていた。

②聴は述懐して、「爆風を防ぐため、国文学関係の学術雑誌を窓の前に積み上げた。また苦労して集めたクラシックのレコードが家のなかに多数あった。それらは空襲ですべて焼けてしまった」といっていた。

③昭和寮では、本館地下にのみ炊爨施設が置かれていた。

第四十信　集団生活こそが正しい教育

☆茨城県新治郡〈土浦局区内〉上大津村白鳥　羽成信夫様内　松尾八洲子殿
★十三日　東京市豊島区目白一丁目　学習院内　松尾聰

今日事務官から、初等科一年生のうちどうしても縁故疎開ができず就学できぬものは、十名位なら日光へ連れて行って教育することに方針が大体決まり、その希望者を申出させているると聞いた。

こちらでは「不就学家庭教育」と申出てあるので、①一応その中に入っていない模様だが、そうなれば一寸いたいたしい気もするが、やはり集団生活をさせるのが最も「正しい教育」だと思うから、②是非人数に入れてくれるよう事務官から初等科に通じてくれと頼んでおいた。

医療などは手もまわるし、手は実によく行き届くから心配はない。薫にもよく言い聞かせて、一人で集団生活させる心の準備を与えてやるように。（静かに判るように云え。「罰」のように思わせてはいけないよ。今度僕が行った時にでもしようか）

それで蒲団、身のまわりの物を早速にも用意しておかぬと、日光へ送るのに困るが……。蒲団は東京の僕の蒲団を供出しようか。但し、身のまわりのものは、そちらで整えなければならぬ。五月早々位にならぬとも限らぬ。③よろしく頼む。（蒲団の荷造りの袋なり風呂敷な

りが早速困ったな)

前便に云い忘れたが、十日に高等官五等④になった。どうでもいいことだが、戸塚のお父さん〔三浦磐雄〕は喜ぶだろう(舘林〔宣夫〕は一年位前に五等になっている筈)。

沖縄も硫黄島(爆撃)も大分ケーキいいよし。ルーズベルトも死ぬ⑤し、少し明るくなった。

又学習院から、二教授出征。

拾《おさむ》とまだ連絡つかず、来週はそちらへ行くかどうか、全く不明。

十三日午後三時　聰

やす子どの

(昭和二十年四月十四日消印。学習院用封筒・藁半紙に青インクで記載)

注①児童への教育には、一、縁故疎開してそのさきの学校で就学する。二、学校の指示に従って学童疎開し、そこで教育をうける。三、家庭で独自に学習させる。の三通りがあった。
②父は、はじめは儀一・ていの疎開先である秩父にやり、その小学校で就学させる案を持っていた。のちに白鳥においたままで、上大津村の小学校に就学させる案にかわり、最終的に学習院の学童疎開に参加させることとした。
③じっさいは、四月二十八日に日光到着。
④昭和十一年四月七日に奏任官になり、昭和十三年七月二十日に高等官七等・学習院教授。昭和

十六年十月十日に高等官六等となっていた。宮内高等官は天皇がみずから授ける親任官、一・二等が天皇の命ずる勅任官、三〜八等が天皇の裁可をうる奏任官である。ほかに宮内省の権限で任命する判任官（五等）もある。

⑤F・D・ルーズベルト。一八八二〜一九四五年。アメリカ合衆国第三十二代大統領。民主党の大統領候補となって当選し、四選を果たした。ニューディール政策を推進し、第二次世界大戦で連合国を勝利に導いた。世界大戦では、はじめアメリカ国民はヨーロッパ戦線参戦のみ支持していたが、真珠湾攻撃を採り上げて世論を転換させ、対日開戦に踏み切らせた。四月十二日没。

第四十一信　学習院が焼けた

☆茨城県新治郡〈土浦局区内〉上大津村白鳥　羽成信夫様内　松尾八洲子殿

★東京・淀橋・下落合一ノ三〇六　学習院昭和寮　松尾聰

けさの火はつとめさきを焼いた。[①] 中学の方は残ったが、高等科の方は全部焼けた。［昭和］寮にいたが、寮も三軒手前まで焼けてとまった。寮の危険が去ったあとで、学校へ行った。そのま、今日は焼跡の処理と残存物の整理で学校にいる。徹夜でつかれた。

青山はどうなっているか、全く判らない。寮から見たところでは、まづ絶望だ。今日はとても歩いて青山迄は行けぬ。どうでもなれというより、なってしまったのだから仕方ない。あしたにでも行ってみよう。

しかし幸に、元気は一睡すれば回復すること確実だから、安心あれ。

前便（昨日書いてポストに入れた）は多分届くまいと思うから、もう一度書くが……。

初等科一年の不就学の連中を日光で教育する方針に大体決まった由で、薫もそれに参加させよう。すこしいたいたしいが、結局「正しい教育」はそれ以外ではできまい。五月はじめからやることになっている＝尤《もっと》も今度の火事でどうなるか判らぬが＝ようだから、日光へ送る蒲団《ふとん》、身のまわり品について至急考えてもらいたい。蒲団は僕の寮にあるのを使ってもよい。身のまわり品一切がそちらで揃えられるかしら。ともかく考えておいてくれ。薫に一人で集団に参加する心がまえをさせる事が大事だ。脅《おど》かしてはいけない（どうせ行くときは、僕が父兄としてついていって、一両日は様子をみに泊って行けるだろう）。日光では児童の数は十人位の由だから、手は十分に行きとどく。心配することはない。

今、渋谷駅をとおってきた人の話では、青山は大丈夫らしいとか。但し、地下鉄②は不通だというから、どうだろう……。

できるだけ早くそちらへ行こうと思うが、一寸いつか見当がつかぬ。

皆元気であれ。

〔四月〕十四日午前十時記　　　　　　　　　　　　　　　　聰

（消印判読できず。学習院メモ箋・白の二重封筒に青インクで記載）

注①大規模な東京空襲の三つのうちの一。四月十三日午後十一時ごろより約四時間にわたり、東京都北部を中心に空襲があった。翌々日の朝日新聞によると、大宮御所および赤坂離宮内の一部の建物など宮城の一部も火災が発生し、明治神宮の本殿・拝殿も焼失。大本営は、一七〇機来襲したうちの四十一機を撃墜し、八十機に損害を与えたと発表した。

②とうじの帝都高速度交通営団は、銀座線のみ。浅草と渋谷の間を結んでいた。青山の松尾宅の下車駅は渋谷駅から二つめの外苑前駅。

学習院初等科（上）と罹災前の高等科（下）
写真提供＝学校法人学習院

第四十二信　日光の食糧はかなり窮屈

☆茨城県新治郡〈土浦局区内〉上大津村白鳥　羽成信夫様内　松尾八洲子殿
★東京市豊島区目白一丁目　学習院内　松尾聰

一、薫達のへや①は畳敷の広間で入れものはないから、どうしても整理箱が入用だ。昭和寮から金の衣裳箱（毛を入れておいた）か木の衣裳箱を、若《も》し持って行けたら持って行きたいと思っている（トラックが目白から出るなら）。それまでは、仕方がないから風呂敷包にする。……風呂敷は僕の大きいのもおいてゆく。

二、薫は列を組んで歩いているときでも、相変わらずズボンをつり上げつり上げ、気にしている。やっぱり釣らぬとだめらしい。それからあの幾枚もはいているズボンで、大小便に頗《すこぶ》る困るようだ。何とか外《ほか》の子供たちのように、ノビノビとはね歩ける服装にしてやりたいと切に思う。

三、ふだんに何を着させるのかよく聞いてこなかったので、一寸弱った。

今朝（二十九日）薫達のへやに行ったら、元気にやっているようだ。五度で寒い。色々きせてやった。ハンケチ・ハナガミを入れるポケットがないのは、頗る不自由だ。他の子のには、皆ついている。夜おしっこにおきたかと云ったら、全然知らないといっている。無意識に、寮母に連れて行ってもらったのだろう。

僕は切符が買えたら、明日帰京。万一買えねば、あさって帰る。

トラックは［五月］五日に目白［学習院］から出る予定というから、有がたい。［昭和］寮から目白へ運んで、目白から出す。蒲団と衣裳箱と。

五日のトラックの件もあり、五日はそっちへ行けまい。七、八日頃出掛けられたら出掛けて、色々話して上げよう。

それから、皆親が薬を持って来て、先生に頼んでいる。こっちも少しは持って行った方がよかろう。ソキン②を買って与えた。食い過ぎで、昨日は上野と車中で二度ウンコをした。スリッパも一つ渡してやりたい。

こっちの食糧はかなり窮屈のようで、白鳥のような具合には到底行かぬ。しかし皆それで我慢しているのだから、我慢させるべきだ。

赤白帽と靴下を縫ってやること。

これから天長節③の式と講演を聞きに、東照宮まで出掛け、午後は近所をブラブラして、夕方薫の様子を又見て、一泊。

（小形の学習院箋に青インクで記載）


注①学習院は日光学寮と称し、栃木県の日光金谷ホテル新館大広間を疎開地としてその新館大広間を学舎とした。四月三日に四谷の初等科正堂で入学式を行ない、四月七日に山梨院長・川本為次郎初等科長などが出席して日光植物園広場で初等科・中等科合同始業式を挙行。四月二十八日、一年主管の大橋武男教諭・土田治男教諭などに率いられて、新一年生十四名・二年生八名が日光駅に到着した。金谷ホテルは、戦後、進駐軍の宿舎として一時接収された。そこで昭和二十年十月十日に授業を打ちきり、同月二十五日までに父兄に伴われて引き揚げを完了した。

②潤性ソキンAのことで、商品名は酥菌。乳酸菌・酵母を腸内で発酵させて消化・吸収を助ける保健薬。

③天皇誕生日のことで、昭和天皇は四月二十九日。これに対して皇后誕生日は地久節といい、香淳皇后のは三月六日。名称は『老子』にある「天長地久」の語句にちなんだもの。

学習院日光学寮（現在の栃木県日光市上鉢石町・日光金谷ホテル）における4年生の授業風景
写真提供＝学校法人学習院

第四十三信　薫が可哀相です

☆東京都淀橋区下落合一ノ三〇六　昭和寮内　松尾聰殿　速達
★昭和二十年五月八日　埼玉県秩父郡久那村大久保　松尾儀一

毎子《ことこ》［儀一の妹］の学校預けの荷は四個完全に届き、又立川局から送った小包は既に昨日迄に六個来て居ります。其余の駅に頼む（又役所の）疎開荷物三個の送り出しが出来たかどうか。又義久［儀一の兄・志津雄の子。聰の従兄弟］の留守宅の懸念等で来秩が遅れて居るのではないか。当方で心痛して居ります。

中鉢［不明］も夫妻で名寄《なよろ》の少し手前［名寄の四十キロメートル南方］の和寒《わっさむ》に疎開したと申して来ました。時候は余り寒からず、食料には不自由なく半農で久方振《ひさかたぶ》りの北海人に成ると云って来ました。

平野氏［不明］は今更何処《どこ》にも行けず、陶器類丈《だけ》を畑の中に入れた丈で、荷物の疎開も出来ぬ由、他に何等の通信にも接しません。

秩父は此頃毎日の様に霞んで居ります。武甲山①は見えても、麓は雲か霧か、秩父の町に掛けて一帯の霞です。両三日来、雨も少しづつ降ります。

畑に蒔いた赤蕪《あかかぶら》は少しづつ太り、豆は芽を出し、今から南瓜を蒔く積りです。トマトの苗ももらう事に成って居り、チサ②の若菜ももらって植えました。今朝はチサ葉を食べました。イタンドリ（スカンポ③）は相当あります。未だ食べません。ヲバコ④は昨日煮ました。杉菜⑤はまだ試してません。今迄の所、野菊（ヨメ［嫁］菜⑥）が一番良い様ですが、此地の人は食べません。

　此地にも一年生が来て居るが、八洲子ならずとも、私も薫が可哀相です。一年二年丈は親の手元から通わせ度《た》く思います。今更云うも愚な事乍《なが》ら、昨年三月、私が薫を連れて行き度いと云うた時、あなたは今四月には帰京させると云い、其後時局変化があったとしても、あなたの寮に入る時には薫の処置は考えて居なかったのですか。又［学習］院に在籍させ乍ら上大津［村］で通校させる様に云って居たではありませんか。そうすれば当地でも通校は出来る筈と申し度成ります。何と申しても可哀相に思います。瞭《あきら》を預かる事は別に異論はありません。只毎子が［瞭から連想して、孫である］洋子の事を思い出して泣かれると困るのです。お互に譲り合わねば成らぬ事ですから、都合に依り連れて来て下さい。

　蝋燭《ろうそく》の事は前便に申し置きましたが、外にも今少しありますから、次に上京の時出して置きましょう。薫の為の鞄は、あなたの黒いのより今少し大形のものが玄関脇欄間に二個あります。其内小一個を拾《おさむ》に残して、大きい方を薫に持たして下さい。

　当地も疎開者の人込《ひとごみ》が増して、今後食糧の不自由がある事と存じます。そこで今から秋の約束をして芋類貯量、漬物漬込等を定めて置く考えです。倖に大家（落合）の人々が良い人ですから、順当の事は聞いて呉れる様です。時折はお八つの物も呉れ、野菜も呉れます。又組長一家も相当好意を盡して呉れます。

五月八日正午　認《したたむ》

※原文は片仮名混じりだが、平仮名表記に改めた。

〈昭和二十年五月八日消印。青山警防団後援会〈根津嘉一郎会長〉特別会員申込書〈左上の写真〉の裏面に青インクで記載。薄紫の二重封筒に墨書き〉

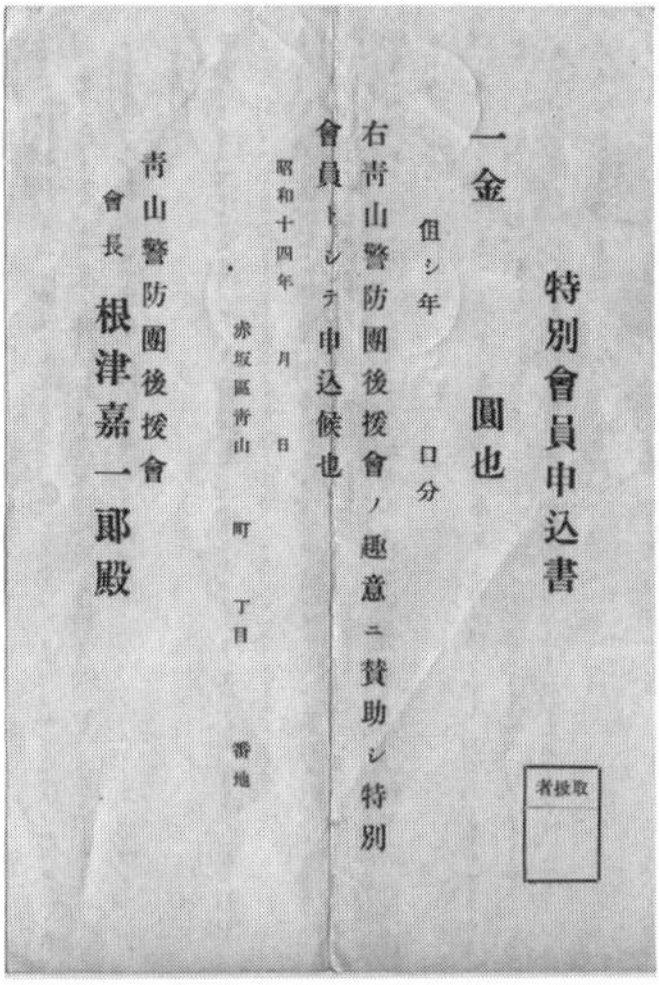
特別會員申込書

一金　　圓也

但シ年　　口分

右青山警防團後援會ノ趣意ニ賛助シ特別會員トシテ申込候也

昭和十四年　　月　　日

・　赤坂區青山　　町　　丁目　　番地

青山警防團後援會

會長　根津嘉一郎殿

取扱者

青山警防団特別会員申込書

注①秩父市南方五キロメートルにある山。標高一三三六メートル。石灰岩質で、周辺にはこれを採掘する太平洋セメント㈱などが工場・鉱業所を持っている。

②チシャ。萵苣。紫科の落葉高木。三月ごろに種を蒔き、五月ごろから葉を採食。摘み採っても次々に葉を出すので、「ちさの千枚張り」との譬えもある。

③虎杖・いたどり。蓼科の多年草で、若葉はやや酸味を帯びるが食用。根茎は利尿・健胃薬。イ

タンドリは埼玉などの方言。
④車前草・おおばこ。車前草科の多年草で、若葉は食用、葉・種子は利尿・健胃・咳止の薬。オバコは近畿・中国地方の方言。
⑤木賊《とくさ》科の多年草。地上茎の胞子茎が土筆で、栄養茎が杉菜。全草、利尿薬となる。
⑥菊科の多年草で、若葉は食用。柚香菊・野紺菊とともに野菊と総称する。

第四十四信　日光はいいところです

☆茨城県新治郡上大津村白鳥　羽成信夫様方　松尾八洲子様
★栃木県日光町金谷ホテル内　学習院初等科一年　松尾薫

おかあさま、おげんきですか。ぼくもげんきです。にっかう［日光］は、とてもいいところです。このごろは、おてんきがつづくよお［う］になりました。それでもときどきあめがふるときもありますが、このごろはとてもあたたかいときもあります。しろとりのほお［う］で、あたたかくなりませんか。それでは、おからだお［を］おたた［だ］いじに。おかあさまへ。

ぼく［薫］より。

※原文は旧仮名遣い・片仮名書きだが、誤字を明らかにするためまた

読みやすくするため、旧仮名遣いのまま平仮名に改めた。
裏面には日本海軍の戦艦一隻と戦闘機一機が描かれている。封筒宛名は教官による青インク書き）
（塚田商会の便箋に鉛筆書き。

松尾薫の描いた戦艦と戦闘機
この裏面に第 44 信が記されている。

第四十五信　配給米は豆粕入り

☆茨城県〈土浦局区内〉新治郡上大津村白鳥　羽成信夫様内　松尾八洲子殿
★東京都淀橋区下落合一ノ三〇六　学習院昭和寮　松尾聰

昨朝は、高森のしげ〔重忠〕ちゃん？　と一緒に上京。立川にいる弟君〔ヨシオか。のち戦死〕に召集令状が下った由で、迎えに行ったのだ。もうそちらから華々しく出発したろうが、何かお餞別をあげたかしら。

昨日は帰寮後、登院。女小使と福間氏〔龍雄。事務職員。昭和十九年十二月十三日より、空襲被害対策委員〕とにホーレン草を分ける。学習院から午後一寸青山へ帰る。小見川にあって、結局大体小見川の妹（寡婦？）三十八歳とその子二十歳・男との二人に、青山宅へ入ってもらうことに決めた。[1]勿論《もちろん》、無家賃。だがともかく始終頭にこびりついていたモヤモヤが片づき、セイセイした。

昨夜は泊まり。今朝寮へ帰ったら空襲。大分ポンポンいったが、事なし。米の配給、今度は凄い。豆粕入りで困った。炊き置きは腐るので……。

拾とまだ会っていないが、秩父行きの切符を手に入れてくれるから、[2]行ってくれとの置き手紙だから、そうしたら来週月・火にはそちらへ行けぬかもしれぬ。但し、往復切符を買ってくれぬなら行けない、と思っている。今度の日曜は日直だから、学校〔学習院〕の畑を作ってじゃがを植えようかと思う。［昭和］寮には余地がないから仕方がない。盗まれたらそれ迄だ。つる菜の芽が出たらほしい。大事に育てておいてもらいたい。

土浦へ、病院で附添付けてお産させるよう配慮の件のお礼を書いて出した。

十二日午後三時記

（藁半紙に青インクで記載）

注①空き家とすることは禁止されていた。空襲をうけた場合に、消火にあたる家人がいないと、延焼するおそれがあるからである。そこでこれまでは聰の弟・拾を在宅させていたが、拾が転居するため、かわりに借家人を探していたのである。
②拾は七月十八日に関岡静子と結婚するが、その婚約のための結納、またはそれに関連する日程打ち合わせのために親の疎開先の秩父を訪ねるものか。

第四十六信　五月二十五日、青山宅に焼夷弾①

☆白鳥・松尾八洲子殿
★昭和寮・松尾聰

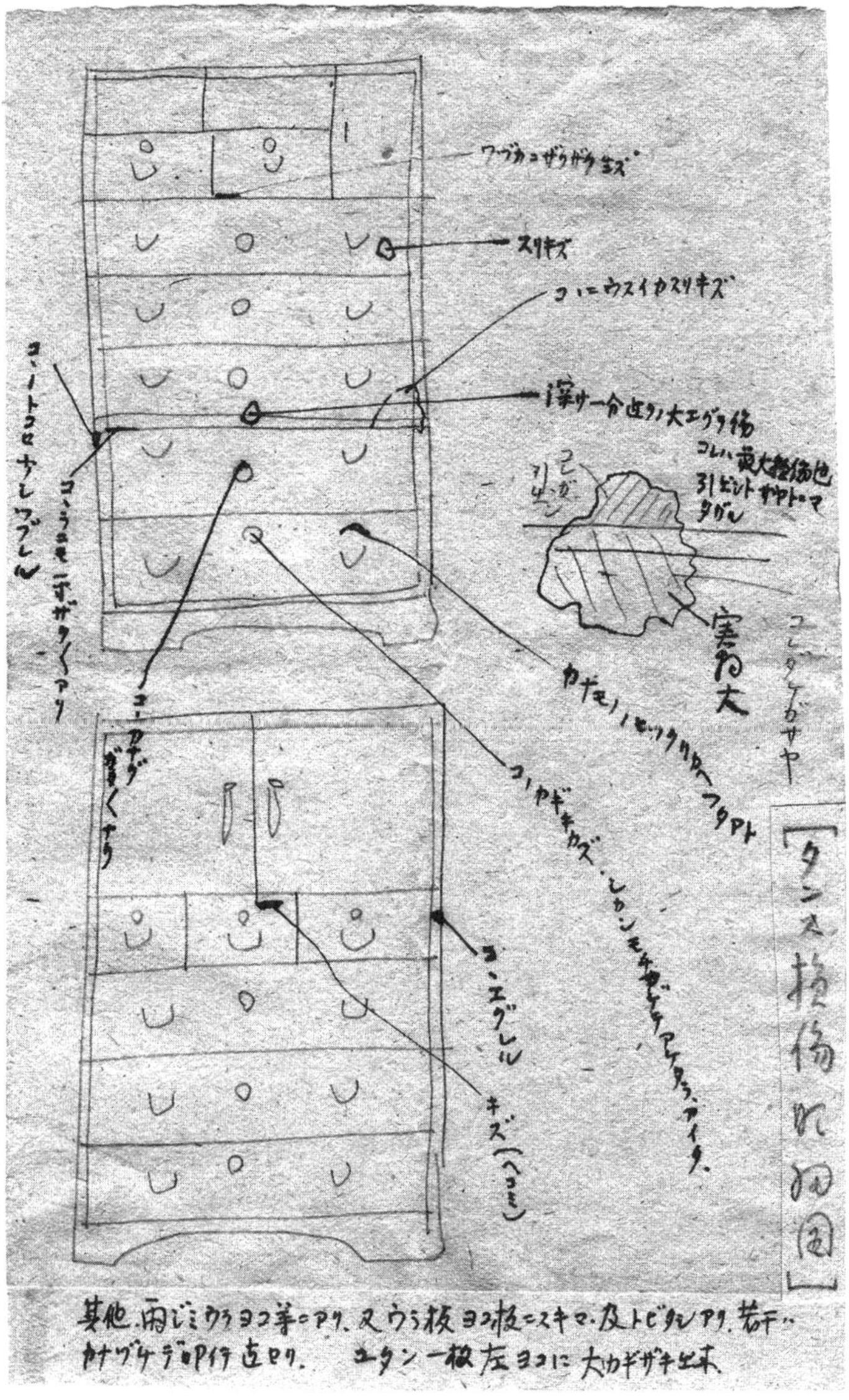

（封筒欠佚。藁半紙に青インク・鉛筆で記載）

注①二十五日午後十時から二十六日の払暁までの空襲によるもの。焼夷弾による青山宅の被害は完全焼失でなく、二階屋のうちの一階部分に止まった。したがって二階にあった母の嫁入り道具である桐箪笥・二棹は、焼失を免れた。一部に弾痕が残ったまま、その箪笥はいま編者の手もとにある（ただし傷跡は桐の部材で埋められている）。そのことは、欠損部が父の書き送ったこの図と一致していることで確認できる。すなわち青山宅の焼失後、父は母の所有物の被害状況につき図を入れて報告したのである。この図には、罹災状況などを詳細に伝える書簡がついていたはずだが、失われている。おそらく裏面の白紙部分を再利用したのであろう。

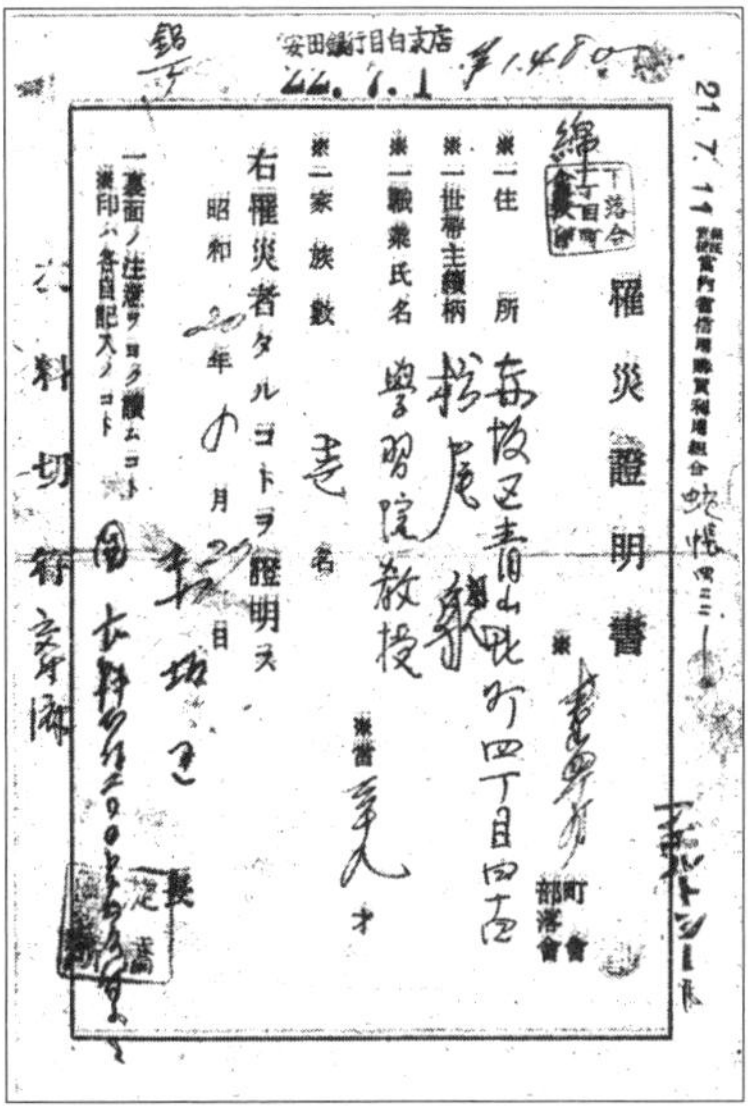
安田銀行目白支店
罹災証明書
一住所　赤坂区青山北町四丁目
一世帯主続柄
一職業氏名　学習院教授
一家族数　名
右罹災者タルコトヲ証明ス
昭和20年　月　日
一裏面ノ注意ヲヨク読ムコト
一印ハ各自記入ノコト

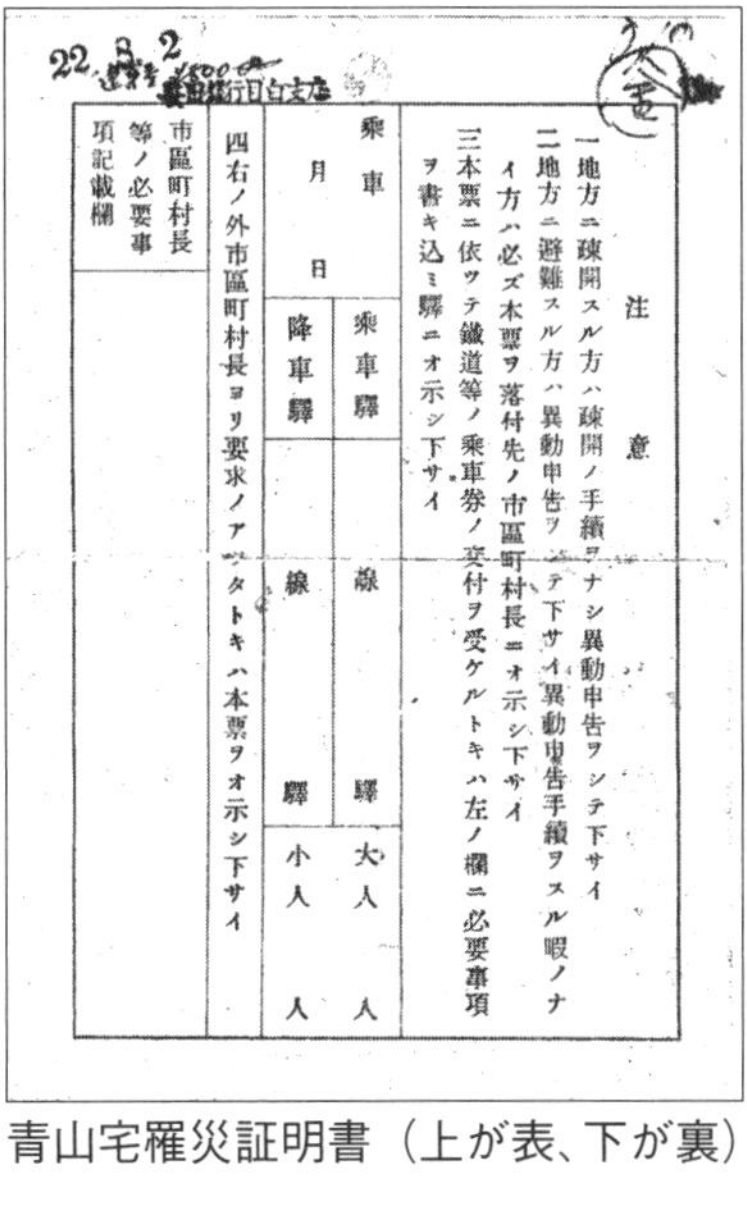
安田銀行目白支店
注意
一 地方ニ疎開スル方ハ疎開ノ手續ヲナシ異動申告ヲシテ下サイ
二 地方ニ避難スル方ハ異動申告ヲシテ下サイ異動申告手續ヲスル暇ノナイ方ハ必ズ本票ヲ落付先ノ市區町村長ニオ示シ下サイ
三 本票ニ依ツテ鐵道等ノ乘車券ノ交付ヲ受ケルトキハ左ノ欄ニ必要事項ヲ書キ込ミ驛ニオ示シ下サイ
四 右ノ外市區町村長ヨリ要求ノアツタトキハ本票ヲオ示シ下サイ

乘車 月 日	乘車驛	線 驛	大人 人
	降車驛	線 驛	小人 人

市區町村長等ノ必要事項記載欄

青山宅罹災証明書（上が表、下が裏）

第四十七信　空襲は段々ひどくなった

☆白鳥・松尾八洲子殿
★昭和寮・松尾聰

八洲子殿

明日多分行けようが、又今夜空襲があると汽車がどうなるか判らぬから一筆。

昨夕舘林［宣夫］から電話あり。来てもらって蒲団《ふとん》袋渡した。

朝鮮から先月末お父さん［三浦磐雄］が十日の予定で出て来られる由《よし》。お伺いしたいが、暇が見つからぬ。明日そちらへ行かないでとも思ったが、それはやめた。どうせ十日以上居られるだろう。太られて御元気の由。

チッキ①は、全然不可能。舘林もそういっていた。少し手に持って帰るより方法はない。戸塚のお父さん［三浦磐雄］は、疎開をしようという意志の由。今なら七万円位にうち②が売れるとか。但し、家財の三分の二は残さねば運べぬと。明日行けねば、月曜日に行くだろう。

空襲は段々ひどくなった。青山宅の整理はまだつかぬ。

今夜は、夜宿直。

六日午後

（昭和二十年六月六日投函か。封筒欠佚。疎開による学習院の退院届出用紙の裏面に記載）

注①鉄道・汽船などの交通機関が旅客の手荷物を預かって輸送する時の引換券。手荷物預証。

②横浜市戸塚区汲沢町光風台二一三九番地（現在の横浜市戸塚区汲沢七丁目一番十一号）に、一八一・三四坪の宅地があった。

第四十八信　婿より大事な防空壕

☆茨城県〈土浦局区内〉新治郡上大津村白鳥羽成信夫様内　松尾八洲子殿

★東京都淀橋下落合一の三〇六番地　学習院昭和寮　松尾聰

けさは早く起こしてすまなかった。無事に着京した。

さて十二日に戸塚［三浦家］に御伺いするスケジュールだったけど、［磐雄］お父様の「来てくれ」とのお詞《ことば》でもあったし、又交通が杜絶《とぜつ》してどうなるか判らぬのを惧《おそ》れて、疲労困憊の体に鞭打って、午後授業を了《お》える早々、夜の宿直は桜井氏［和市。ドイツ語研究者。学習院大学教授。とうじは学舎監、のち学習院院長］に無理に頼んであさってと交替してもらって、二時目白［学習院の所在地］退出。戸塚へ向かった。

途中の汽車（今は電車は出ない。――汽車が一時間おきに出る）はひどく混んで、汗だくになる。［横浜市内の戸塚］駅を下りて歩く。戸塚のおうちに近い頃には、シャツは絞るようになり、［教職員用の］制服の背に沁み抜ける。

四時十分、おうちに着く。よしえさん［舘林早苗のこと］が裏の畠に居て、肥やしをやっていられたが、早速、庭にまわって、奥庭の方に居られるらしいお母さんに「お兄さんがいらっしゃった」と声をかけていたが、やがて戻ってきて「雨が降りそうだから、今やりかけている仕事をやりおえてから行きますと、そういってくれ」との［しげ］お母様のお詞の由、よしえさんは云う。よって庭にまわってリュック（防空品、弁当、米等在中）を下ろし、勝手口にもどって靴を脱ぎ、下駄箱を探して、靴ブラシを借りて靴を磨いて、勝手口のすみに揃えて、茶の間に通り、上着を脱いで暫く神妙にしている。なかなかお母さんもよしえさんも誰も来ない。シャツが冷えて寒くなる。仕方がないからシャツを脱いで裸になり、洗面所でシャツを洗って、そこらから衣紋竹《えもんだけ》［着物掛。和服用のハンガー］を探して庭の竹にぶら下げる。裸でいると寒いので、坐蒲団《ざぶとん》を探して来て、敷いて寝転び、胸にも坐蒲団を掛けて、半身畳、半身縁側にいる。

そのまま四十分経過。四時五十分、よしえさん、庭に姿を現わす。浴衣《ゆかた》を探してくれるが見つからぬとて、丹前《たんぜん》［関西地方の表現。関東地方ではどてら］を持って来てくれる。丹前を裸に引っ掛けて漸《ようや》く暖かになる。あすの朝初発で帰らねばならぬので、朝飯が心配なので井戸端に戻ったらしいよしえさんを追っかけて、焜炉《こんろ》と釜と焚《た》き付《つ》けを借り、持参の米一合を炊きはじめる（麦混じりの米は、戸塚では食べられないとの仰せを聞いているから、持参のお米をおいて、こちらのご飯を頂いて御弁当に詰めることはできないのだ）。どうやら出来かけたので、あとはよしえさんに頼んで、又縁側に来て寝転ぶ。ところが丹前に蚤がいるとみえて、むづ痒《かゆ》く数カ所くわれる。驚いて脱ぎ捨てて、止むなく今度は背中が汗でしとって冷たい制服を裸に直に着る。今度は縁側に坐ってみる。そのまま六時に至る。

六時、勝手口に近所のカミさんらしいもの来る。お母さんは呼ばれて勝手口に来て、十分位大声で談笑して居られる。ついでにこちらへおいでかと心待ちにしていたら、又そのまま「仕事」の方に行かれる。仕事とは何かとよしえさんに声を掛けて聞いたら、防空壕掘り①だとのこと。

六時十分。見知らぬ海軍の兵隊②が茶の間に上ってくる。こっちは紹介された人でもないから、一寸挨拶して、あとは後向きになって縁側で居眠りを装っている。六時二十分、兵隊さんは居づらいのか、庭へ出てゆく。ついにそのまま七時に至る。着いてから正に二時間五十分也。

七時、榛名さん［しげの子。八洲子の末妹］帰る。榛名さん、防空壕とやらにお母さんを迎えに行ったらしいが、すぐ帰って、「もうすぐまいります」と伝言。

以上が、七時五分すぎまでの経過なり。

あまり手持無沙汰なので、六時四十分から以上の「経過記録」をする。

さて、小生着いてから二十分で腹を立て出し、三十分でひどくむかむかしてきて、よしえさんに云ってすぐ東京へ引返そうかと思ったが、やがてお母さんという人は何というバケモノかしらといろいろ考え出して、今度はおかしくなってきた。一時間半ばかりたったら、今度はお母さんの顔を見たら何とヒニクをいおうかと考えはじめた。さてどういおうか。

「大変お忙しいようですね」

「ええ、防空壕掘りをやってましてね」

「へえ、ボークーゴー？　ボークーゴーってあのただの『人が入って命を助かろうというあのボークーゴー』のことですか。何だ、そんなお仕事だったんですか。私は又天下の大事件でもおこっているのかと思ってハラハラしてお待ちしていたんですよ。何しろ痩せてもかれてもお母様の『ムコ』として運命づけられた男一匹が焼け出されて、疲労困憊の身に鞭打ってお父様の御呼び出しに馳せ参じたのを、勝手に上って勝手に控えて居れとそのまゝ丸三時間の余も待たせっぱなしになさるという以上、『ムコ』の自惚《うぬぼ》れから云えば、よほどの大事件がその『お仕事』でありそうにしか思えませんからねえー」

（いけねぇ、こいつは泥臭くてまずいや。江戸っ児の口上《こうじょう》じゃねえぞ。ちと、江戸っ児も疲れに揉みくちゃにされてか、からっきしだめだ。やきがまわったね。出直せ出直せ）

只今七時二十分。――もうヒニクはくだらなくなった。お母さまのお顔を拝したら、今度は十年に一度御開帳になる観音の秘仏を拝む如く、三拝九拝して御挨拶申し上げようと決心した。乞う、御安心あれ。

七時二十五分。濡れたシャツを鍋の上に載せて乾かしたのを取りに行く。乾いていない。よしえさんに頼んで、風呂場に載せてもらう。裸と制服との間が、思い出すと気持ちが悪い。

七時三十五分。瑞枝《みずえ》さん［舘林早苗の子］が「おじいさまご飯よ」と庭の方に声を掛ける。はじめておじいさまも防空壕に居られることを知る。

七時四十分、おじいさま、勝手口にまわって来られる。

〽愈々《いよいよ》出御に候。御控え候え。

×　　×

おじいさま勝手から上られ、茶の間に入らる。居ずまいを正して、お待ちする。

「聰さん、どうも失礼しました。けさ七時から防空壕掘りで……」

「それは大変お疲れでしょう。一度におやりでは、御体に障《さわ》りましょう」

「そうなんだけど、しげ子がきかないので……」

さて、小生わざわざ寮からの御来訪を謝し、挨拶、型の如し。

さておじい様（以下、お父様という）、改まって「おいでを願ったのは八洲子の処置ですが……」とて、あなたの手紙に瞭を預ってくれとあったことについて言い出さる。私は、そんなことは一向八洲子から相談に預って居らず、瞭は何も秩父に預けりゃいいので、問題にするに足らず。もっと心配なのは八洲子の出産の場所、土浦が危険だということだ……と話し出す。

お母さん、漸《ようや》く姿を見せらる。「とんだことで云々……」三拝九拝して謝し奉る。台所に御飯の用意ととのう。暖い御飯を召上がれとの仰せだが、麦入り弁当（昨夕白鳥で詰めてもらった分）は、戸塚で御処分下さる方がないから、弁当を開く。じゃが（豚を煮た汁で味付けの由）・キャベツ・大根のなます・胡麻の品々ととのう。食後には牛乳お茶碗にたっぷり、焼きパン（蜜かけ）。これを親子孫四人③と兵隊と私と計六人分だから大変だ。まだ台所にはピーナッツだの何だの籠に入っておいてある。まだまだ量は知らぬがいろいろ御入手のもようで安心した。

お父様は、ついにあの名刺にお書き下さった第一のこと、「聰の実弟の」拾《おさむ》の件については一言も仰せなかったが、食事中お母さんがはじめて「拾さんはどうしていられます」と仰せらる。即ちつゝしんで「松尾の親戚は「五月二十五日に家が」全部焼けて行く所なき故、焼跡に五日居て、数日前漸く同僚の焼け残りの家に厄介になることになったが、その家にも蒲団がなくて座蒲団を繋げて寝ている由だから困っているだろう。明日、私の所へ夏蒲団の幅の狭いの一枚借りに来る筈だから、様子を聞いてみる積もりだ云々」と御返事。しかしそれについては更には何のお詞もなく、お母さんはすぐ、

「それで［拾の］結婚式はすんだのですか」

「いや皆焼け出されて、無期延期ですよ」

「簡単ですねえ」

と。これで拾に関することはおしまい。

それから御風呂に入れとの仰せ。眠いから早く寝たい。御風呂は沢山だと申上げたが、新しい湯だからとてしきりに勧めらる。乃《すなわ》ち上厠《じょうし》してのち、お父さまと一緒に風呂に入り、上って十時。ここではじめて浴衣をよしえさん［舘林早苗］に拝借。乾いたシャツの上に着る。イモコパン［芋粉・豆粕・玉蜀黍などを入れたパンか］を焼いたのを一切れ頂いて、はじめてお茶を一杯頂く。八洲子は白鳥でお産したいこと、できたら土浦にお母さんが一ヶ月許《ばか》り来られて、峯子伯母さんは白鳥へ詰め切られたいこと等。……お母さんが土浦に行ってもいゝというような御口ぶりだったから話す。大体そんなつもりで話終る。（その間、おゆうさん［羽成隼雄の母］に取り上げてもらえばいいとか、白鳥へ土浦のお二人がすぐ疎開してくればいゝとか、例のお母さんの無駄話があったが、くだくだしいから省略する）

十時半に入床。疲れ切っているが、やがてはじまるお母さんの読経の高声で寝付かれず。少しトロトロとしたら、今度は床に入ったよしえさんが兵隊さんと例のエンレイな声でもって天下の大勢やら戦局の推移やらについて寝ものがたり。十二時十分前までつづく。十二時漸く眠る。一時半、蚤で起こされ、一匹退治。三時、又蚤で……。四時十五分目覚め、四時半ひとり起き出て、顔を洗い御挨拶の置手紙をして、四時五十分例の如く勝手口からひそかに退場。

昨日炊いて弁当に詰めた（おさい［お菜］は舘林［宣夫］氏が北海道から送ってもらったという半生ニシンを入れて頂く）飯は、駅でも坐席がなく、車中もなくて、結局寮へ持ち帰って食べることにする。

途中背中がむづ痒く堪らないので、戸塚駅のホームで裸になってシャツを脱いでしまう。蚤は一匹捕れたが、今直に着ている制服も少しむづむづする。（只今山手線の車中。原宿也）

つらつら惟《おもん》みるに、戸塚のお母さんはやっぱり豪傑だね。小生、四十年の人間生活のうち、ともかく此頃戸塚であしらわれるようなまっ正直な待遇を受けた覚えは、外《ほか》には一ぺんもない。壕でお忙しいのはお忙しいで結構だから、私が着いたら一寸壕から出て来て一二分「おきまりの詞」を述べて、よしえさんにお茶と着替えの着物位言いつけておいて壕へ又引っ返す位のエチケットは、ムコには全然不用なのかしら。

こちらも拾をお願いする積もりは毛頭ないけど、あの名刺の御詞の手前からも「拾さん、こちらから通われたら」と一言おせじを云われても、別に損ではないのじゃないかしら。

あなたは秩父のおじいさん［松尾儀一］の葉書に始終腹を立てているが、戸塚も又西の横綱に近いね。

以下面談（高田馬場駅通過）

（昭和二十年六月十六日消印。学習院メモ箋の表裏に二十四頁にわたって記載）

注①三浦家の庭の東北隅に、入口一メートル四方、L字形に掘った上で、奥行一メートル四方ほどの壕を掘削。以上は、舘林早苗よりの聞き書き。

②彦坂昇か。三浦磐雄の姉・なかは、彦坂豊作と結婚。その子・昇は海軍に入り、横須賀港停船中に戸塚の三浦宅をしばしば訪れていた。

③書簡に出てくる人物は、三浦磐雄・しげ・榛名、舘林早苗・瑞枝の五名である。ここで四名とは、このうちのだれをさすか不明。居たが、食事しなかったことも考えうる。

第五章　蔵王への疎開を引率

敗戦にいたる最後の過程を迎えた。

日本はアメリカ・イギリス・フランス・ソヴィエト連邦などの連合国軍に抵抗する唯一の国となり、その悲惨な敗北状態のなかでもなお、まったく見通しのたたない無謀な戦いを進めようとしていた。日本政府は国民に「一億総火の玉」など本土決戦を声高《こわだか》に呼びかけながら、一方では中立条約を締結していたよしみからソ連に戦争終結の斡旋を依頼しようとしていた。しかしソ連からは特使・近衛文麿の受け入れすら断られ、昭和二十年（一九四五）八月八日にはむしろそのソ連から対日宣戦布告をうけた。アメリカは、政治的な思惑もあって戦争の終結を早めようと動いた。そして八月六日には広島市に、九日には長崎市に原子爆弾を投下し、一般市民の頭上から一万度の熱線を浴びせて二十万以上の人々の命を一瞬にして奪い去った。この事態をうけて、ついに日本の最高戦争指導会議はポツダム宣言を受諾して無条件降伏することになるが、この時点での受諾ですら日本の軍部は「内乱が起こる」ことを理由に反対した。どこまでも国民の命を守ってやろうとは考えず、道連れとして国民全員を玉砕に導こうという姿勢であった。敗戦があきらかとなったときに止めていれば、死者は彼我ふくめて数百万人も少なかったろうし、あるいは十数人の指導者の賢い決断さえあれば三一〇万人もの死者の大半を死なせずにすんでいたかもしれない。

民衆の生活は、いうまでもなく食糧不足が慢性化し、少量の物資を取り合うので当然ながら物価が高騰することとなった。たとえいくらしようと、入手できさえすれば幸いだった。

徳川夢声は『夢声戦争日記 抄』（中公文庫）で「先月の代用食配給は十八日分もあったと言う。すると三度三度米を喰ってると十二日分しか飯は無かったことになる」（昭和二十年七月三日）といっており、十二日分が米で、六日分が代用食、そして十二日か十三日分は無配だったことになる。代用食については「甘藷蔓の粉だの、桑葉の粉だの、甘藷からアルコール用澱粉をぬき去った残りの粉だの、矢鱈に粉を喰わされるらしい」と記しているが、ともかく半分以下しかない配給食料をもとに、どうやって一ヶ月生き延びるか。

だが、それをかりに凌《しの》げても、生命の保証はない。

数日ごとに繰り返される空襲が、戦闘員・非戦闘員を問わず、軍事施設・軍需工場・一般家屋を区別せずに行われた。防空体制が崩壊しているなか、無力なままに焼き尽くされていく家と、その間にころがる焼けただれた遺体。それが明日の我が身かもしれないと直視せざるをえない状態が、なお続いていた。

父はこれから蔵王と白鳥・東京などを往復することになるが、交通事情ももちろんたいへんな状態になっていた。昭和十八年からは軍需物資輸送の優先が鮮明となり、昭和十九年四月からは第二種急行以下の旅客列車が大幅に削減され、以後も旅客輸送は段階的に削減された。車内では座席の三人掛けがはじまり、ついには列車に乗れるかどうかの寿司詰め状態にまで至る。「一人でも多く旅行を見合わせ、増産に励みましょう」と掲示され、片道一〇〇キロメートルの移動については旅行証明をうけることも義務づけられた。運賃も大幅に値上げされ、切符を入手することがむずかしくなり、しかも切符の発行にさいしては軍関係・公務の者が優先された。さらにかりに乗れても、爆撃・銃撃にさらされることがあった。空襲の被害は車両で機関車八九一輛・客車二二二八輛・電車五六三輛・貨車七九二三輛、駅舎が一九八カ所に及び、機銃掃射も四九四回うけた、という（塩田道夫著『上野駅物語』弘済出版社、歴史群像シリーズ「図説国鉄全史」学習研究社）。

本章には、昭和二十年七月二十一日から八月四日付までの書簡、十一通を収めた。

前章にみるように生徒の疎開は学童にかぎられていたが、それは文部省管轄下の学校についてであって、明治十六年（一八八三）八月以降の学習院は宮内省の所轄下にあった。学習院では独自に時局への対策を講じなければならず、教育疎開と称して勤労義勇隊を組織し、生徒を安全な場所に避難させることと決した。「山形新聞」は学習院中等科男子六十余名の来県につき「松根油増産に挺身」「水田と畑地を借入れ……滑空場開墾等を行うことになった」とし、「学習院の地方戦力増強への積極的協力は各方面に無言の激励を与えている」（昭和二十年七月十七日付の二面）と報じている。すなわち外向けには疎開ではなくて、地方への生産協力・産業報国の挺身隊という位置づけで行われたようだ。

ともあれ、まず学習院中等科生の疎開は、昭和二十年七月十八日・十九日より、山形県鶴岡市上肴町一〇八番地の常盤館で実施された。高等科生の方は三手に分かれ、一つめは岩手県胆沢郡相去村（現在の胆沢郡金ヶ崎町）の六原道場、二つめは長野県北佐久郡軽井沢村（現在の軽井沢町）のつるや旅館と別荘、三つめは山形県南村山郡堀田村高湯（現在の山形県山形市蔵王温泉）の三旅館とされた。父が赴くことになったのは、このうちの高湯である。

教育疎開の実施に先立ち、父は鍋島能弘氏（教授）とともに六月二十七日から三十日まで高湯の事前調査に赴いた。堀とき氏（堀久旅館主・久治の子である清の妻）の話では、蔵王温泉にはほとんど旅館がなかった。昭和十三年ころに陸軍兵士の湯治場として開発されたが、それでも旅館数はただの六軒だった、という。

まず隊長格の佐藤文四郎教授が出発。本隊は七月九日午後四時に東京・目白の学習院に集まり、井上敏教授・福間龍雄書記・佐々木看護婦・鈴木正三助教授が三十五名の学徒を率い、全員が銃剣を帯びた。

装備した銃剣は三八式歩兵銃といい、その昔に有坂成章大佐という人物が設計して、明治三十八年に陸海軍に採用された槓桿式五連発の小銃である。口径六・五ミリで、有効射程距離は六〇〇メートル前後であった。これが配布されたということは、つまり日本は日露戦争時の装備のままで第二次世界大戦の大半を戦っていたのである。

ともかく武装して乗車し、上野駅を午後八時四十分に発車して、東北本線を経由して翌朝午前九時半に奥羽本線の金井駅（現在の蔵王駅）に到着した。以後半郷にある堀田村役場を経て、午後三時高湯に到着し、そこで三カ所に分宿することとなった。

第一分隊は高砂屋旅館（堀久旅館の西向い）の五部屋に十四名、第二分隊は昭栄館旅館（堀久旅館の南隣）の六部屋に二十一名、堀久旅館には職員が入った。

聰は昭和十九年に高等科の文科三年の主管（担任）となり、同年十二月に空襲被害対策委員となっていた。そこで七月二十一日、六名の生徒を率いて疎開に加わった。生活物資が少しはある東京を離れ、妻子のいる白鳥がさらに遠くなることも、選べるわけではないが、辛いことだったろう。

本章にある書簡には、生徒たちの飢えに苦しむ生活が描かれ、父たちの苦しい生活環境や本音がなまなましく記されている。「おしなべて吾々の今の唯一の希望は『何かくいたい』ということだけらしい」（第五十六信）と書く父の体調や気持ちを推《お》し量《はか》ると、胸が痛む。その父は、母からの書簡が途切れることに苛立ち、罹災・死亡したのではという不安を隠せない。たわむれに長短歌を詠み、むりに寂しさを紛らわせた。さらに父は空襲のなかで間近に迫った母の出産関係の指示をし、空腹をおし、奥羽本線・東北本線・常磐線などを乗り継いで母のもとに通いつづけた。

平成十七年（二〇〇五）十月二十三日に筆者は山形県の蔵王を訪れ、堀久旅館に一泊。翌朝、父が通ったように蔵王山の西斜面をバス停留所のあった堀田村役場跡地まで二時間半ほど歩いた。いまは等高線沿いに自動車道が作られ、起伏に満ちた山中には石碑や祠《ほこら》などがあってかつての道筋を偲ばせているが、道がなくてむかしのままに辿《たど》れないところも少なくなかった。この山路を辿るなかで、父は思ったにちがいない。愛《いと》しい妻が元気でいてそのもとに行けるという希望があるから、こんな暗い時代の長い山道のなかでもなお歩き通せる、と。

学習院高等科生の疎開先となった山形県堀田村高湯（現、山形市蔵王温泉）の旅館
建物はいずれも現在のもので、上から堀久旅館（右）と共同浴場（中）、高砂屋旅館、昭栄館旅館。

第四十九信　何も手に入らず困っています

☆茨城県新治郡上大津村白鳥　羽成信夫様方　松尾八洲子様
★埼玉県秩父郡久那村大久保　松尾て以子

降ったりやんだり毎日定まらぬお天気で困って居ますが、御地は如何ですか。其後は申訳もなき御無沙汰に打ちすぎました。おさわりなくお過ごしですか。

此頃は度々敵機が参ります様ですが、子供をつれ身重《みおも》［のちの涼。当時妊娠九か月半ほど］のお体でさぞ御心配の事と察して居ります。私は毎日地所内の不動様へ松尾家一同の安全を祈りに参って居るので御座います。どうか御無事に御安産なされます様にと日夜案じて居ります。

薫ちゃんも元気の様子。心配致したほどの事もなくて、ほんとうに喜んで居ります。瞭《あきら》ちゃん檀《まゆみ》ちゃんも、大きくなられた事でしょう。

拾《おさむ》［聰の弟］の［関岡静子との結婚］式も、十八日秩父神社①で無事にすませました。色々とお世話様になりまして有り難う御座いました。秩父へ二晩宿りまして、只今［拾は］帰京致しました。あなた様からも聰へおついでの節に宜敷御伝え下さいますよう御願い申上ます。

聰の小物入の鞄を帯しんの布で造って置きましたのですが、渡す事が出来ませんでした。拾は早速肩へかけて帰りました。いつか聰が来られる迄しまっておく事としましょう。

食料の買入は此頃如何ですか。私の方は、何も手に入らず困って居ります。作ったじゃが芋も思う様に分けてもらえず（娘夫婦・子供二人の疎開者が来たので）、この先は心細い事で心配して居ります。お米はへらされ、醤油も少なく、そして十日目に取りに行くお米も半分きり渡されなくて、あとは麦と大豆とやら。

只今これからそれを取りに行く所です。雨が降りそうですから急いで取りに参りましょう。青山の宅から赤坂区役所位〔徒歩十五分ていど〕の所まで行くのです。田舎は歩かなければならぬので不便ですね。あなたも同様大変でしょう。籠を背負って行かれたお姿が目に残って居ります。

そちら蛇は出ませんか。こゝは五尺位〔約一五〇センチメートル〕ある大きなのが窓の前にある柿の木にいつも登って来ます。一尺と離れぬ枝ですから、いやな気持ちがしますよ。蚤や蚊はそちらよりずっと少ない様です。でも毎晩蚤に悩まされて寝られません。先日聰から、茨城で三十七〔匹〕位〔蚤が〕いて十七〔匹〕はにがしあとを取ったと云う手紙が来ました。聰が温泉宿で一晩さわいで居ったのを思い出し、ひとりで思わず笑い出しました。さぞ皆様は困って居られる事と思います。

先はお見舞いかたがた御知らせまで。かしこ

七月二十一日

八洲子様

（昭和二十年七月二十二日消印。藁半紙に鉛筆で記載。白の二重封筒に青インク）

注①埼玉県秩父市番場町。旧制の延喜式内小社・国幣小社。武蔵四ノ宮。例祭は秩父夜祭として著名。

第五十信（一）　飯は一日二合一勺、羊を払い下げてもらう

☆茨城県〈土浦局区内〉新治郡上大津村白鳥　羽成信夫様内　松尾八洲子殿
★昭和二十年七月二十一日記〈二十二日投函〉　山形県南村山郡堀田村高湯
堀久旅館内　松尾聰

山形駅で投函の葉書に続いて、つれづれなる車中のすさびにものしぬ。高湯にて投函のつもり。鶴岡には中学二年から四年迄の学生百八十名と教官・看護婦等十二人の大世帯。宿は立派な料亭だが、宿屋ではないから風呂もなく、いろいろ不便だ。食糧は極めて窮屈だ。はじめの話では多少補えるようなことらしかったが、結局二合一勺。それだけだ。従って朝夕八勺づつ。昼は五勺の雑炊。着いた夜のおかずは蕪《かぶら》の煮たの一つまみ。翌朝は葱《ねぎ》少々の味噌汁。昼は蕪少し入った雑炊。夜は法華《ほっけ》一切と蕪一切、蕗《ふき》二きざみ。この法華は漁師が三人銃撃死して獲ったものだと大分「尊い」御馳走の由。魚も、新庄あたりのことを聞いていた

のと比べると、とても問題にならぬ。一日専門にこの料亭の顔ききが駆け回っても、鰈《かれい》一尾しか手に入らぬ日が多いという。ここで野菜作りをする予定だが、土浦のように一寸掘ると水で、しかも冷害のため甚だ心細いという。更に問題は燃料だ。山ではないから、板きれ一枚ないらしい。実際恐るべきことだ。高湯の方がどうもよさそうだ。

日光から鶴岡へまわって来た看護婦の話では、日光の方が遙かによいという。じゃがも一万貫（？）入手したとかいうし、副食物も豊富だ。この間雑炊があったが、それは鳥の雑炊だった由《よし》。ただ此頃は豆が増えたという。この看護婦は、薫を知っている。蚤に喰われたとて、薬を塗ってもらいに来たとか。

○山形で下りて、今半郷行のバス[2]を待っている。生憎《あいにく》の雨は頗《すこぶ》る強い。山にかかったら小止みにならぬものか。ぶらさげる靴はビショビショだろうし、閉口なり（九時半記）。

○バスで半郷の村役場に着いて、異動申告等聞き合せていると、偶然にも福間［龍雄］氏と鈴木教官［正三。体育担当］と来るのに会う。昼この役場近くで［堀田村羊組合主催の］羊の市が立つのを農会から五頭払い下げてもらいに、雨をついて下山したのだという。それを待ち合わせて、近くの家の囲炉裏《いろり》で昼飯をすませている。堀久［旅館］の主人［堀久治］も立会いに来ている。こゝを二時頃に皆で一緒に立って上る。お腹もあまりゴロゴロいわぬから、多分もう大丈夫だろう。福間氏の話によると、薪炭は営林署の好意で、心配ない見込みがつき、炭焼きも百俵はできようという。豚二頭・山羊《やぎ》五匹もかうことになる。野菜もどうやら目鼻がついている。開墾はあすから［堀田村の］青年学校生徒③百名の応援を得て、はじめるという。凡て順調らしい。結局、鶴岡より、軽井沢より、岩手より、ここが一番よい所になりそうだ。ただ「交通」だけが問題だ。当地も雨で凶作を頗る心配している。

○無事高湯着。雨はますますつのる。久しぶりで湯に入り、終って洗濯・夕食。やっと机に向う。まだ蒲団も箪笥《タンス》が倉に入っているので出せず、福間氏のを借りる。畳は新しいが、こうして坐っていると頗る蚤が出る。叶《かな》わぬ。飯は二合一勺。暫くの間は学校から持って来た豆を若干入れて炊いているが、これは永続きせぬ。腹はすくだろう。（ニュースのあとにつづく）

明日二十二日は、朝五時から開墾地④切り拓《ひら》きの地鎮祭。麓から神主⑤を招いて大ごとだ。了《おわ》って鍬入《くわい》れとなる。雨でもやるそうだ。行かねばならぬ。お腹はまだ下っているが、大丈夫だろう。今夜は豆入りの飯に、薄いカレーライス。

ここにいると神経はかなり太きを要す。雑巾《ぞうきん》を洗う溜《た》まりの中に、豆腐⑥が冷やしてあった。これの冷奴《ひややっこ》なんどはちとどうかと思う。

ポン助［胎児］大切にしてくれるように。鹿島灘の上陸は大丈夫かな。さもないまでも艦載機を防ぐ蛸壺防空壕は是非掘りたい。帰ったら、早速三つ位掘るから場所を選んでもらっておいてくれ。

（二十二日朝記）

今朝もまだ下る。懐炉《かいろ》のないのをつくづく残念と思う。薬も、昨日山形に下りていた学生に、何か買って来いと云っておいたが、どうなるか。

今日も小雨。朝、地鎮祭に出て、あと成るべく部屋で休ませてもらう。ラジオを仄聞《ほのき》いたら、関東に四千六百機来襲という。心配だ。敵襲ごとに一言でよいから安否を知らせてほしい。

注①配給には法華や鰰《はたはた》・鱈などが多かった。これらは近海物で、漁船がなんとか空襲の合間をぬって捕獲できたものに限られた。父は法華・切り干し大根などをみると、戦時中の配給品を思い出すといって嫌った。

②半郷には堀田村役場があり、現在は貸地で、山形市蔵王半郷七十九番地にあたる。かつてここにバス停があった。バス（木炭バス）は半郷までしかなく、蔵王高湯までの十キロメートルの登下山は徒歩のみだった。

③堀とき氏によると、卒業生のことかという。

④堀久旅館から南南西に一キロメートルほど離れた小高い丘の上に、人工の堰《せ》き止め湖である鴫《しぎ》の谷地《やち》沼がある。その湖南の林を三反歩［三〇アール］ほど伐採・開墾して、蕎麦・大根・蕪を播種する計画だった。開墾地の跡は、現在、テニスコートになっている。（次頁の写真を参照）

⑤堀田集落に山神神社、上野《あがの》に秋葉神社・神明神社、半郷に刈田神社・蔵王山神社などがある。そのいずれかの神主であろう。

⑥堀久治の孫・寛氏の話では、高湯には湯治客が多く、豆腐屋が二軒もあったという。

鴨の谷地沼（上）と開墾地の跡に作られたテニスコート（下）
開墾地は上の写真の右端の森のあたり。

第五十信（二）　福島県で列車を銃撃せり

「ニュース摘録」第一号①
（十八日　山形新聞）〇敵機、十七日午前五時、小型八十〈機〉宮城・福島へ。新潟へ十機。

茨城・千葉・神奈川へ〈艦上機〉百八十。十六日二十二時半から四時間に亘り、平塚・沼津・小田原・茅ヶ崎・辻堂へ〈B29〉百九十機。十七日一時から桑名へ九十機。○九州へ〈戦爆〉二百二十機、十六日十時。十七日払暁、大分へ三十機。

（十九日）十七日二十三時〈十五分〉から約一時間、六隻位の艦艇で日立市及び水戸市東北方地区に艦砲射撃。我方若干の被害あり。十八日正午より、艦載［上］機、鹿島灘より侵入。茨城・千葉に主力、栃木・群馬・埼玉・神奈川に一部を以て攻撃。攻撃目標は飛行場・軍事施設の外、市街地。機数は十五時現在〈約〉五百〈機〉。十八日十五時五十分［四十五分の誤記］から、房総〈南東部〉より〈艦上機・戦略爆撃連合約〉二百五十機、横須賀軍港へ。

○十九時四十分より二十一時二十五分の間、B29［24の誤記］四機、一隻［機の誤記］づつ鹿島灘より侵入（後記のことからすると、上陸作戦があったか）。主として水戸・土浦を攻撃。ロケット弾及び時限爆弾を使用。P61（初出動）若干も共に行動のようす。②読売によれば、ブランコ爆弾を駅に投下の由。七時と九時との二回に。又十七日十二時四十分［十時四十四分頃の誤記］、B29〈らしき大型〉二機、東金・土浦〈附近〉に爆弾投下。十七日未明より十二時まで、〈約〉二百二十機、三次に亘って〈主として〉仙台湾附近の飛行場攻撃。一部は〈管内に侵入し〉福島県で〈は〉列車を銃〈爆〉撃せり。

○バリックパパン［ボルネオ本島］、四千名殺傷。十八隻撃沈〈破〉（綜合戦果③）

（二十日）十八日横須賀〈邀撃戦〉の戦果、〈撃〉墜四十、〈戦〉破三十八。十四、五日北海道の〈邀撃〉戦果、〈撃〉墜三十二〈機〉、〈戦〉破二十一〈機〉。○十九日九時〈頃〉、P51〈約〉六十〈機〉は近畿〈地区〉に侵入。十九日九時〈前〉P51〈約〉六十〈機〉、岐阜・愛知・静岡に侵入。小型［艦上機のこと］百五十、十八日大鳥島に。○米英ソ三国［三頭の誤記］会談、十七日開会。

（二十一日）B29〈約〉百七十五機、十九日二十二時半［三十分頃］より福井市・尼崎市を焼夷攻撃［「二群に分かれ、主力約百二十機は福井市に焼夷弾を、一部五十機は尼崎市の附近に爆弾」とあるのを摘録］。墜五、破十九。○B29〈約八十機〉は十九日夜半より岡崎〈市附近〉を焼攻［焼夷弾攻撃の略］。○十九日二十三時四十分〈頃〉、B29七機、平〈方面に侵入して炭鉱地帯〉を焼夷攻撃。〈海岸の砂地や山林を盲爆しただけで〉被害なし。二十日八時半〈ごろ〉大型数機、平・福島・郡山に侵入・爆撃。○十九日二十三時より三時間に亘り、B29百五十機、分散来襲。〈約〉八十〈機〉は日立〈市〉・高萩〈町〉・多賀〈町〉・豊浦〈町〉・大津〈町〉を焼攻。〈約〉六十〈機〉は銚子〈市〉を焼攻。又〈別の〉B29八機は二十日○時五十分［四十五分の誤記］より新潟〈港附近〉に機来［機雷の誤記］〈を投下〉。その中二〈機撃〉墜、三〈機を撃〉破。○テルナテ島[4]、残敵完了［完全の誤記］掃蕩。○ビルマ戦線[5]。シッタン渡河反撃の我軍に対し[6]、敵〈印度第七軍団・第三方面軍の〉全軍動員。

（昭和二十年七月二十二日消印。学習院用箋・福島県立女子医学専門学校用封筒に青インクで記載）

注①以下のものは山形新聞の記事を抜き書きしたもので、〈 〉を施した部分は、父が削ったもの。第五十三信（三）・第五十四信（二）・第五十六信（二）・第五十八信・第五十九信（二）の〈 〉も同じ。書簡の開封・検閲などが行われるため、自分の見解を記すことを避けながら、母に戦況が劣勢であることを言外に知らせようとしたものであろう。

②P38／51／61などは fighter-plane 戦闘機で、爆撃機の護衛などにあたるため出動している。P38はロッキード社製で双胴型の双発重戦闘機。世界初のターボ過給機を搭載し、最高速度は時速六六〇キロメートル。P51はノースアメリカン社製のレシプロ単発戦闘機で、ムスタングと呼ばれた。パッカード社製のマリーンエンジンを搭載し、航続距離は三七〇〇キロメートル。最高速度は時速七〇四キロメートル。一二・七ミリの機銃を六基備えており、機銃掃射をすることもあった。B29はマリアナ基地（サイパン島）、B25・P38は沖縄基地、P51は硫黄島基地からおもに出撃した（二〇七頁の写真を参照）。

③バリックパパン（オランダ領東インド［蘭印］）に日本軍が上陸したのは、昭和十七年一月二十四日。連合国軍の反攻の一環として、オーストラリア軍が昭和二十年七月一日に上陸しはじめ、やがて奪回に成功した。日本が蘭印に侵攻したのは、アメリカの禁輸と太平洋戦争の開始による石油供給不足を補おうとしたため。

④モルッカ諸島にある火山島。

⑤ビルマ（イギリス領）への侵攻は、もともと国民党の蔣介石総統が率いる中華民国（重慶）政

府に対してアメリカ・イギリスなどが援助物資を送っていたので、その援蔣ルートを断ち切ることに主眼点があった。昭和十七年五月にビルマ占領を遂げたあと、昭和十八年から日本陸軍は連合国軍のビルマ反攻作戦を察知。先手を打って、昭和十九年三月からインド東北部のアッサム州の州都インパールに、三個師団・十万人を投入して侵攻することとした。しかし作戦は事前に漏れ、イギリス・インド軍に攻囲された。七月に敗退するが、この作戦で三万人が戦死し、二万人が風土病のために病死した。この敗退により、ビルマ戦線の戦力は大きく後退し、以後劣勢となった。

⑥シッタン渡河作戦は、ビルマの主要部分がイギリス・インド軍の支配下となるなかで、ペグー山系を降りて敵の手に落ちていたシッタン平野を横切り、日本軍を撤退させることを目的とした。しかし平野を流れるシッタン河は、秒速約三メートルの濁流であった。五つの作戦区分に分け、小舟・筏などを仕立てて四〜五人単位で夜間に渡河。渡河地点近くでは戦闘機からの機銃掃射などによる集中攻撃で多くの日本兵が犠牲となり、栄養失調の体で力なく濁流に飲み込まれたものもおり、また下流でも現地民の砲撃などをうけた。凄絶な戦場として知られ、ここで数万の兵士が亡くなったと推定されている。

マリアナ基地を飛び立ち、日本空襲へ向かうB29の編隊／前掲『米軍が記録した日本空襲』より

第五十一信　これが最後の便りとなるなかれ

☆山形県南村山郡堀田村高湯　堀久旅館内　学習院勤労学徒隊本部　松尾聰様
★七月二十三日　茨城県新治郡上大津村白鳥　羽成信夫方　松尾八洲子

［六枚中の三枚目は欠。裏面に八月三日朝付の聰書簡第五十九信が記されている］

（一）無事に御着《おつき》でしたかしら。御天気がいまだにはっきりせず、道中はさぞかし困難でしたでしょう。土用①というのに、単衣《ひとえ》と肌襦袢《はだじゅばん》②を重ねてもまだ寒い程ですから。御山は如何《どん》なでしょうか。

御発《おたち》の翌十九日朝、土浦から祖母［斎藤〈羽成〉ふさ］が一人で訪ねて来ました。疎開と確定したのかと思いましたら、そうでもないようで、やはり筑波の方が安全だろうとその方へ心が動いているようです。しかしともかく身辺が危険になったので、一たん白鳥に来られたようで、その翌日二十日には峯子伯母さんが汗だくでリヤカーに細かい荷物を満載して二回往復。又昨二十二日には［羽成］仙さんが馬車一台に積み切れぬほどの荷を運んで来るなど、なかなか大変な騒ぎです。おばあさんは昨朝、仙さんの馬車に乗って土浦へ帰って、まだ戻りません。

米の話。おばあさんに聞けば「松尾さんにお預りのお金丈《だけ》は上げられぬからと断ったら、八洲子の小遣にしてもよいから、とにかく預ってくれとの事で、

（二）一斗分配の事はとっくに承知の筈」との事で、知らなかったのは結局私一人のようです。十六日に伯母に念を押した時もはっきり私に全部くれると言い切った伯母も、二十日には「そうヶ」とあっさりしたもので縋《すが》る事も出来ず、「私に味方する人はないンだろう」と嘆いたら、東京の［よし乃］おばあさんがひどく御機嫌を損じて、それ以来口をきゝません。何しろこう決っている以上、一人で固執する事も出来ないので、残りが少いからつまらないとは思いましたが、一斗、向うに渡してしまいました。こういう事になったのも、もともとは一粒も未練なしと断ったのがいけなかったのでしょう。しかし今年は代りとなる馬鈴薯もひどく入手困難（米の再供出や何かを考えて、手放さぬ）のようで困りました。

産婆《さんば》の事。祖母の話によれば、「伯母さん［斎藤峯子］は来て世話をする積りではいるが、経産も度重なる程故障も多く、一人では、危険の場合、責任が重いか

［三枚目欠］

（四）なったら大変ですから、いつでも確かに来てくれる（吉田が迎えに行く）のを頼んだ方が間違いないかもしれません。手伝を頼めば、田町へは迎えに行く必要なし。お湯も一週間丈手伝の産婆に頼み、あとは自分で処置するつもりです。困るのはお茶を入れたり御飯を出したり、又お七夜にお膳部を振る舞う事が出来ない事。蒲団や何かがボロで。油紙さえ乏しく（少なくとも五六枚必要なのに、二枚しかない）、恥ずかしい有様という事。この二点です。それにお産が間近い事も困った事で、診察の結果は「赤ン坊は小さいが、痛みが来

るのを待つばかりになっているから、来月までは保《も》つまい」という事です。そうなると母屋「羽成家」は何も出来ないからとあんなにいわれているのに、子供と私の食事や洗濯を如何《どう》するかという事になります。

（五）それらを考えて、夜は不安と恐怖で一睡も出来ないので、これが又身体を毒する事と思われます。とにかく、一日でも遅くなれと神かけて祈っています。戸塚は全くあてにしていません。

私の体が動かないので子供はいう事を聞かず、昨日は着せるきものを片端から汚して、又お洗濯が山になりました。昨日の青空も今日は又しぐれて干す場所もない始末です。

つい愚痴ばかりこぼしてしまいましたが、嬉しい事は薫からの手紙が来た事。貴方の扇子が桂木「良知」さんにあった事。

頭がボンヤリしていて纏まりがつきません。これが最後のたよりとなるなかれと祈りつゝ。

（六）二十三日午前十一時半

手紙を封入しようとしている所へ、二十一日付山形投函の葉書が届く。病気との事に驚く。無理が重なりすぎたため、一寸の隙にも油断が出来ない事を考えて、大事にして下さい。

こちらの事はあまり心配しないで、自分の体を労《いたわ》って長い間の疲れを早く治して下さい。

何といっても、貴方は私たち一家の心棒なのですから。

（昭和二十年七月二十四日消印。藁半紙に青インクで記載。封筒下端を開封後に「大日本帝国逓信省③検閲済」の印紙が貼られている。その上に「通信院　東94　検閲済」の丸印がある。この手紙は八月二日に、聴のもとに届けられた。裏面は第五十九信である）

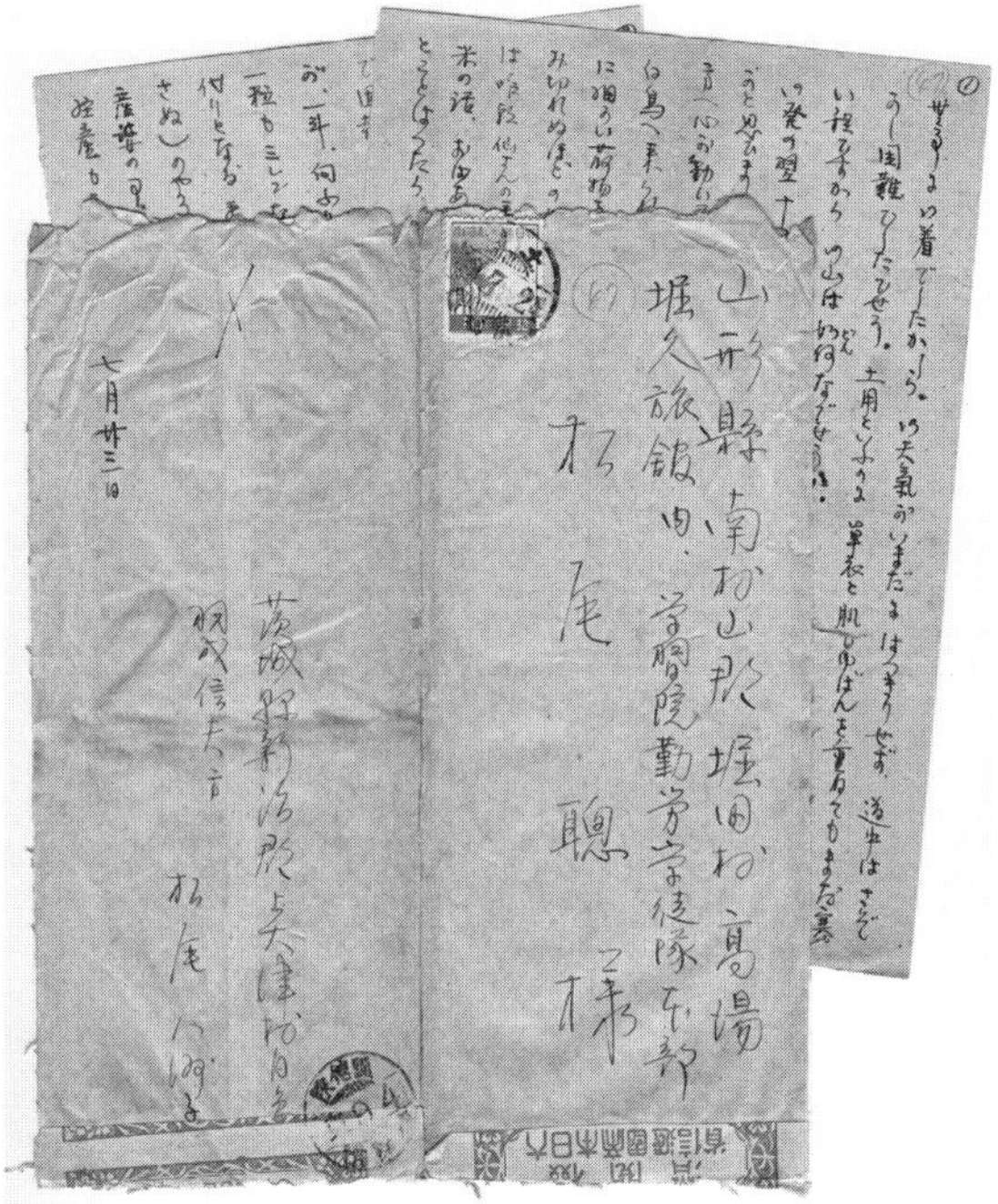

松尾八洲子から聴へ宛てた書簡（第51信）
封筒裏面の下に「通信院　東94　検閲済」の丸印が押されている。

注①陰暦の立春・立夏・立秋・立冬の前おのおの十八日間をいう。四季節九十日の終わりの五分の一を、五行説の木火金水土の土の分に割り当てた。土用に葬送・埋葬などをすることは忌むべきこととされた。

②単衣は裏地のついていない衣服のこと。肌襦袢は肌にじかに着るジュバン。ジュバンはポルトガル語がもとで、和服の下につける肌着。

③逓信省は郵政省のことで、総務省所管の日本郵政公社を経て、現在、日本郵政株式会社。昭和十八年十一月に逓信省は解体されて運輸通信省の外局の通信院となり、昭和二十年五月に内閣所管の逓信院とされた。

第五十二信（一）　山は物価が高い

☆茨城県新治郡〈土浦局区内〉上大津村白鳥　羽成信夫様御内　松尾八洲子殿

★二十六日午前　山形県南村山郡堀田村高湯　堀久内　松尾聰

薫からの葉書が廻送されて来た。

文に曰く、「おとうさまおげんきですか。にっかう［日光］は、とてもいいところです。ヰナリがは［稲荷川］であそびました。すなばであそびました。ぼくはいつもげんきでくらしています。おとうさまへ。あつくなりましたから、なつのよおふく［洋服］お［を］おくうて［送って］ください。このごろはおてんきがつづきません。それでうちのなかでばかしあそんでいるのです。　おとうさまへ。　ぼくより」。

消印が判らぬので、白鳥へと同日に出したか不明。「よおふく」は届いた筈だ。

○又東海へ艦載機来襲という。今度は汽車を狙ったというから叶《かな》わぬ。帰白［白鳥に帰る］の際は、それにぶつかりたくないものだ。

○今日（二十五日）も快天つづき。秋のようだ。ここは盛夏も［華氏］八十度位①で、九十度は稀という。ことに朝夕は涼しいと。蚊はいない。蚤は一晩十疋も取ったと隣の部屋ではいうが、今の僕の所は少い。そのうち増えよう。（尤《もっと》もこうして書いている今、三四ヶ所咬《く》われている）

○山はこう詰まると、物価は高い。じゃがは五〜八円②で、まァ七円が相場というが、それも買えぬらしい。宿屋の家族たちも、山腹の百姓も昼は粥を啜《すす》っている。但し二合一勺はまだ米ばかりの配給で、まぜものはないらしい。

○今のところ、県農会の好意で、野菜一人当百匁（一日）の配給を得ている。但しそれが宿に渡されるから、その半分も口には入らぬようだが……。これも長くはつづかぬらしい。

○羊を六頭買った。大きくなったら食う予定。

○小生の腹なお十分でないが、今日は、下痢というほどでもなく、割合に気持ちい丶。なるべく粥にしてもらっているが、一食毎に頼むので面倒だ。

○油みそ③は悪くならぬ。下痢しつつも、空腹抑えに少しづ丶ものしていたら、もう底をついた。これから冬になって炭が入ると、いよいよ何か皆ものほしき心地ぞするであろうが、その材料は全く入手の見込みがない。

注①華氏は氷点三十二度で、沸点を二一二度とする。華氏八十～九十度は、摂氏の二十七度～三十二度にあたる。

②単位は一貫目だろうが、公定価格は五十銭。昭和十八年十二月の闇値で二円五十銭、昭和二十年六月には十二円に上がっている（坪田五雄著『昭和日本史7・戦争と民衆』暁教育図書）。

③なめ味噌。こした味噌に砂糖・みりんを加え、油で炒めた麻の実を入れて、しばらく煮たもの。

第五十二信（二）栄養不良による下痢

（以下二十六日）

○今日も快天。東の山が高いので、六時すぎぬと陽が当らぬ。下痢はもう止まったかと思ったら、今朝もやはり軟々便。愈々《いよいよ》とっておきのビオフェルミン〔胃腸薬〕でもあけるか。今は山形で買ったまやかしの乳酸剤・酵母剤をのんでいるが。油気のあるものか果物でも食べでもしたら、此間《このあいだ》みたいに一挙にして治るかもしれぬ。栄養不良性下痢に違いない（?）。

○昨日は、あさの〔開墾〕作業はさぼって、二時間許《ばか》り眠った。湯の効き目もあり、腹のせいもあり、起きる気力がなかったが、午後から元気を出した。今朝は作業に加わるつもり。毎朝五時前に宿屋の女中がガラガラ戸を開けて、雑巾《ぞうきん》がけをする。それで起きて用便、入浴。ゆっくり腹を温めて、六時すぎ。六時半、学生集合。体操、参加する。七時に朝めし。八時半集合。開拓地へ。十一時、作業了。十一時四十分頃、帰宿。正午、昼めし。午後一時半集合、開拓地へ。四時過ぎ帰宿。六時、夕めし。七時半点呼、入浴。十時半前に消灯されてしまうから寝る。蚤で昨夜は妨げられた。

○毎日蕗《ふき》や菜っぱなので、じゃがみたいな身のあるものが恋しい。

○コレコレスギノコ①が聞きたいな。ヤンダオラも元気かな②。もう十日たったら出発。一ヶ月大いに働くから、栄養補給材料を考えおくべし（?）。

○この湯は共同風呂③だが、風呂場に虱《しらみ》がいるそうだ。危いことだ。家ダニもいる所が多いそうだが、堀久〔旅館〕はまだ大丈夫らしい。

○衣紋掛《えもんか》け・ズボン吊り、物干し挟み、ナイフ・鉛筆（4B一打〔ダース〕持って来たが、皆折れる）、糸、針等々なくて、困る物が多い。炭と油を少し持って来ると玉蜀黍《とうもろこし》・大豆等を加工できて頗《すこぶ》る楽しかったろうが、これは一寸持ちにくい。

○当地、土産は何もない。板にペンキを塗った六寸［約十八センチメートル］位の軍艦の玩具が七円五〇銭だ。竹の皮一枚を薄く並べ、裏は代用アサうらの勝手［炊事場］草履《ぞうり》（鼻緒《はなお》は紙の平紐）を三円で買った。［桂木］良知氏の下駄は、これに比べれば安いものだ。湯ノ花④一ヶ二十銭。これでも買ってゆくか。

○ポンコ順調なりや。名前を早く考えたいな。こっちには字引もない。そちらで五つ六つづつ考えておきなさい。

○産前、わさわさしたり、くよくよしたり、めそめそしたり、腹を立てたりしないように。努めて明るく、朗かにいてもらいたい。

○僕が長く留守にすると、そちらでも対人関係にいいことも悪いこともあろうが、我慢して帰りを待っていてほしい。

（便箋・茶封筒に青インクで記載）

注①吉田テフ子作詞、佐々木すぐる作曲の「お山の杉の子」の一番の歌詞の一節。「昔々その昔
椎の木林のすぐそばに　小さなお山があったとさ　あったとさ　丸々坊主の禿山は　いつでもみんなの笑いもの『これこれ杉の子起きなさい』お日さまにこにこ声かけた　声かけた」と

なる。歌詞は六番まであるが、三番以降は、戦後サトウ・ハチローによって改作された。
②「やだな、俺」の茨城方言での言い方。そう喋るようになった薫・瞭のことか。
③とうじの堀久旅館などには内湯がなく、高砂屋旅館・昭栄館旅館とも、堀久旅館玄関前にある共同浴場施設を利用していた。一九五頁の写真（上）を参照。
④粉状にした温泉成分。内容は硫黄など。

第五十二信（三）　ポツダム会談は東亜問題を協議中

News

（二十二日）二十日十二時〈前〉P51〈約〉百機、豊橋・岡崎〈附近及び一部は〉名古屋北方〈地区〉へ。◯十日以来行動の機動部隊の来襲は、延〈約〉四千八百〈機〉。〈艦上機勢力の〉実数は千〈機内外〉。その中十六［百六十四の誤記］〈撃〉墜、百〈機以上を撃〉破①。

（二十三日）二十一日正午より二十四時間に来襲の敵機は、九州七〈機〉、近畿一〈機〉、関東一〈機〉のみ。◯バリックパパン、彼我戦線膠着。◯〈南西太平洋方面〉ブーゲンビル〈島〉・〈ニューギニヤ方面〉ウエワクでも、奮戦中。◯ビルマ〈方面〉シツタン河西岸に攻勢に出て、斬込中。

（二十四日）二十二日二十三時五十分〈頃〉、輸送船護衛中の吾が艦隊［艦艇の誤記］は、房総南端沖で、敵駆逐艦〈約〉八隻と交戦。〈交戦〉約二十分で、敵を南方に撃退。吾が方輸送船一隻、軽い火災を生ず。○幌莚島[2]に七隻が、二十二日午前〈七時十五分より一時間に亘り〉艦砲射撃。○二十二日午後十一時〈頃、一機は豊後水道を北上、八幡浜を経て山口県を行動した。次いで同十一時半頃から二十三日午前一時頃まで〉、B29〈約〉六十〈機は〉下松・宇部〈附近〉を攻撃。○上海へ戦爆〈連合約〉百機来。○近畿へP51百七十〈機〉。別に三十〈機〉、岡山に。〈撃〉墜四〈機〉、〈撃〉破四〈機〉。阪神附近〈市街の一部〉に小火災を生ず。○バリックパパン、敵攻勢開始。○ポツダム会談[3]は、日下〈米大統領トルーマンの提唱で〉東亜問題を協議中の模様。

（二十五日）一、二十四日早朝より約十時間に亘り、小型艦載機三百機、四梯団となり、東海道地区の飛行場及び交通機関其他に対し、波状攻撃を実施せり。二、別にB29〈約〉三百機は、同日十時頃より約一時間に亘り、二梯団に分れ和歌山県〈西南部〉より侵入。三重〈県〉北部・愛知〈県〉南部〈地方〉に侵入。雲上より爆弾攻撃を実施せり。三、本攻撃［空襲の誤記］により若干の被害あり。〈詳細は目下〉調査中。四、〈太平〉洋上の〈敵〉機動部隊は、本土近海を行動しあり。〈以上、東海軍〈管区〉司令部発表〉○二十四日午後二時までに判明せる来〈襲〉機〈数は〉小型〈機約一〉千、B29〈約〉六百〈機〉。B29は、主として名古屋・大阪〈地区に攻撃を集中し〉、一部は岡山・徳島・神戸・姫路・和歌山・

桑名に来襲。○バリックパパン附近に、敵、新上陸。○三頭会談は二十五日に終了するが、そのとき対日宣言［ポツダム宣言のこと］発表せられん。

（昭和二十年七月二十六日投函。便箋に青インクで記載）

注①各所から発表される戦果は、今日でも「大本営発表」と揶揄されるように過大なものが多い。具体例をあげると、昭和十八年「四月七日からガ島空襲、十一日からポートモレスビー、ラビ（ニューギニア東端）飛行場攻撃がはじめられ、十四日までに延べ六八二機が出撃した。そして巡洋艦一、駆逐艦一、輸送船二五隻撃沈、飛行機一三四機（うち不確実三九機）撃墜、地上撃破二〇機の戦果が報告された」というが、「戦後のアメリカ側発表では、艦船六隻沈没、飛行機撃墜一〇、地上撃破一八機にすぎない」（林茂『日本の歴史25・太平洋戦争』中公文庫）という。

②パラムシル島。千島列島北端の島で、現在ロシアが実効支配。

③ポツダム会談は、昭和二十年七月十七日から八月二日まで、ベルリン郊外のポツダムで開催された。アメリカ（トルーマン大統領）・イギリス（チャーチル首相。のちアトリー首相に交代）・ソ連（スターリン首相）が集まり、主にドイツ敗北後の戦後処理を問題とした。ポツダム宣言はアメリカの提唱によるもので、連合国軍による日本占領・軍国主義的権力の除去・主権の範囲・軍隊の武装解除・戦争犯罪人の処罰・民主主義の確立など十三項目を明記して日本に無条

件降伏を呼びかけた。中国の蒋介石総統は会議に参席しなかったが、アメリカからの連絡に同意して宣言に参加し、ソ連は八月八日の対日宣戦布告後に参加した。宣言の内容は、第五十六信（二）の山形新聞の抜書にも記されている。

山形新聞

撃墜破計千廿一機 我が戰備着々強化

炎上廿六屠る十五隻

現地航空部隊へ 畏し侍從武官を御差遣

六隻を撃沈破 潜水部隊も猛威發揮

來襲機數延八千 機動部隊近海を游弋

敵潜苫小牧を砲撃

初登場のB32

主食に超重點 縣の秋冬綜合作付

敵兵の殺傷二千

夜空焦す大爆發

カローで激戰繼續

增產推進本部 行政機構を一元化

總力政治下の官吏と國民

民と語り民に聽け 一億も良き參政者たれ

米國爆撃大講演會

山形新聞（昭和 20 年 8 月 2 日付）
昭和 20 年 8 月 1 日 17 時、大本営発表として「撃墜破計千廿一機　我が戦備着々強化」の見出しが躍る。
写真提供＝山形新聞社

第五十三信　水戸への艦砲射撃で秩父のガラスも震えた

☆高湯・松尾聰様

★秩父・松尾儀一

手紙、見ました。拾《おさむ》［聰の弟］も今正午、二泊の出京から帰った所です。保険は受取りましたが、残存四割が大蔵省の方針との事で、全金をもらう事は出来なかった。そして五千円の処分は、私の考で仮に分割して置いたが、貴方の通帳には二千入れ、二千は拾に、千はて以［儀一の妻］に、私はゼロ。① 残りは全部特殊預金②として埼玉銀行秩父支店に入れて置く事にする（名義は勿論《もちろん》貴方の名で）。委細は会って話しましょう。

焼残のコンクリートは未《いま》だ判然とした事では無い様なれども、萩原［不明］と工業校長と話合の上で、拾と話をして呉れる様に、③ 萩原に頼んで置きました。私の腹工合は二十一、二、三と止まり、其夜一回下り、思切り二十四日早朝出京したら、五、六両日快便・快通。大に気持ち良くしてます。而し脚力の衰えに閉口しました。貴方の下痢も何とかせねば駄目です。私は別に食養生はせぬが、脂気は悪い様に想う。

木村敏雄宅［松尾ていの叔父か］、完全焼との事。昨朝、平野氏を訪ねたら三軒茶屋④迄、否《いな》其先迄焼野原には驚きました。

拾の婚礼は十八日目出度成《めでたくな》り、昨日訪ねて見れば、山口氏帰国、辻氏外泊で、両人で居ました。私は一泊して四時間の空襲に会い（川崎市）、眠気を堪えて早朝出立。帰秩しました。二十日かに、日立と水戸の艦砲射撃⑤のときは、秩父もガラスが振動しました（相当の強さで）。而し熊谷は何ともなかった由。土浦は如何でしたろうか。

七月二十六日

儀一

※片仮名混じり文だが、平仮名に改めた。

（封筒欠佚。青山警防団後援会特別会員申込書の表裏に青インクで記載）

注①儀一が自分の取り分をゼロとしているのは、儀一が木村家への入り婿で権利がなかったため。土地・家屋の所有権は、木村都教→木村みね→松尾［木村］てい→松尾聰へと継承された。

②預金封鎖の一種か。激しいインフレーションが進行しているので、市場に出回る貨幣流通量を抑えようとして、現金での預金引き出しを制限しているものと思われる。

③空襲下にもかかわらず、聰の弟・拾は、父母・兄のいない東京・青山宅にとどまっていた。政府は、空き家にした状態で疎開することを認めなかった。空き家が空爆で燃えた場合、そこから延焼するので、消火にあたる責任者が必要だったのである。

④東京都世田谷区東部の一地域。

⑤ただしくは十七日と十八日。茨城県での空襲警報発令は、昭和十九年十一月一日が初回だった。十一月二十七日の鹿島郡鹿島町豊津村への爆弾と焼夷弾の投下が初のB29の空爆で、以降翌

二十年五月までは十一回しかなかった。いちばんの被害でも、死者五人・重軽傷者六人・焼失家屋六十二戸にすぎなかった。しかし昭和二十年二月からは艦載機による波状攻撃がはじまり、飛行場・通信学校など軍事施設に対する攻撃が数を増した。六月からは攻撃が本格的になり、六月十日に日立・土浦・霞ヶ浦が空襲にあい、海軍関係の施設が集中していた霞ヶ浦の阿見地区は総面積の約四十パーセントが破壊された。七月十七日・十八日には日立と勝田に艦砲射撃（日立は十九日・二十日も焼夷弾の絨毯爆撃をうけた）、十九日・二十日には日立がまた空爆をうけた。さらに八月二日には、水戸に四次にわたって空爆と艦砲射撃が行われた。日立にある日立製作所には、航空機用の燃料・潤滑油合成・レーダー・高射砲・対戦車砲・発電設備・電線など軍需関係の製造設備があった。また勝田にも製鋼部門と兵器精密計器部門が置かれていた（『茨城県史　近現代編』）。

第五十四信（一）　住む家も焼け失せにけり、学舎も焼け失せにけり

☆茨城県新治郡〈土浦局区内〉上大津村白鳥　羽成信夫様内　松尾瞭殿
★昭和二十年七月二十八日　山形・南村山・堀田村高湯　堀久旅館内松尾聰
羇旅歌一首並短歌

猿《ましら》じもの　醜《しこ》あめりかの　五月蠅《さばへ》なす　空とぶ船の　数さはに　乱れて来たれ（キタレバの意也）　かしこきや　とよあしはらの　ひむかしの　みやこはなべて　春草の　やくるが如く　つかのまに　やけたひらぎぬ　すむいへも　やけうせにけり　まなびやも　やけうせにけり　さあれわれら　やまとをのこの　このままに　くづおれふせめや　いさましく　たけき心を　ふるひたて　はやしをひらき　そばのたね　かなたにまき　飯《いひ》たらぬ　うれひをのぞき　しこかたき　打ち平《ひら》めむと　みはるかす　みちのいやはて　みちのくの　高湯の里に　みちの隈《くま》　い積るまでに　いく曲り　のぼりのぼりて　息づかひ　汗かきたれて　やゝやゝに　たどりつきけり　しかはあれど　あづまをのこの　めこどもは　いづこにあるらむ　醜翼《しこつばさ》　とびかふ里の　白鳥の　わらいへのうちに　せむすべの　たどきをしらに　打ちおきて　離《か》れてぞ来にける　ここをしも　あやにかなしみ　ちはやぶる　あづまをのこに　吾はあれど　ただひたすらに　あづま《（吾妻）》はや　あこら《（吾子）》しはやと　音《ね》にたてて　打ち長息《なげき》つる　旅人ぞ吾は

反歌

あづまはや　幸《さき》くを在《あ》れと　いのるなる　みちのいやはてを　旅する吾は

みごもれる　吾妹《わぎも》の上を　天翔《あまかけ》り　吾が生魂《いきたま》は　まもれるものぞ

于時《ときに》昭和二十歳七月二十七日夕作

於　陸奥高湯里

第五十四信（二）　機動部隊、九州東南洋上に近接

（山形新聞抜書）

（二十六日）二十五日午前二時頃、潮岬沖合に、敵巡洋艦又は駆逐艦五隻程度が近接。約二十分に亘り砲撃を加う。○（東海軍〈管区〉司令部発表）二十五日早朝より数機乃至十数機編隊を以て二百機以上。主力は熊野灘〈方面〉より、一部は御前崎〈方面〉より波状侵入。主として東海道地区の飛行場、交通機関〈その他〉に対し、小型爆弾並に機銃掃射〈など〉したるのち、九時頃までに南方に脱去。但し、再襲の兆候〈顕〉著なり。昨〈二十四〉日以来の戦果、〈撃〉墜十四、〈撃〉破三十六。○二十四早朝、機動部隊、九州東南〈方〉洋上に近接。三波、九州各地に来襲。○舟山列島①に、二十三日〈昼間はB24・B25約百機、P38・P51約百機の〉戦爆〈連合約〉二百機。○二十三日早朝、父島［小笠原諸島］に艦砲射撃。○二十四日午前［十時三十分より十二時三十分までの間］、沖縄〈基地〉から上海へ戦爆〈連合〉二百五十〈機襲〉来。○（中部〈軍管区司令部〉・大阪〈警備府〉発表）マリアナ〈諸島〉・硫黄〈島〉・沖縄〈島基地〉の〈敵米〉大型〈機及び〉小型〈機約〉二千は、二十四日早朝〈来〉、中部・四国・中国及び東海〈の各軍管区〉に〈従来にみざる〉大規模〈且つ広範囲に〉来襲せり。近畿〈地区〉では七時頃〈主として〉小型〈約〉百五十〈機をもって紀伊半島より侵入、わが航空基地を銃撃し、ついで〉十時半〈頃〉よりB29〈約〉

四百〈機〉、大阪市〈重要施設〉に爆弾投下。又〈別に〉九時B29〈約〉三百〈機〉は東海軍管区〈内〉に〈侵入し〉投弾。南方洋上には早朝来〈敵〉機動部隊あり。小型機は現在（十三時三十分）中部・四国及び中国〈各軍管区内〉に侵入中。大阪市内其の他に若干被害あり。現在迄に〈撃〉墜七〈機〉、〈撃〉破二十九〈機〉。○米工兵隊、マニラ到着。○ビルマ、シッタン・メイチヨ[2]周辺の敵の反撃は、〈逐次増大、既に豪雨季に入っているに拘わらず〉一日平均三十五回。延百機に上る戦闘機群に掩護され、強化されつつあり［「執拗な攻撃を反復している」を約めて表現した］。

（二十七日）二十五日〈午前〉八時〈頃〉、米巡洋艦二隻を含む〈敵〉艦船が、マライ半島ボナン西北方約三百キロのタイ領ブケット島沖合に現われ攻撃をはじめ［開始し］、その一部は上陸企図。我が守備隊は〈これを邀撃。水際戦闘により甚大の損害を与えて〉撃退したが、なお敵艦は〈後方〉近海〈を〉遊弋中。ブケット〈島〉は、マライ〈半島の中央海路八十キロを経たる〉西方沖にある〈面積〉東西〈約〉三十キロ・南北〈約〉五十キロの、西岸では最大の島。○アラン上陸兵を撃退。ミリ飛行場は、敵、使用開始。○二十五日二十二時〈頃〉B29〈約〉五十〈機が〉、川崎〈市〉を空襲。この間一部〈少数機〉は長野〈地区〉・群馬〈地区など〉を行動。制空部隊を牽制した。川崎〈市攻撃に当り〉は専ら爆弾を使用した〈ことは、今後の都市特に工業都市に対する攻撃方法を示唆するものとして注目を要する〉。○二十五日昼〈間の凡そ五百八十機大挙来襲に引続き、同夜二十一時十五分より零時十五分まで〉、Ｂ29〈凡そ〉三十〈機〉が分散して中国・近畿に来襲［襲われた具体的な地域を省略している］。◯二十五日午後の東海地区の〈侵入した〉艦上機は百機なり。◯〈エキスチンヂ・テレグラフ通信の〉ポツダム電報は、会議終了後、米英ソが日本政府に対し共同行動［動作の誤記］をとることに二十二日の会談で決定した、と報じている。

注①中国浙江省北部の杭州湾口にある群島。
②メイミョー。ミャンマー（旧ビルマ）の中北部の都市。

第五十四信（三）　サイレンの音に白鳥を思う

（二十七日）午前八時二十分、宿を出る。学生たちはリュックを背負って、さきへどんどん行く。佐藤［文四郎。昭和十九年十二月十三日より空襲被害対策委員］・福間［龍雄］両人の引率で。僕はあとからゆっくり歩く。朝の粥腹を考慮に入れて、炒米若干、ポケットにひそませて。薄曇りだが、山の眺めは開けている。ホトトギスが鳴く。ウグイスはうるさいほど鳴く。二十分位下って①は休み休みして、一時間半。九時五十分、野菜のある部落②到着。学生は二十分位前に着いている。ところが事務所から来た福間君の話では、今日は出荷なき由。無理に少し分けてもらうことになりそうだが……とのこと。今日と指定されて下山したのに、がっかりだ。学生もがっかりだろう。こんなことが度々これからもあろう（此間《このあいだ》は、隠元・さとう豆・紫蘇《しそ》・菜・大根・葱・胡瓜《きゅうり》といろいろあって、御馳走だった）。

下る途中、九時すぎ、山の下から③サイレン［空襲警報］が聞こえた。白鳥を思う。昨夕のラジオを伝聞すると、川崎に七十機爆弾攻撃あったとか。土浦はその後どうなのだろう。又戸塚も光学の④近くでどうだろうか。［松尾の］本家⑤どもも思い切って、一切のきずなを断って、然るべき所へ、せめて御老人たちだけでも身を移されるべきではなかろうか。

以上午前十時、道ばたで記。

（以下、午後六時宿で）

野菜は隠元・葱・大根十貫目［約三十七・五キログラム］もらえた。だがどうも宿の台所で消えるような気配がないでもない。学生は不服らしいので、宿屋のおかみの所へ夕方出掛けて、大根の葉っぱや何かを飯に炊き込んでうんと量を増やして食わせろと話す。帰って郵便を見るが、白鳥からはまだ来ていない。がっかりだ。二十五日出の拾《おさむ》のが届いている。埼玉のお父さん［松尾儀一］、弱っている由。おばさん［在川毎。儀一の妹］が入ったので、食糧のことがいろいろ難しくて、母さん［松尾てい］は困っているらしい（おばさんは指圧でお礼に若干食糧をもらう。又はそれを種にして、大豆や何かを分けてもらう《とおばさん自身は考えている》。それを義久兄弟［儀一と毎子《ことこ》の甥に当たる義久・周男］の方へまわしたい気が多分にある。

しかしお礼は別として、分けてもらえたのはお礼の意味かどうかけじめははっきりしない。又それをそうだとされてしまうと、お父さんたちの食糧入手の途は杜絶《とぜつ》する……というようなことらしい）。いづこも難しいことだ。

手島［靖生］から葉書。先月二十九日に［大分県日田市の自宅が］焼けて、鍋を埋めておいたのと行李《こうり》一、二ヶ疎開してあったのが助かったのみという。しかし怪我はなかった由。

（二十八日あさ）例によって四時半に起きる。蚤のあと歴然。少し睡眠不足。上厠。少し便秘気味となった。軟便が少量出る。入浴三十分。上ると腹が減って、目がくらむ。そのまま床に入り、油味噌一つまみ残れるを平げ了《おわ》る（これで楽しみが一つ消えた）。今日も快晴。今日の作業は、開拓地を焼くことの予定。（昨日のラジオ、金華山艦砲射撃⑥の由）

（昭和二十年七月二十八日投函。学習院用箋・藁半紙に鉛筆・青インクで記載。福島県立女子医学専門学校用茶封筒に青インクで記載）

注①全体としては蔵王山を下っていくのだが、山道でときには上がり下がりがある。とくに甘酒茶屋・長命水の茶屋までの山道は起伏が多い。長命水以後は、すべて下り坂である。
②堀とき氏の話によると、上野集落かという。
③上山温泉（山形県上山市）・山形市あたり。
④光学ランプなどの硝子製品を造っている工場。

蔵王上野から上山温泉（山形県上山市）を望む

⑤松尾家は山口県都濃郡徳山町鐘撞堂（徳山市鐘楼町）の出身だが、北海道空知郡瀧川村屯田兵屋に入植。そこから志津雄・儀一が上京した。本家とは、上京している志津雄の一家のこと。
⑥宮城県東部の牡鹿半島先端にある島。南端に灯台があり、太平洋航路や金華山沖漁場の船の目印になっている。

第五十五信　あてにしていたじゃが芋、手に入らず

☆山形　松尾聰様
★秩父　松尾てい

山形の方も暮らしにくい様子ですが、今は御飯炊きもしなくて済むのでしょう。其れならばのんきでよいではありませんか。私の方はじゃが芋をあてにしていたらば、取上げになって心が変り、一俵（三十円）になり手に入りませんでした。娘夫婦に子供二人の方へも分けるので、致し方なき事ではありますが、草を取ったりして手伝ってつまらぬ様な気がします。茨城の方は此頃よく敵機侵入と新聞に出ていますから心配しています。どうか無事であるよう毎日神に祈って居ります。土浦のおばさん［斎藤峯子］、もう来ているのですか。一人で何事かあったら困るでしょう。早くお産をすませたいものですね。

阿部［秋生］①さん、一高が疎開して、貴方と同じ宿に居られるとか聞きました。そんな遠くで出会うなんて不思議ですね。帯しんの布で肩に掛ける鞄を作ってあげたのですが（色染粉がないので気に入らないけれど）、渡す事が出来ませんでした。いつか届ける事が出来ればよいが。

薬が欲しいと云う事ですが、どんな物を買うのですか。もし秩父へでも行ったら見付けて上げます。

薫ちゃんへ手紙を出し度思いますが、カナを書くのは難しいから、出さないのです。日光の方は安心でしょうか。何事もないようにと、心配しています。お父さんは明日東京へ行くつもりで仕度しています。けれど、お腹の工合でどうなるかわかりません。十六日の夜艦砲射撃でビリビリひびいて驚きましたよ。丁度拾《おさむ》［聰の弟］が来た晩でした。あんなになったら、やりきれませんよ。お腹を冷やさぬ様、温泉に入り過ぎない様なさいませ。

てい

聰様

（第五十六信「（高湯通信）三十日朝」の裏面に記載）

注①阿部秋生。一九一〇〜九九年。旧姓・青柳。中古文学専攻の研究者。国民精神文化研究所助手となり、昭和十八年より第一高校教授。昭和二十五年に東京大学教授に転じ、退官後に実践女子大学教授。主著に『源氏物語研究序説』『源氏物語の物語論』『光源氏論』などがある。昭和十九年十二月ごろからしばらく、松尾家の借家人であったことがある。

第五十六信（一）　餌の不足を眠りで補う

☆茨城県新治郡〈土浦局区内〉上大津村白鳥　羽成信夫様内　松尾瞭殿

★昭和二十年七月三十日　山形県南村山郡堀田村高湯　堀久内　学習院勤労隊
本部　松尾聰

（高湯通信）二十九日夜

今日も白鳥からのたよりはない。どうかしたのかしらとも思う。①忙しい上に体が辛くて一筆も書けないためだろう、と強《し》いて思う。そうであればいいが。一言でよい、無事だとたよりしてくれれば、夜も安眠できようものを――。

空襲がここでも身近に感じられて来た。B29が今日も鮮やかに頭上を飛んだ。宿はゴタゴタ②しているし、一発食らえば全焼だ。外には梯子《はしご》も掛けておいてくれぬと、焼死必定だ。山形市には十五、六日頃焼くぞという例のビラが撒かれて、それで疎開が慌てているのだという。今日はB29が山形市を悠々旋回していた。ほんとうに来るかも知れぬ。今夜のラジオで平［福島県いわき市の中心地域］が又やられたという。土浦も近いことであろう。

今日はじめて、普通便と思しきものになった。飯も大豆飯にして大豆をさきによって食べている。やっと立っていることができる。じゃがいもでも補食できたら、栄養を取り戻せようものを。炒ってもらった大豆と炒米《いりごめ》若干が手持ちの全兵糧《ひょうろう》とあっては、いかんせんやだ。炒り豆もボリボリ一粒づつ食べている。今度帰白［白鳥へ帰る］したら東京へ戻って、学校に置いてある玄米二升五合を持って来て、炒って持って行こうと思う。一日五勺づつ補えば、五十日の栄養となる勘定だ。さもないと体が持たない。

学生も腹が減って、可哀相だ。病気にかこつけて頻《しき》りに帰りたがる。開墾中は帰せぬが、来月はじめ、種子下しが完了したら、希望者数名づつ暫く帰京させて、補食させる方針にした。

五段歩の蕎麦が若《も》し収穫できたらいくらか息もつけようが、今は大変だ。野菜も一昨日十貫目もらったが、此次は三十日の予定が七日に延びた。これではほんとうに大変だ。中学の鶴岡では、大騒動らしい。

教師がこれじゃ仕方がないが、――おしなべて吾々の今の唯一の希望は「何かくいたい」ということだけらしい。

（高湯通信）三十日朝

今朝はすばらしい快天気。一点の雲もない。餌の不足を眠りで補うのか、此頃毎夜八時に寝て四時半まで寝（少し蚤に妨げられるが）、四時半に上厠《じょうし》。入浴後、五時過ぎから六時迄又寝る。朝の作業、八時から昼迄。十二時前に帰って、食後一時半の作業はじめまで又うつらうつら眠る。腹のせいもあろうが、疲れがきいているのだろう。今日は野菜をくれる部落［上野集落か］の村葬があるので、代表として出掛ける。一時からだというが、十一時前に六勺位のニギリ（七勺はない）を一つ持ってお出かけだ。山道下り二時間弱、③上り三時間弱。帰るのは四時になろうか。見はらしはいいが、暑いことだろう。炒豆・炒米も乏しくなったが、携帯せずんばあらず。今朝は軟い乍《なが》らまず普通の便だから安心あれ。ただ痔出血がかなりあって、困っている。

（料金収納印。藁半紙・福島県立女子医学専門学校用茶封筒に青インクで記載）

《参考》栃木県塩原町の女子学習院初等科疎開学園での献立表

日	朝	昼	間食	夜
八月十二	じゃがいも飯、とろろ昆布・大根すまし汁、きうり漬物、バター	大根入り雑炊、とろろ昆布煮付、たくあん	牛乳	まぜ飯（椎茸・かんぴょう・きうり・高野豆腐）掻卵すまし汁
十三	米飯、ごま塩、きうり、大根すまし汁、きうり漬物	さつまいも入り雑炊、きうりの塩もみ、たくあん		さつまいも飯、いんげん豆すまし汁、大豆・とろろ昆布煮付 食後＝乾パン二個、煎り豆
十四	さつまいも飯、いんげん豆すまし汁、きうり漬物	さつまいも入り雑炊、きうりの二杯酢、たくあん		米飯、かぼちゃ・いんげん豆すまし汁、きうり・白子乾二杯酢
十五	さつまいも飯、きうり・高野豆腐すまし汁、たくあん	さつまいも入り雑炊、きうりの塩もみ、香物	塩餡団子六個	じゃがいも飯、菜のすまし汁、かぼちゃ煮付、トマト$1/2$
十六	米飯、きうり・大根すまし汁、昆布煮付、焼のり$1/2$、たくあん	じゃがいも飯、かぼちゃ煮付、きうり漬物	牛乳	麦入りおかゆ、罐詰の鮭・きうり塩もみ和え
十七	じゃがいも飯、とろろ昆布・大根・玉葱すまし汁、きうり漬物	じゃがいも飯、じゃがいも・なす・魚煮付、きうり漬物		麦入りおかゆ、こうなご・きうりの酢のもの

『学習院百年史　第二編』より

注①昭和二十年七月二十三日付で母の書簡は投函されているが、逓信院が抜き打ちで「大日本帝国逓信省検閲」をしており、八月二日まで聴のもとに届かなかった。

②ゴタゴタは宿の建物の話。当時の堀久旅館は木造二階建てで、座敷の部屋が中央にあって、その外側に廊下があるという構造だった。現在はその上に一階増築した三階建てで、廊下は中央にあって各部屋が外側の窓に接している。

③蔵王温泉から半郷までの山道を筆者も歩いてみたが、温泉近くの旧道は辿れないところが多くて自動車道を通ったものの、やはり二時間以上かかった。

蔵王温泉から半郷へいたる蔵王下山古道の入口（蔵王温泉童子平附近）

第五十六信（二）　ポツダム宣言発す

山形新聞抜書

（二十八日）米・英・重慶、ポツダムにて二十五日夜、対日共同宣言を発す。［条件］一、軍国主義の駆逐。二、日本領土の占領。三、日本の主権を本州・北海道・九州・四国及吾等の決定する島嶼に限定す。四、武装解除。五、戦争犯罪の厳罰［「厳重に処罰」を言い換え］。民主主義の復活。六、再軍備可能の産業禁止。七、平和的責任政権成立と共に兵力の撤収。八、日本政府の無条件降伏宣言要望。○二十六日十八時金華山沖に敵潜水艦。陸地攻撃［砲撃］。○二十六日二十三時B29〈およそ〉五十〈機〉、松山焼夷攻撃。二十六日二十二時半〈頃〉、B29〈約〉四十五〈機〉、徳山焼夷攻撃［詳細を省略］。○清津・釜山［韓国］に投雷［「機雷投下」を約める］。○二十四日呉〈に〉来襲〈した敵〉機〈は午後の分を加えて〉五百五十〈機〉、〈撃〉墜五十七〈機〉、〈撃〉破三十四〈機〉。○バリックパパンの敵、進撃一時停頓。○チャーチル、二十六日午後七時辞職。労働〈党〉首領〈クレメント・〉アトリー〈は〉組閣に着手（選挙開票結果、与党三〇三中、保守党一八八。野党四〇一中労働党が下院に絶対過半数を占めたり）。

（二十九日）二十八日、再び敵機動部隊は東海・近畿・中国・四国の各地に来襲……第一波百二十機。六時［「午前五時四十分」を縮約］から主力は東海軍管区へ、〈一部〉四十〈機〉

は滋賀県中部〈附近〉。六時二十分〈から紀伊半島西岸に侵入した約〉八十機〈のうち〉主力は和歌山を経て京都・滋賀県下を行動。一部は滋賀県北部附近を攻撃。五時半〈頃、四国東南端附近より侵入した約〉二百機〈中の一部〉は〈徳島を経て〉淡路並に大阪南部〈を〉攻撃。主力は高松・香川〈県〉北〈海〉岸・米子〈附近を〉攻撃。六時五十分〈頃、四国西南端に侵入した〉百二十機は山口・広島〈の各地〉を、一部は松山・尾道〈附近〉を行動。ついで〈約〉百五十機は九時半〈頃、同西南端から分散して〉主力〈約〉百〈機〉は広島市〈附近を攻撃〉、四十〈機〉は備後灘〈附近を行動、更に〉十機は淡路島〈附近〉を攻撃。○中国来襲〈敵〉機中には英〈戦闘機〉のスピットファイヤーが交っていた。○〈硫黄島基地の〉P51〈約〉百機は二十八日午前九時四十分〈頃〉、勝浦〈附近〉から侵入。〈小編隊に〉分散して霞ヶ浦〈附近及び〉千葉〈各地〉を行動。〈同〉十時四十分〈頃〉房総南端より脱去。第二波の〈約〉百機は〈同〉十時四十六分〈頃〉房総南端より小編隊で侵入。千葉・茨城・栃木・埼玉北部を行動。〈午後〉○時十分〈頃〉房総南より脱去。第三波約四十機は〈同〉午前十一時四十分〈頃〉、相模湾より侵入。伊豆半島・京浜西南を経て、群馬・栃木・埼玉・神奈川・東京・横須賀の各地〈区〉を行動。〈B29三機に誘導され軍事施設・飛行場等のほか〉市街地並に工場を銃爆撃した。○我軍、北部印支［インドシナ］で新行動を起こし、東興[1]・龍州[2]〈など〉に突入。○英内閣、二十八日中に閣僚決定の見込。○B29一機でも投弾する。馬鹿にするな。……二十七日〈午前九時半頃〉大阪東住吉区に

大型〈爆〉弾、二十四日〈朝〉大垣に一屯弾、二十四日〈京都府〉宇治〈附近〉に一屯弾、
二十六日〈朝〉平市〈の某〉国民〈学〉校に、二十日京橋区（八重洲口という話）に投弾。
二十五日〈夜〉清水市に、二十六日新潟〈地区〉某村の鉄道に投弾等の例あり。
◎二十九日午後七時ラジオ又聞き
二十八日中に、Ｐ51・Ｂ29艦載機計二千機来襲。……Ｂ29百数十機、青森を、数十機平市を焼攻。宇都宮も。中国では山口海岸・広島海岸。大垣・兵庫・宇治山田・九州各地被爆と。

注①広西省壮族自治区にある都市名。
②龍州は広西省東南部の都市で、フランス領インドシナとの国境近くにある。

第五十七信　干魚を小包で二個送りました

☆松尾儀一か
★年月・差出人不詳

［……］疎開者が有るとの話で御座います。当地へもかなり有るらしいです。家がなくて

農家の物置に入る人も有るそうです。今のところ別に変も御座いませんが、千島から来るのではないかと皆話て居ります。今ではただ運命に任すより致し方有りません。
昨日干魚※、小包で二個送りました。皆様召上て下さいませ。内《うち》で干したのです。よろしかったら、すみ江［人名か］の内にも有りますから、又お送りいたします。生魚で食べる丈《だけ》配給になりますから、余り干してないので御座います。これからは又ハイ［蝿］が付きますので、干事が出来るかどうかと思います。

（門山用箋に、鉛筆書き。ただし、便箋の周縁部に別の書き込み）

補注　第五十六信の「（高湯通信）三十日朝」は右の便箋の左右上欄外に書かれており、この裏には第五十五信がある。便箋の表・中央が右の第五十七信で、その中の※印部分に「これは北海道の誰かからの秩父［松尾儀一・てい］への手紙らしい。干魚とは羨しいが、着くかどうか」という聰の注記がある。てい・聰は青インクで記載。

第五十八信　白鳥から手紙が来ない

☆茨城県新治郡〈土浦局区内〉上大津村白鳥　羽成信夫様内　松尾八洲子様

★山形県南村山郡堀田村高湯　堀久旅館内　松尾聰

秩父［松尾儀二］から同封のような手紙［第五十三信］が来た。保険の残存四割云々のことが判らぬが、四四五〇〇円の六〇％しか取れない①。即ち二六七〇〇円しか取れず②、うち五千円現金、二一七〇〇円が特殊預金とのことか？　遅くとると段々減らされるが、どうも少し遅すぎたようだ。まァどうにも仕方ない（具体的なことを、埼玉にこれから問合わせる）。なお五千円の分割は「仮に分割」と圏点してあることだから、あなたも一応了解しておいてくれ。土地③は無価値になり、お父さんの貸家収入④が皆無になった今日、お父さん・お母さんに若干を上げることは当然考えていたことだが、拾《おさむ》の二千円は少々変だ。拾の分は別口で五千円取れた筈だと思うのだが……。それが同番地で兄弟では一口と同じ取扱いを受けて二人で五千円しか取れなかったのかしらん。但し、仮にとあるから、この分割はただ当座の便宜のことかもしれん。

白鳥から手紙が来ないのが頗る不安だ。何とか一筆くれぬかなァ。

今日は村葬、山道五里［堀久旅館から上野まで往復で約二十キロメートルの意］の往復だけで一日悠々と暮らした。なお、ホーレン草の種一合許《ばか》り欲しいのだが。桂木［良知］さんにでも頼んでみてくれぬか。

（三十日夜）

ハヤクカエッテジャガガクイタイ

［学習院用箋に、三棟分の保険金計算がある］

三八九七七（東京海上火災）　申告価格　［保険］料率

一、鉄筋コンクリート造鉄筋ブロック外壁
コンクリート屋根二階建住宅壱棟　上一五・三〇［坪］
下三五・六〇［坪］　三万円　一五［％］

二、同上建物内収容の衣類・夜具・家具・什器《じゅうき》一式　一万円　一五［％］

火災・戦争・地震保険契約成立証印

保険金額　¥四〇〇〇〇
①三〇〇〇〇
②一〇〇〇〇

種別		保険料
火［災］	四〇、〇〇〇	六〇［円］
戦［争］	四〇、〇〇〇	八〇［円］
地［震］	四、〇〇〇	二〇［円］

保険期間　自［昭和］十九年八月七日
至　　二十年八月七日

取扱店　世田谷［支店］　矢島

■三八九七五（東京海上火災）　申告価格　料率

一、木造瓦葺平家建住宅一棟　九坪　四、〇〇〇円　二八［％］
二、同上建物内収容の家具一式　五〇〇円　二八［％］

保険金額　¥四、五〇〇　種別　火［災］四、五〇〇　保険料　一二・六〇［円］
①四、〇〇〇　戦［争］四、五〇〇　九・〇〇［円］
②　五〇〇　地［震］四、五〇〇　二・二五［円］

保険期間　自［昭和］十九年八月七日
至　二十年八月七日

■拾の分
○二階建　上　八・七五［坪］
下一一・七六［坪］
三八九七六　東京海上［火災］
五〇〇〇円　［昭和］十九年八月七日より
［昭和］二十年八月七日迄
○木造ブリキ葺　二二坪一七五

二七九三二（同和火災）
五〇〇〇円

［昭和］十九年九月二十七日
二十年九月二十七日

注①東京海上火災の契約番号三八九七七はのちに編者などが住んだ鉄筋ブロックの二階建て建築物についての保険契約で、同三八九七五は儀一・ていが住んでいた同じ敷地内にあった離れの隠居所についての保険契約であろう。両者の火災時の保険金は合計四四五〇〇円となり、その満額に対して六〇パーセントしか現金の支払いがなかったということ。拾にはべつに東京海上火災の契約番号三八九七六の母屋にある拾の居住している敷地分と同和火災の契約番号二七九三二の拾宅について保険がかけられており、このうちの東京海上火災の分で五〇〇〇円が「別口で取れた筈だと思う」と父はいっている。しかし同じ鉄筋ブロックの住居の全体に保険をかけ、さらにその一部の居住敷地分にかけているので、支払われなかったのだろう。ただしそうであれば契約時に「無効となる」という指摘があるべきで、やや不審が残る。

②保険契約では四万四五〇〇円となっていたが、罹災時の貨幣価値は契約時に比べて三〇・九パーセントに下落しており、さらに手取額は五〇〇〇円だけになっている。

③東京都港区青山北町四丁目四十四番地（現在の港区北青山二丁目十番十八号）に、一一二坪の宅地があった。

④ただしくは儀一のではなく、木村家が所有する家作。現在の北青山二丁目十番十八号・二十号・二十五号のほか、千駄ヶ谷・信濃町・四谷などにも宅地・家作を所有していた。

（山形新聞）

（三十日）○（東北〈軍管区司令部〉発表）B29〈約〉百二十機、二十八日二十時半〈頃より福島県沖を北上〉、一部は平市〈附近を〉、主力は〈二十二時三十分頃より〉青森市周辺を焼攻。○（東海〈軍管区〉発表）〈マリアナ基地の敵〉B29〈約〉百八十機、二十八日二十二時〈前〉より〈約〉五時間〈余〉に亘り、主力を以て〈尾鷲及び潮ノ岬附近並に大阪湾三方面より侵入し〉大垣〈市〉・一ノ宮・津・宇治山田〈市〉を、〈その〉一部は〈御前崎附近より侵入〉焼津〈町〉を焼攻。火災は六時〈頃〉迄に止む。伊勢神宮は〈御〉安泰。○（大阪発）B29〈約〉二百五十機は、二十八日深更［同夜］〈再び本土に侵攻〉海南市〈附近を爆弾攻撃〉・愛媛県下〈の一部〉を焼攻。○（中部〈軍管区司令部・大阪警備府〉発表）B29〈約〉六十〈機〉は、二十八日二十三時〈頃、紀伊水道より侵入〉海南市〈附近〉に投弾。〈別に〉B29〈約〉百六十〈機〉は、二十八日夜半、四国東岸・淡路島・兵庫〈県〉中部・琵琶湖東岸を経て東海道地区に侵入。一部の都市に投弾。○十日以来の戦果。〈撃〉墜二百七十五〈機〉、〈撃〉破百四十三〈機〉。○マライ〈半島西岸泰《タイ》領〉ブケット島に上陸を企図せる敵英艦隊に、二十六日夜我特攻〈飛行〉隊は出撃し、二機は巡洋艦〈一隻轟沈〉・大型艦〈一隻〉（空母）を轟沈せしめ、その企図を砕いた。○二十八日夜、沖縄本島中飛行場の三ヶ所に、大火災を生じせしめた。○三頭会談は、英〈国〉新首相［アトリー］のポツダム到着と共に二十八日夜［夕刻］再開の予定。○我部隊はダバオ［ミンダナオ島］北西高地各拠点をまだ保って〈交戦継続中で〉いる。○ビルマはシッタン河右岸に戻って、その各拠点を保って〈敵の攻撃を撃退しつつ〉いる。○二十八日〈鈴木貫太郎〉首相談……一、軍を絶対信頼せよ。作戦部に自信あり。[①] 二、共同宣言は黙殺。三、〈主要〉食糧一割減は、先を見越したので、秋以降は旧に復したい。四、政治力の強化。五、航空機は月産数千機［台］に達している[②]（地下工場もある）。

注①昭和二十年六月八日、内大臣・木戸幸一は時局収拾の対策試案を起草して「御前会議議案参考として添付の我国国力の研究を見るに、あらゆる面より見て本年下半期以後に於ては戦争遂行の能力を事実上殆ど喪失するを思はしむ」（外務省編『終戦史録』新聞月鑑社）と記しており、国民に告知された内容とはまったく異なっている。しかしポツダム宣言の受諾にさいして、陸軍大臣・阿南惟幾は「全然反対也」として「一億枕を並べて斃れても大義に生く可き也。飽く迄戦争を継続せざる可からず、充分戦をなし得るの自信あり。米に対しても本土決戦に対しても自信あり。（中略）斯くては内乱る〻に至るべし」（同上）としてなおも反対している。

②「絶対国防圏」の維持には、航空戦力の拡充が必要だった。十九年二月に海軍は年間

三万五〇〇〇機が必要とみなし、陸軍の抵抗で目標を二万四〇〇〇機に改めたという。じっさいに八月までに生産された航空機は一万一〇六六機だった。月別平均では一四七五機にすぎない（林茂『日本の歴史25・太平洋戦争』中公文庫）。

（三十一日朝）今朝も不幸にして快天だ。雨がふると一日休養できるのだが……。生徒も三十九人のうち、昨日は十八人しか作業地に出なかった。怠け者も十人足らずあるが、あとは疲れだ。二合一勺で荒仕事をやるのだから、止むを得まい。

昨日、村葬［上野村か］に出かけたが、山を下りる一里ばかりの途中に茶屋①がある。そこのおかみと学習院が懇意になったので、ここで休むと少し補食できる。時々トコロテンやジュースをやるのだが、ジュースは先日一回ありついた。大抵は「本日休業」だ。昨日も「休業」だったが、寄って休んで「小さいニギリ」一つで昼飯をやっていると、胡瓜の漬けたの二本、菜のおひたし、沢庵等を出してくれた。帰り道にも寄って、又胡瓜一本・トコロテン（みたいなもの）小皿一つ御馳走になった。これで久々に満腹感を味い、白鳥の古を偲んだ（今朝も下痢しなかったから、安心あれ）。

（あと十分で体操の時間だ。この手紙は御飯粒で封をしなければならぬ。急いであとのよしなしごと、書こうか。）

ともかく白鳥からの便りのないのが、張合いがないこと夥《おびただ》しく、不安なこと夥しく、いらいらすること夥しく、腹工合の悪かったのも、この神経疲労のせいかもしれないよ。
吾が待てる文はきたらず　他《あだ》びとの文のみきたるはらだたしさよ
つねの日はなつかしとみるともどちの　文なるものを――と　ふと思ひみる
白鳥のお山の神の告文《のり》は　はやも来《こ》ぬかも　ひたに待つものを
山の神の大きぽんぽを強ひて曲げ　たよりかくらむ姿　あなかしこ

以下時間切中候

注①甘酒茶屋か長命水の横にあった茶屋か。いまは自動車道ができたため、起伏の激しい山道は使われずに途切れ途切れになっている。西南一キロメートルのところにあった甘酒茶屋は、いま地名としてのみ残されている。甘酒茶屋なら女主人は齋藤氏で、のちに店を閉め、高湯で土産物屋を営んだ。ただし本文に一里とあり、三キロメートル離れている長命水の茶屋の方が蓋然性が高いか。

（大本営発表一日十七時）
一、我〈陸海〉軍〈部隊〉の敵侵攻に対する準備［戦備］は、着々強化せられつつあり。
二、我制空部隊は一部を以て本土に来〈襲〉せる敵〈機〉を邀撃中にして、七月中に収めたる戦果は、大型機撃墜四十三機（内B25二十九機）・撃破約百機（内B29約七十機）、艦上機及小型機撃墜四百七十八機、撃破約四百機。我方都市工場・艦船等に相当の被害［損害］ありたるも、航空基地其の他［等］軍事施設の被害は僅少なり。①
三、我航空部隊は〈その後〉沖縄〈方面〉の敵〈航空基地並に艦船に対し〉攻撃〈続行〉中にて、六月二十五日より七月三十一日迄に、撃沈（巡洋艦二〈隻〉、巡洋艦又は駆逐艦一〈隻〉、駆逐艦一〈隻〉、輸送船二〈隻〉、〈艦種〉不明［不詳］三〈隻〉）、撃破（巡洋艦一〈隻〉、駆逐艦一〈隻〉、〈艦種〉不明一〈隻〉、飛行場〈爆破炎上〉二十六〈ヶ所以上〉）。
四、我潜水部隊の〈太平洋戦域に於る敵補給線〉攻撃〈成果〉は、六月中旬以来、撃沈（輸送船二〈隻〉）、撃破（戦艦一〈隻〉、油〈槽船〉一〈隻〉、輸送船二〈隻〉）。
五、我海上護衛部隊は、六月中旬以後、〈主として本土〉近海に〈於て〉敵潜水艦三隻を撃沈、〈同〉二〈隻〉を撃破。
○一日九時〈すぎ〉P51〈約〉二十〈機〉、阪神攻撃。○敵潜水艦、三十一日午後六時過ぎ苫小牧に艦砲射撃せり。○バリックパパン斬込隊、各所に殺到。② 一日以来二十七日迄〈人員〉殺傷〈約〉三千。○ビルマはカローで激戦中。○重慶軍〈の別働部隊と思われる約七百の敵〉には東興・門外〈モンカイ地区〉で先制攻撃。○スターリン〈元帥〉病み、ポツダム会談は二十九日にはモロトフ〈外務人民委員〉が代って出た。
注①日本・アメリカの航空機生産数は、昭和十六年に日本が五〇八八機で、アメリカは一万九四三三機。昭和十八年には日本が一万六六九三機で、アメリカは九万二一九六機。昭和十九年には日本が二万八一八〇機で、アメリカは一〇万七二五機。生産能力・戦力には大きな開きがあり、またその差は時とともに拡大していった。

②バリックパパンの戦闘は、南西太平洋方面において連合国軍との最後の上陸戦となった。河口にある日本軍基地に対して、六月から二〇〇〜三〇〇機による空爆があり、六月十五日から上陸部隊との戦闘となった。七月一日にオーストラリア軍第七師団（三万三〇〇〇人）が上陸しはじめたが、日本軍には陸戦に不慣れな兵士が多く、組織的な戦いができないままに密林のなかを逃げまどううち、終戦となった。四〇〇〇〜五〇〇〇人の死者が出たが、戦死は一五〇〇人ていどで、あとは栄養失調・マラリアなどの病死だったという。

第五十九信（一）　水戸もB29にやられた

☆松尾八洲子様

★高湯　聰

二十三日付のこの手紙［裏面は八洲子の第五十一信］、昨二日午後やっと届いた。通信院の開封検閲があったので、遅れたらしい。ともかく二十三日までは無事のことを知って大いに喜ばしい。米のこと、こじれてるならやむを得まい。一斗ですんだのを幸と思って、がまんしなさい。しかしそれを話して桂木［良知］さんあたりからムリにでもじゃがや小麦粉の融通を都合してもらうように頼みなさい。……なかなかそううまくは行くまいが。

産婆の件も、話としてはムリはあるまい。空襲最中《さなか》では［斎藤峯子］伯母さんもでられまい。吉田さんの産婆さんにも頼んでおくのが安全な道だ。先月中に生まれそうな文面だが、まだ電報がないから大丈夫だろうと思う。帰るまで何とか待っておくれ。ムリな注文かな。

今朝のラジオで聞くと、昨暁水戸もB29にやられたとか。汽車がどうなっているか（六百五十機、浜田・長岡・水戸・立川・八王子・鶴見・川崎・清津［朝鮮半島北部の都市］・富山・浜松・豊橋等を焼攻とのこと）。

五日夜土浦着、六日朝着白［白鳥到着］の予定はそうしたことで延びる惧《おそ》れがあるが、何とか無事にそちらへ着きたいことだ。順調に六日朝にそちらに着くのなら、この手紙より早いだろう……。①

子供の名前をヒマヒマに考えているが、字引も一冊もなくて、どうもいゝ考えが浮かばぬ。②

栄《さかえ》　光《ひかる》　誠《まこと》　実《みのる》　昶《ひさし》

女なら　匂《にほふ》　かぐや　公子《きみこ》

どうも感心されそうなのがないな。

帰ったらすぐ炊事も洗濯も育児も一切《いっさい》やって上げるから、クヨクヨ心配しないでいなさい。帰る迄のことは、ともかくまわりに人がいるのだから、生れてみたらこっちで頼むといえば、どっかのバアさんの一人やそこら見つけてきてくれるだろう。あまり心配して胎教を忘れてはいけないよ。

以上

今日も快天。今朝まで警戒警報が出ていたようで、いささか心配している。無事であれ。

三日朝③

（料金収納印。学習院用箋に記載。福島県立女子医学専門学校用封筒を転用）

注①父は予定通り八月六日に白鳥に着き、出産に立ち会った。終戦の報を白鳥で聞き、八月三十日に学習院に戻った。そこで疎開学生の引揚げ計画を知らされている。

②妊娠中の子は、敗戦四日前の八月十一日に誕生した。名は「涼」となった。母からの聞き書きによると、ものすごく暑い日だったので、ぎゃくに涼しそうな名をつけたという。編者の名となる「光」も、この時点で候補にあがっていた。

③この書簡が、学習院の教育疎開のもとで書かれたもので残った最後のものである。戦争終結後、九月十八日に学生全員を解散させ、九月末には教職員もほぼ帰京した。十月十九日に残務をおえ、疎開は終了した。父は九月二十三日に高湯を退去している。

第五十九信（二）　東亜問題について重要発表か

（八月三日）

◎（東部横鎮［東部軍管区司令部・横須賀鎮守府司令部を略記］発表）（二日十時半）

一、B29四百数十〈機〉は一日二十一時頃より〈前後六時間にわたり〉二波に分れ管区内各地に分散来襲せり。

二、第一波〈の情況〉＝〈約〉百五十〈機〉は相模湾より侵入。鶴見・川崎附近を爆弾攻撃せり。なお他の〈約〉五十〈機〉は富山地区より新潟地区に侵入。長岡附近を焼攻。

三、第三波〈の情況〉＝〈各約〉百三十〈機〉を以て房総半島・相模湾より侵入し、水戸附近及び八王子・立川方面に対し、主として焼攻。

四、右攻撃により、鶴見・川崎・水戸・八王子・立川・長岡の各都市に相当の被害を生じたり。（〈東部軍管区司令部発表〉二日十四時〈三十分〉）一日夜半の関東〈地方〉来襲に対し〈わが方の〉収めたる戦果中、判明せるもの〈撃〉墜十一〈機〉、〈撃〉破二十七〈機〉。

◎（東海〈軍管区司令部〉発表）B29〈約〉七十〈機〉は、一日夜半富山市〈附近を〉焼攻。市内に火災。払暁迄に〈概ね〉鎮火。○九州へ一日、〈約〉百六十機来。○三十一日は、九州へ延三百〈機〉来。○二日正午、P51〈約〉四十五〈機〉阪神〈附近〉に。P51十五〈機〉滋賀〈県〉中南部、大阪東南部〈など〉へ。○一日未明、巡〈洋艦〉一〈隻〉、駆〈逐艦〉三隻、伊豆大島を砲撃せり。○沖縄に敵は千五百機を集結させている。○三国［頭］会談コンミュニケは三日発表。東亜問題について重要発表かと。

◎一日夜〈より二日未明にかけて〉、B29〈約〉百数十機は少数機に分れ、清水・浜松・島根県浜田・関門〈及び北鮮の〉清津を攻撃せり。

〈三日夜ラジオ〉

P51百五機、宇都宮・大宮・高崎・前橋攻撃。墜四、破二。○艦載機、大島島に来。艦砲射撃も。昨日の伊豆大島艦砲射撃は〈大島島の〉誤報也。

〈山形新聞〉八月四日

○大島島、一日四時〈頃〉から正午〈頃〉にかけて艦載機［艦上機］〈約〉六十〈機〉が来襲。同時に戦艦一〈隻〉・駆逐艦三〈隻〉が〈同島に近接〉砲撃［艦砲射撃］。我方〈はこれを陸上より反撃し〉戦艦に直撃〈弾〉を与う。

○P51〈約〉三十機は、三日午前十時半〈頃〉、〈茨城県〉土浦〈附近〉に侵入。一部は航空基地を攻撃したが、〈我が〉地上砲火のため忽《たちま》ち撃退され被害なし。その一部は市街を攻撃し、軽微な火災が発生したが、間もなく消し止めた。敵小型機は、最近昼間の機銃掃射では焼夷実砲を使用する場合もあるので、警戒を要する。
○B29三機に誘導された〈硫黄島基地の〉P51第一波六十〈機〉は、三日午前九時五十分〈頃〉、房総南部より侵入。千葉・茨城〈南部〉および栃木〈地区〉の一部を行動。第二波約四十五〈機〉は、十時十五分〈頃〉、伊豆半島および相模湾より侵入。京浜西北方地区を行動ののち退去。①
○三国［三頭］会談宣言［ポツダム宣言］……三日〈午前〉六時半〈米・英・ソ〉三国首都で〈同時に〉公表。独逸処理に終始した宣言で、独逸は統一政権樹立に至らず、四国［米英ソ仏］の軍政が継続される。

（昭和二十年八月四日付か。第五十一信の八洲子書簡の裏面に記載）

注①終戦までの空襲による被害は二〇六都市に及び、死傷者は六六万五〇〇〇人。福井市面積の九六パーセントをはじめ、甲府・浜松・日立で七〇パーセント、京阪神・中京地区でも六〇パーセントを焼失した。平均して四〇パーセントの市街地などを焼失した。日本に残されていた本土の航空戦力は約一万機。艦船は、一〇〇トン以上の鉄鋼船を二五〇三隻（八二九万トン）失い、簡易舟艇・特殊潜航艇などをふくめても三三〇〇隻ほどしかなかった（前掲『日本の歴史25・太平洋戦争』）。

第六章　戦争終結
――引き続く食糧難、そして家族の集合

昭和二十年八月十五日、日中戦争・太平洋戦争は日本の敗戦で終結した。

アメリカ軍は日本に進駐して単独占領し、連合国最高司令官総司令部（GHQ）を設置した。そのGHQが、日本の軍国主義的体制を解き、それを支えた政治と経済の仕組みを民主化しようとして五大改革など一連の指令を出した。その指令を具体化しつつ、日本政府が主体となって民主化に取り組むことになった。

社会全般の改革がすすむなかで、戦争の後始末が大きな課題となった。

政府による配給制度は戦時中からの体制を引き継いだものの、戦地からの復員（兵士）や一般の引揚者などにより、需要が供給量を大きく上回わった。しかし工業製品の生産は、政府・軍部の買い上げがなくなった軍需産業を中心に大きく落ち込んだ。昭和九年から十一年の平均値を一〇〇とした昭和二十年の鉱工業生産指数は、六〇・二しかなかった。また需要

はあっても工業製品は生産設備の壊滅と資材の入手難で生産できず、工場労働者などは多くが解雇された。そのために復員・引揚者をふくめて失業者が増大するだけで、購買能力をもつ労働者は著しく減った。失業者は昭和二十年秋ごろには千四百万人といわれ、街には今日一日の食糧や生活用品を求め焼け跡に住処《すみか》を探す人々があふれた。

配給も質量ともに落ち、これに頼っていては最低限度の生活すらできなかった。

永井荷風の『断腸亭日乗（下）』によれば、「この頃の配給にては人一人につき白米一日分一合七、八勺なれば大豆また玉蜀黍を混じ粥にして食へど、それも朝夕三度は食ひがたし、一日に一度このやうな混合米を口にすることを得れば幸福なり、農家へ買出しに行きても米芋などの主食物を得ること容易ならず、全国を通じて国民飢餓に陥るべき日は刻刻に迫りをれり」（昭和二十年九月十六日）とある。

そうしたところへ、さらに税収のあがらない政府が紙幣を増刷して濫発したため、鰻登りのインフレーションが襲い、国民の貯蓄もみるみる無力となった。たとえば昭和二十年に白米十キログラムは六円だったが、翌年には三十六円となり、その翌年には一四九円になっている（『値段の〈明治、大正、昭和〉風俗史』朝日新聞社）。昭和二十年十一月一日には餓死対策国民大会が日比谷公園で開かれ、昭和二十一年五月宮城前で開かれた米飯獲得人民大会（食糧メーデー）では二十五万人が集まって民主人民政府の樹立が決議されるなど、生きるか死ぬかの境目での労働運動・社会運動が湧き起こっていた。国民は戦争中も飢餓に苦しんだが、終わってもなおそれに倍する餓死の危機に堪えなければならなかった。

本章には、昭和二十年九月二十四日から二十一年六月一日付までの書簡、六通を収めた。松尾家では、戦争の終結によって祖父母・叔父夫妻・父母そして子たちは、ともかく爆弾・銃撃などで生命を奪われる危機を脱した。没する数ヶ月前の平成八年十二月ごろ、聰は、「晴れているからといって、嬉しいとは限らない」といったことがある。私は不思議に思って「なぜ」と尋ねたが、答えはなかった。その意味が、この書簡を読んではじめてわかった。晴れていれば、空爆に曝《さら》される危険があるのだ。あの日々が、戦争終結から五十年を越してなお深い傷となって父の脳裡《のうり》に甦ったのだ。凄まじい空爆と悲惨な食糧事情のなかだったが、それでもみんなまだ生きている。これで理不尽に死ななくてすむ。それが父母の気持ちだったろう。

さて、家族は、しだいに聰のもとに集まりはじめた。

学習院日光学寮の置かれた金谷ホテルは、進駐軍宿舎として接収されることになった。そのために十月十日で授業が打ちきられ、薫など児童は二十五日までに父母などに伴われてとりあえず日光を引き揚げた。ついで初等科では一年生から五年生までの授業を四谷校舎と沼津游泳場（静岡県沼津市）で行なうことにし、沼津学寮には戦災で家を失うなどして四谷通学が不可能な者が受け入れられた。松尾家は青山宅を失っていたので、薫は十月三十日の授業再開の日から沼津に預けられ、そこが閉鎖される翌昭和二十一年三月十一日まで游泳場に滞在した。その後すべて四谷校舎に併せられたので、薫は父のいる昭和寮に入り、目白から信濃町に電車通学した。書簡によれば、父はその通学に毎日付き添っていたらしい。

八洲子は終戦直前に涼《すずし》を出産し、その後も白鳥に留まった。東京に戻っても食糧がない。青山宅はすでに焼夷弾をうけて鉄筋ブロック建築の内部を焼失していた。外壁・外構は残っていたが、あらたに材木などをいれなければ床も部屋もない。そこで白鳥に終戦後もさらに七ヶ月居続けたのだが、羽成家の当主・隼雄のニューギニア島での戦死が報告され、村の顔

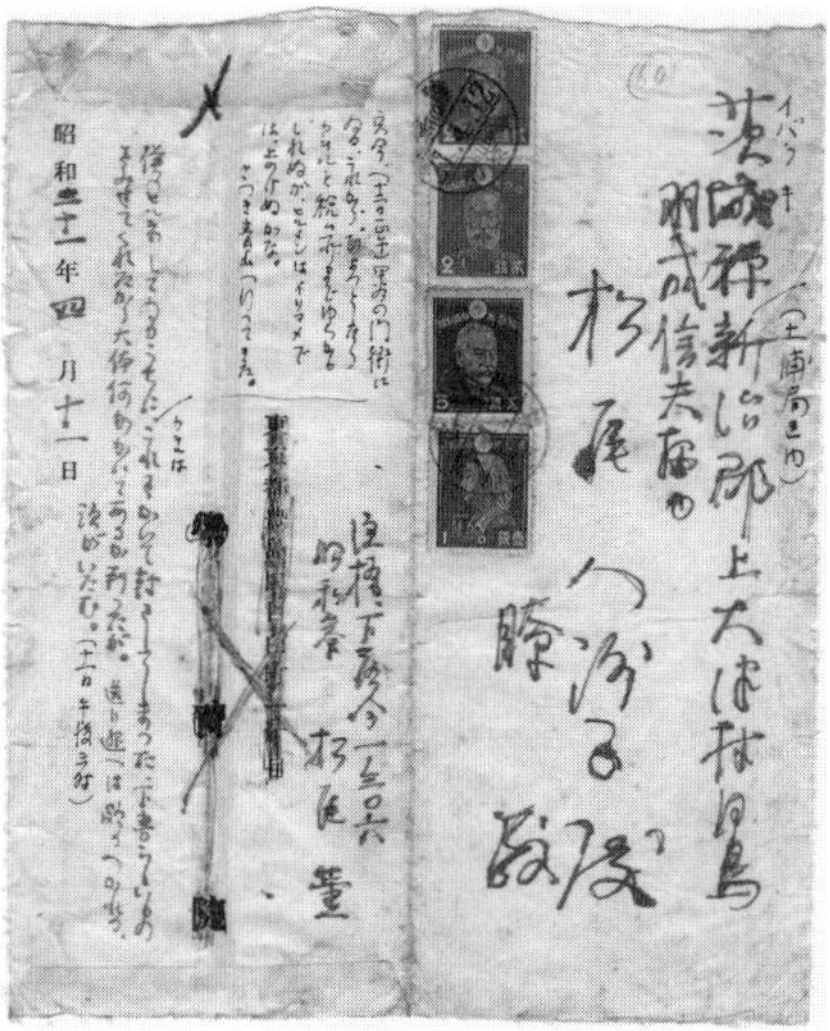

松尾八洲子・瞭宛ての封筒裏に書いた聰の書簡（第62・63信参照）

役から「もともとこの離れは客間であり、このまま居続けられては隼雄の葬儀が出せない。離れをあけてくれ」といわれたので、これをきっかけに村を離れた。そして昭和二十一年四月から、いよいよ夫のいる昭和寮に入ることとなった。こうして父のもとには、幸いなことに家族六人がひとりも欠けることなく集まった。

　しかしこんどは飢餓のために生命を奪われかねない。父は交換品を携え、痩せた体に鞭打って超満員の列車に乗って茨城の親戚や桂木夫妻などのもとを訪ねた。だがそうまで苦労して調達した物資でも、闇物資として警察に摘発され没収されることがあった。またにわか農民となったものの、昭和寮の庭に苗や種を植えては失敗を繰り返しもした。

　ややのちのことだが、闇市場に手を出さず配給だけで生活した清廉潔白な東京地方裁判所判事・山口良忠（一九一三〜四七年）は、「自分はソクラテスならねど食糧統制法の下、喜んで餓死する」という病床日記を遺して死んだ。昭和二十二年十月十一日のことである。政府は国民をどういう現実に直面させたのか。国民がどういう暮らしを強《し》いられたのか。判事の餓死が雄弁に物語っている。

第六十信　ジープに乗ったアメリカ人が来ます

☆茨城県新治郡上大津村白鳥　羽成信夫様御内　松尾八洲子様御　みもとに
★九月二十四日　栃木県日光町金谷ホテル　学習院日光学寮内　松尾薫

おかあさまおげんきですか。ぼくはげんきです。おかぜはすこしよくなりました。えんぴつとクレイヨンをおくってください。かみ［紙］はせんせいからかみ［紙］をすこしいただきました。にっこう［日光］のかなや［金谷］ホテルにジープというこがた［小型］じどうしゃ［自動車］にアメリカじんが六にんぐらいづつのってきます。ジープはとうしょうぐう①［東照宮］のさか［坂］でものぼります。とうしょうぐうはいってみましたがとてもきれいです。せっけん［石鹸］があったらおくってください。アメリカじんはこのごろずいぶん［随分］きます。アメリカじんがぼくたちにむかって、日本ご［語］でしゃべったりあたまをなぜてくれたりします。しろとり［白鳥］のほうではアメリカじんはきませんか。アメリカじんはぼくたちのほうへむかって、しゃしん［写真］をうつします。ではさようなら。

おかあさまへ

九月二十四日（月）　かをるより

〈欄外に
大へんよくかけているのに感心致しました。七月七日に出征致しましたが、この様なことにな

り復員し、本日より元気な薫さんたちの御相手を致します。お元気ですから御安心下さいませ
九月二十四日　　　　　　　　　　　　　　　　　　土田治男［学習院初等科教官］
という書き込みがある〉
※薫の原文は片仮名書き
〈昭和二十年九月二十五日消印。便箋に鉛筆書き。宛名は土田氏が黒インクで記載〉

学習院日光学寮生徒の日光東照宮参拝
一行は1年生主体で、学校より大橋武男先生（中央）・土田治男先生、寮母は柴野アツ（昭和20年4月から同年11月まで在職）。生徒は右から、塚田俊・楢原常栄・古河正純・荒木・竹原宏・松尾薫・塚田遙・片山琢朗・松本次郎・南部直光・大久保高秀（以上1年生）・森岡（学年不明）の男子12名である。

注①日光東照宮のこと。江戸幕府開幕の初代将軍・徳川家康を祀った神社。家康は葬儀を江戸・増上寺で執行し、遺骸を駿河国の久能山に埋葬し、位牌［御霊］を三河国大樹寺におき、一年すぎたころに下野国の日光山に堂舎を建てて勧請するよう遺言したという。元和三年（一六一六）三月には遺骸も移して落成したが、寛永十三年（一六三六）に大改修が加えられて今日見るような社殿となった。

第六十一信　紀元節だから勉強しないで劇をやります

☆茨城県新治郡上大津村白鳥　羽成信夫様方　松尾聰殿・八洲子殿
★二月十一日〈月〉　沼津市桃郷　学習院宿舎　松尾薫

おとうさまおかあさまおげんきですか。ぼくはげんきでいます。

けふはきげんせつ［紀元節］で、みんなたのしくくらし［てい］ます。みんなうれしそうです。きょうはげき［劇］をやります。げきは一じからです。げきは一年せいは「はなさかじじい」に「うさぎとかめ」と「さるとかに」をやります。三年四年もちゅうとうか［中等科］もみんなでたのしくげきをやります。きょうはとてもうれしいひ［日］です。きょうはべんきょうもやらないで、げきをやります。こないだはあられもすこしふりました。ぼくはげんきでいますから、あんしんしてください。すずしちゃんもあきらちゃんもまゆみちゃんも、みんなげんきでいますか。ぬまづ［沼津①］のうみにひがしずむのをみました。とてもきれいです。

ではさようなら。おとうさまおかあさまへ

ぼくより

〈欄外に

小包についてはお便りをもう出しました。「小がに［蟹②］」になり大へんよくやりました。お元気です。江本［義数。昭和二十年五月二日庶務課に採用］先生によくみていただきました。

土田［治男］

という書き込みがある〉

（昭和二十一年二月十三日消印。二枚の便箋の裏面には沼津の海の日没、昼間の汽船四隻・小舟三隻が描かれている［次頁の写真を参照］。封筒は百人一首カルタちらしで、宛名は聰が青インクで記載）

注①日光学寮は閉鎖され、授業は四谷校舎と沼津游泳場で行われた。沼津学寮は戦災で四谷通学が不可能でありかつ疎開授業を望む者を対象としており、薫はその対象とされた。十月三十日より開かれ、二学期は十二月十五日まで。そのとき初等科生は六十四名いた。十一月五日からは中等科一年生六十一名も加わった。二月二十三日に運動会も行われたりしたが、三月十一日をもって閉鎖され、すべて四谷校舎に集められた。

②蟹であれば、「さるかに合戦」に出演したのであろう。「小」蟹とされているのは、準主役となる蟹の近くに群がっている役だったか。

松尾薫が描いた沼津の海の光景
上の絵の右上には「これはひるまのけしきです。」、下の右上には「これはぬまずのひがしずむところです。」の書き込みがある。２枚の絵の裏面に第 61 信が記されている。

第六十二信　おとうさまから万年筆をもらいました

☆茨城県新治郡〈土浦局区内〉上大津村白鳥　羽成信夫様内　松尾八洲子殿／

瞭殿

★淀橋・下落合一ノ三〇六　昭和寮　松尾薫

昭和二十一年四月十一日（木）

おかあさま、おげんきですか。ぼくはげんきでいます。きょうから学校です。

おとうさまから、ぼくは、まんねんひつ［万年筆］をもらいました。

このまんねんひつのインキはにかいのおじちゃん［拾か］にもらいました。

このおてがみは、ぼくのまんねんひつで、じぶんでかいています。

きょうは、学校のかえりにしなのまち①［信濃町］にいきました。しなのまちでおべんとうをたべました。すずしちゃんはげんきでいますか。

あきらちゃん、おげんきでいますか。かおるちゃんは、いまがくこう［学校］にかよっています。

あきらちゃんも、もうすぐめじろ［目白］のがくしゅういん［学習院］にきます。まゆみちゃんも、すずしちゃんも、みんないっしょにたのしくかへりましょう。

あきらちゃん、おかあさまへ

かおるより

（昭和二十一年四月十二日消印。学習院用箋に青インク。宛名は聰が青インクで記載）

注①四谷にある学習院初等科から青山宅までは、東宮御所（赤坂御所）にそって権田原の交差点に出て、明治神宮の外苑内を左に行き、明治聖徳記念絵画館前の銀杏並木を横切って、神宮球場の一塁側スタンドの下を通る。この場合は目白の昭和寮に帰るので、ほんらい四谷駅から乗車すべきところを信濃町駅に赴いたという意味。

第六十三信　送り迎えは頗るつかれる

☆松尾八洲子様

★松尾聰

僕の昼寝しているうちに、薫はこれを書いて封をしてしまった。下書きらしいものを見せてくれたから、大体何が書いてあるか判ったが。送り迎えは頗《すこぶ》るつかれる。頭が痛む。

（十一日午後三時）

只今（十二日正午）四谷［学習院初等科］の門衛［所］にいる。これからひょっとしたら薫と税務所《（ママ）》［麻布税務署］までゆくかもしれぬが、昼めしは炒り豆では歩けぬかな。さっき青山へ行ってきた。

（第六十二信の封筒の裏書。学習院用封筒に青インクで記載）

第六十四信　毎日毎日みんなおつとめです

☆東京都淀橋区下落合一ノ三〇六　学習院昭和寮　松尾八洲子様
★昭和二十一年四月十八日　横浜市戸塚区汲沢町二一三六　三浦方　松尾薫

四月十八日（木）

おかあさまおげんきでいますか。四月の十八日は、とつかのほうはすごいかぜです。きのふはあさからひるまで、雨でした。ひるすぎからやっと雨がやみました。

「けふははるなさん［三浦榛名］のしけんです。」

「みづえちゃん［舘林瑞枝。早苗の子］もみんなとてもげんきです。」

「おかあさまもおとうさまもおげんきにしてください。」

「まいんちまいんちみんなおつとめで、うちにのこるのはみづえちゃんとかをるちゃんとさなえ［舘林早苗。八洲子の妹］おばさまだけです。」「そいじゃあ、みんなおげんきに。」

ではさやうなら。

おかあさまへ　かをるより

※平仮名が多いので、旧仮名遣いのままとした。

（昭和二十一年四月十九日消印。ノートを壊して青インクで記載。茶封筒の表書きは舘林早苗の墨書き）

第六十五信　買い出しの制限・禁止、遅配につぐ遅配

☆東京都淀橋区下落合一ノ三〇六　昭和寮　松尾聰様
★茨城県新治郡上大津村白鳥　桂木良知

拝復

過日、御手紙拝見致しました。現在東京地区に於ける食糧の危機に瀕している事、ラジオのニュース等にて伺い、良く存じて居ります。本当に皆様の御苦労一通りでない事と思い、心より同情致して居ります。

切符買出の制限・禁止、その上遅配に続く遅配。①皆様どうして日常食生活を営んで居られるか、考えるだけでも恐ろしい様な気が致します。近ければ農家の事故《ことゆえ》、わずかでしょうが何なりとお分けする事も出来ましょうが、何しろ不便な所でお出になる機会も少なく、いろいろ御不自由の事と存じます。

なお来る六月四日は旧の五月五日、田舎の節句②ですから、なにも珍らしいものも御座居ませんがお餅位準備致しますす故、乗車券さえ手にお入りになれば、ぜひお出下さい。お待ちして居ります。

くれぐれも御身大切に。

六月一日

桂木　良知

しげの

松尾　聰　様

八洲子様

（昭和二十一年六月一日消印。便箋・茶封筒に青インクで記載③）

注①終戦後、本土以外にいた日本人がぞくぞくと帰国してきた。ソ連から四七万人、中国大陸から二八〇万人、台湾から四七万人、朝鮮半島北部から三二万人、東南アジアから七一万人など、昭和三十二年までに六二八万八二九七人にのぼった。かれらの食糧確保と就業も大きな問題で、公定価格と闇値の格差はさらに大きくなった。日本銀行の消費者物価指数を列挙すると、昭和十年を一として、昭和十九年は四・〇〇九、以後二十年一三・〇〇〇、二十一年五〇・六、二十二年一〇九・一、二十三年一八九・〇、二十四年二三六・九と連年急騰している。

②旧暦の五月五日にあたり、いわゆる端午の節句である。ほんらいは田植えを終えたあとに行われる農耕儀礼で、豊饒を祈願する予祝の神祭り。

③このころの薫の作文で、昭和寮での生活を偲ばせるものである。

ぼくとうさぎ

家のうさぎを、ぼくがかっていました。

三びきいましたが、そのうち一ぴきはえさをたべすぎたのか、しんじまいました。あと二ひきはげんきよくいましたが、あるばんあらしになりました。そのばん、いぬかねこかがはこをこわして、うさぎをころしてしまいました。

ぼくは、かわいそうでたまりません。その次のばんは、なかなかねられませんでした。

（初等科二年生［昭和二十二年度］薫作。塚田俊編集『追悼』昭和三十一年二月刊所収）

第七章　旅の終わり——昭和寮から青山へ

昭和二十一年には発疹チフスの罹病者が三万二三六六人で、うち死者は三三五一人。天然痘の死者が三〇二九人で、コレラの死者が五六〇人になるなど、防疫体制の機能低下から各種の伝染病が流行した。このなかを生き延びても物価高で生活水準の低下は著しく、国鉄運賃・郵便・電気・新聞・酒・たばこなどが次々値上げされて、人々は生活苦に追い込まれていった。昭和二十二年になっても配給制度は十分に機能せず、食糧難が続いた。さらに終戦以来つづく底なしの不況のなかで労働運動が激化し、内閣打倒から反政府運動へと歩みはじめた。日本政府が抑えきれないとみたGHQは、日本共産党主導による労働者（共産）革命を真剣に懸念し、いわゆる二・一ゼネストの中止を指令した。この二・一ゼネストの挫折を転換点として日本共産党の主導した労働運動も退潮に向かい、農業生産は復員者などの参加でゆるやかだが確実に回復していった。戦争が終結した安堵感のなか、復員と生産の回復もあいまって、かつてないベビーブームが訪れた。昭和二十二年あたりから二十五年ぐらいまで、出産が相次ぎ、それからずっと「団塊の世代」と呼ばれる人口の多い世代となった。いま六十歳を迎えはじめる世代である。昭和二十三年生まれの編者も、その一人である。

さて、混乱から立ち直りの兆しをみせる国内情勢の一方で、日本を取り巻く国際情勢が大きな変化を見せはじめた。それは終戦直前からあらわになっていたことだが、アメリカ合衆国とソ連による第二次世界大戦後の国際政治の主導権争いが原因だった。連合国軍として占領していた地域をアメリカとソ連がそれぞれの主導権のもとに独立させた結果、ドイツは東西に二分され、朝鮮半島も朝鮮民主主義人民共和国（北朝鮮）と大韓民国とに分かれた。さらに昭和二十四年十月には共産党政権の中国（中華人民共和国）が成立し、十二月には中国本土から国民党（中華民国）が台湾へと逐《お》われた。アメリカは国際社会におけるソ連など共産勢力の拡大を恐れた。そして朝鮮半島で、昭和二十五年六月に朝鮮半島統一を目指した戦闘が、朝鮮戦争として戦われた。双方の援助に入ったアメリカとソ連・中国との力くらべ、朝鮮民族を盾にした代理戦争ともいえるものであった。

大韓民国が敗北して朝鮮半島が共産化することも視野に入れ、アメリカは日本の占領状態を終結させるべく、サンフランシスコ平和条約締結（昭和二十六年九月調印）による独立と警察予備隊設置（昭和二十五年八月）による再軍備をはかった。民主化も中途半端にしたまま、一気にアメリカと軍事目標を一致させた友好同盟国に組み込んだのである。まさに日本の眼前でおきた朝鮮戦争は、日本に特需ブームとよばれる好景気をもたらし、産業界はやっと息を吹き返していくのである。

本章には、昭和二十二年九月二十二日から二十七年八月十二日付までの書簡、十四通を収めた。

昭和二十二年九月にはまだ横浜市戸塚に寄宿していた母の妹・舘林早苗夫妻も、二十三年春までには戸塚区中田に転居し、昭和二十五年三月には世田谷区中目黒（祐天寺）の家に落ち着いた。昭和二十三年春には、母の末妹の榛名も森本正美と結婚。第五子の光（編者）が、その一月に昭和寮で生まれた。はじめての戦争を知らない子の誕生である。

書簡によると、昭和二十三年二月、祖父・儀一は社会経済の大きな混乱を乗り越えて株式の買い込みを計画し、はやくも生活や資産の建て直しをはかろうとしている。しかし祖父はこの書簡の二年四ヶ月後の昭和二十五年七月九日、肝臓癌で入院中、食物を詰まらせて窒息死した。茨城との往《ゆ》き来も続いており、桂木夫妻や大貫夫妻との心温まるやりとりもある。書簡からは、時代の暗さや国際政治の急展開があまり感じとれない。

昭和二十四年からのアメリカンスタイル流行による洋裁学校開設ブームを背景にして、洋裁を中心としたおだやかな近況報告のやりとりが多い。そのなかでは、戦争で失われた日々を溯って、母が国文学の研究になんとか携わりつつそれを生き甲斐としたいという理想と子どもの世話だけで時が流れてしまう現実との差が意識され、奥深い懊悩《おうのう》が読みとれる。

昭和二十七年、いよいよ青山宅に戻ることとなった。

きっかけは昭和寮の閉鎖だった。昭和二十二年に学習院は宮内省の手を離れて財団法人（のち学校法人）学習院となり、文部省管轄下の一般に門戸を開いたふつうの私立学校に転じた。そして昭和二十四年に新制大学を設立したのだが、その大学の教育・研究施設の建築資金などにあてるため、昭和寮を中央商事（日立グループ）に売却することとなった。そこで松尾一家は寮を退出し、祖母・ていが住む青山宅に入った。編者はそのとき四歳だったが、一階の北西向の畳敷きの部屋でお手伝いの人たちと西瓜《すいか》を食べた。そのときの風景をうっす

松尾聰の家族（昭和 26 年 1 月 7 日、学習院昭和寮第二寮前にて撮影）

らと記憶している。これが八月十日のことである。

顧みれば青山宅から疎開に出て八年半が経ち、母はやっと青山宅に戻った。八月十二日付けの書簡をおさめて手文庫の紐をかけおえたとき、母にははじめて疎開という流浪の旅が終わったと実感できたのだろう。

一連の書簡の内容について叔母・舘林早苗にたび重ねて質問をしたが、その叔母の書簡を掲げて終章とする。


先日は久しぶりにお話が出来まして嬉しく存じました。

過ぎ去って遙か忘れかけていたことが蘇《よみがえ》り、辛かったことまでもなつかしく思われました。昭和寮も何度か伺いましたので、目に浮かびます。物が出てきても収入が追いつけず、お互いに苦労をしました。それでも不足だからこそのある日・ある時の充実感・感動が有り、心の結びつきも強かったとは、この物の溢れる時代の空間の中に立って思い返すこともあります。一握りのお砂糖に、どれほどの価値と仕合わせがあったことでしょう。

(平成十五年二月六日付)

第六十六信　お米の値段が二倍

☆東京都淀橋区下落合一ノ三〇六　松尾八洲子様　御許に

★九月二十二日夜　横浜市戸塚区汲沢町二一三六　三浦磐雄方　舘林早苗

大あらし①以来、朝夕がめっきり冷々として参りましたね。

その後、皆々様お健やかにお過ごしでいらっしゃいますか。東京でも風邪が流行しているとか。案じ上げて居ります。こちらでは皆元気ですが、私だけが風邪を引いて、途中無理をしたため、もう十日にもなりますのに、鳥のような声を出して居ります。夕方になると毎日、七度三分から五分位の熱が出て、ふわふわとした何とも云えないいやな気分になります。でも二、三日前から、ともかくも起きて働いて居ります。微熱にしてはちょっと高すぎますので、ほんとうの風邪だろうと存じます。

先日はお目に掛かれてうれしく存じました。いつも高価なおみやげを頂いて申し訳なく存じて居ります。でもうれしゅうございました。お兄様［聰］にも宜しくおっしゃって下さいね。

それから先日のお便りの中にあったお薬。アンツーも今一袋ありますし、クレゾール［消毒剤］②も使いかけがありますから、おいそぎならそれを差上げましょう。もしおいそぎでないのでしたら、舘林［宣夫］が今出張中でわかりませんが、入手出来たら連絡してもようございます。渋谷までいらっしゃいますなら、［森本］正美さん［のち三浦榛名と結婚］に持って行って頂きましょう。私も元気になりましたら、一度近く伺いたく存じては居るのですけれど、気分がすぐれませんので、いつのことかはっきり致しません。その時、持って行って差し上げてもいいのですけれど。

坊や［榛名のこと］は今試験中で、大いそがしの勉強ぶりです。

大雨が降って井戸水が一まず安心と思いましたら、大水が出て、現地の人々は本当にお気の毒ですね。お米の相場も下ったと思いましたら、又二倍にもなってしまいました。いつになったら私たちにゆとりというものが出て来るのでしょうか。［戦争で死ななかった］私たちは幸福な仲間なのですけれど、何ですか生活に疲れたという感が致しますね。世が世ならと、ついついこぼしたくなります。

一、二年もしたら、よくなるのかしら。来年は食糧事情がもっと悪化すると云っていますが、どうなるのでしょうね。でもどうなって行くにしても、まあまあ何とかなって行くものですね。お姉様もどうぞ御元気でいらして下さいませ。

末筆ながら、御兄様によろしくお伝え下さいますように。いつもながらの乱筆、およみにくい事と存じ、お気の毒に思って居ります。

かしこ

昭和二十二年九月二十二日夜したゝむ

早苗

御姉様

（昭和二十二年九月二十三日消印。藁半紙の縦罫便箋に青インク。白の和紙封筒に墨書き）

注①キャスリーン台風のこと。房総半島南端から三陸沖へ抜け、九月十四日から十六日にかけて関東地方・東北地方に災害をもたらした。利根川・渡良瀬川・多摩川など主要河川の堤防が次々決壊し、死者は二二四七人にのぼった。これがきっかけとなって、下水道と治水用のダムの整備が進んだ。

②αナフチルチオウレア。略称アンツウ。どぶ鼠にとくに効果の高い殺鼠剤。

第六十七信　薬のおかげ

☆東京都新宿区下落合一ノ三〇六　学習院昭和寮　松尾聰様

★茨城県新治郡上大津村白鳥　桂木よし①

拝啓　先日はいろいろと有りが度う御ざいました。御かげ様にて私も平常の身と相成り、四五日前より元気にて仕事に出掛けて居りますから、御安心下さい。畑より帰ると楽しみにあの薬を呑んで居ります。いつもとの通り治る事かと毎日もどかしく、早くよくなり白鳥の御まつり②には全快してお客様においしい御馳走をと思って居りましたら、松尾様からの御薬や浅野さんの御親切にて、たいそうよくなりました。来年九月二十八日・二十九日両日の御祭りは是非御出で下さるように御待ち申します。其の時には、てる子［桂木よしの子か］も来て居ります。よく家へ来ると、八洲子さんの御話を語り出すのです。

是非都合して御出で下さい。さよなら。

こんな字を書いて、よめないでしょう。

（昭和二十二年十一月五日消印。便箋に鉛筆書き・茶封筒に青インク書き）


注①よしは、桂木良知の本家にあたる桂木栄三の妻。
②白鳥の香取神社の秋祭り。

第六十八信　十株が一株に成る

☆東京都淀橋区下落合一ノ三〇六　学習院昭和寮　松尾聰様
★青山・松尾儀一

興銀①から別紙の通り申越ました。

株式は全部会社へ昨日提出して置きました。新聞の報ずる所に依れば、興銀の損失は減少する様にもなく、株式係の者も諸事不明、当分見送り為さるべきでしょうとも云うて居ります。

而し新株を今月末迄に払込めば、新株応募の先取権を得られる様です。但し払込金全部は損失に充当せられ、空と分っているのでしょう。大体に現在の資産全部は消えて行く様です。そして新株（今後募集のもの）が資本と成るでしょう。

昨日帝銀②へも行きましたが、帝銀では九割が損失で、十株が一株に成るのだと云うて居りました。

興銀の払込は約四千円入用ですが、今発送電③が八十円以上に売買されて居る様に新聞に見えます。果して然らば私名義で五十株ありますから、丁度《ちょうど》四千円に成ります。之を流用すれば出来ぬ事ではありません。而し新株応募の金が少しも無い訳ですから、考えねば成りません。御考え置き下さい。

保険は附けた方が安心とにわか事に成って、昨日旧の会社、東京海上に頼みました。造作五万、家財五万、同拾分五万、計十五万。［掛金として］四八〇円払いました。専ら三・二［料率が三厘二毛に当たる］で最低です。

休日に子供を遊びに来させなさい。（成る丈《たけ》朝早く）そうすれば［明治神宮］外苑でも何処《どこ》でも子供の好きな、そして私のぶらぶら歩める所へ連れて行きましょう。④

水の出が悪いので風呂が沸かせ相《そう》に成らず、閉口の態です。

二月二十二日

（東京都港区役所赤坂支所発行の「『税について』区民の皆様へ」という広報の裏面に記載）

※原文は片仮名混じりだが、平仮名表記に改めた。

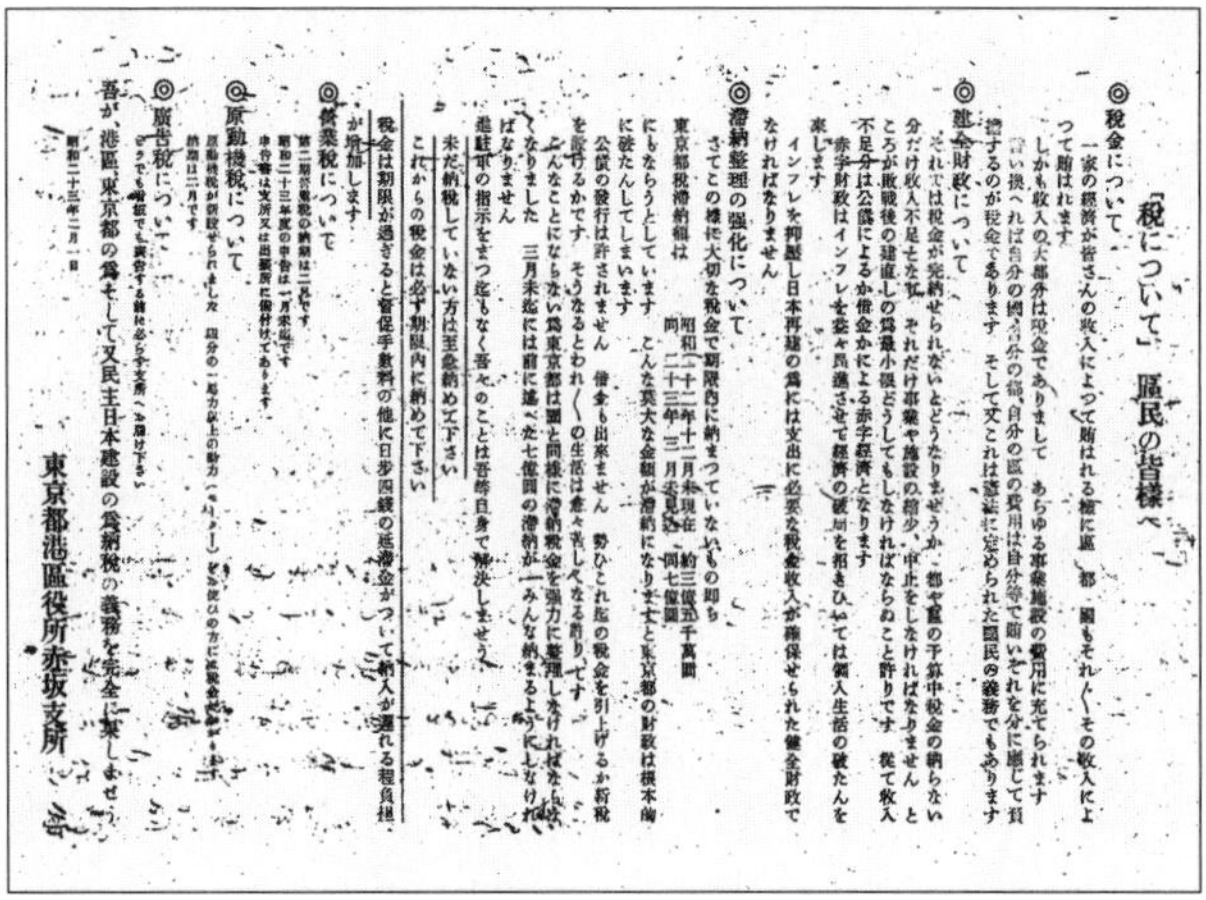
「税について」區民の皆様へ

◎税金について
一家の經濟が皆さんの收入によつて賄はれる樣に區・都・國もそれ〴〵その收入によつて賄はれます
しかも收入の大部分は税金でありまして　あらゆる事業施設の費用に充てられます
言い換へれば自分の國、自分の都、自分の區の費用は自分等で賄いそれを分に應じて負擔するのが税金であります　そして又これは憲法に定められた國民の義務でもあります

◎健全財政について
それでは税金が完納せられないとどうなりませうか　都や區の予算中税金の納らない分だけ收入不足となり　それだけ事業や施設の縮少、中止をしなければなりません　ところが敗戰後の建直しの爲最小限どうしてもしなければならぬこと許りです　從て收入不足分は公債によるか借金かによる赤字經濟となります
赤字財政はインフレを益々昂進させて經濟の破局を招きひいては個人生活の破たんを來します
インフレを抑壓し日本再建の爲には支出に必要な税金收入が確保せられた健全財政でなければなりません

◎滯納整理の強化について
さてこの樣に大切な税金で期限内に納まつていないもの即ち
東京都税滯納額は
昭和二十二年十二月末現在　約三億五千萬圓
同二十三年三月末見込　同七億圓
こんな莫大な金額が滯納になりますと東京都の財政は根本的に破たんしてしまいます
公債の發行は許されません　借金も出來ません　勢ひこれ迄の税金を引上げるか新税を設けるかです　そうなるとわれ〳〵の生活は益々苦しくなる許りです
こんなことにならない爲東京都は國と同樣に滯納税金を強力に整理しなければならなくなりました　三月末迄には前に述べた七億圓の滯納が一みんな納まるようにしなければなりません
進駐軍の指示をまつ迄もなく吾々のことは吾等自身で解決しませう
未だ納税していない方は至急納めて下さい
これからの税金は必ず期限内に納めて下さい
税金は期限が過ぎると督促手數料の他に日歩四錢の延滯金がついて納入が遲れる程負擔が增加します

◎營業税について
第二期營業税の納期は二月です
昭和二十三年度の申告は一月末迄です
申告書は支所又は出張所に備付けてあります

◎原動機税について
原動機税が新設せられました　四分の一馬力以上の動力（モーター）をお使ひの方に
納期は三月です

◎廣告税について
ビラでも看板でも廣告する前に必ず支所へお屆け下さい

吾が、港區、東京都の爲そして又民主日本建設の爲納税の義務を完全に果しませう

昭和二十三年二月一日

東京都港區役所赤坂支所

「『税について』区民の皆様へ」（昭和23年2月1日、東京都港区役所赤坂支所発行）
この裏面に第68信が記されている。

注①日本興業銀行の略称。割引債・利付債を発行して資金を集め、企業に産業資金を貸し付ける特殊銀行だったが、平成十二年（二〇〇〇）富士銀行・第一勧業銀行と合併してみずほ銀行となった。

②帝国銀行。昭和十八年四月に第一銀行と三井銀行とが合併して帝国銀行となるが、昭和二十三年十月に第一銀行と帝国銀行に分離。新しい帝国銀行は、昭和二十九年に三井銀行と改称する。現在の三井住友銀行。「十株が一株に成る」とは、十分の一に減資すること。大きく価値を減らした資本を整理し、あらたな資本金をもとにして活動しようとしている。

③ただしくは日本発送電株式会社。昭和十四年四月に日本電力・東京電燈・大同電力・東邦電力など既存二十七業者の電力設備の現物出資を受けて半官半民の形で設立された巨大トラスト。強力な国家統制のもとに豊富・低廉な電力供給を確保するという名目で成立した。発足時は火力発電設備の五九・六パーセント（全国比。以下同じ）、水力設備の六・四パーセント、送電線の三九・三パーセントを保持していた。昭和十七年の第二次出資で、二五八万キロワットの火力発電設備（八五パーセント）、四一一万キロワットの水力設備（七三パーセント）、送電線一万二七〇〇キロ（六七パーセント）を保有し、これに九ブロックに分かれた配電会社が対応していた。敗戦後GHQの指示を受け、発電・送電・配電を一貫して経営する九つの電力会社が新設され、昭和二十六年四月に解体した。昭和二十三年大納会の株価は七十四円。翌年大発会では九十円になっている。分割案はすでに出ていたが、経済界の要望を背景としてGHQの

指示に抵抗する動きがあり、これを受けて株価も乱高下していたのだろう。
④昭和二十三年ごろのようすを偲ばせる、松尾薫の作文である。

大サーカス見学

今日は、後楽園大サーカス見学に行く日です。べんきょうを二時間して、お食事をすましてから、学校を出ました。水道橋の駅についた時、ぼくはうれしくてうれしくてたまりませんでした。皆が改札口を出て、ぼくたちは大橋先生につれられて後楽園の近くにくると、先生が止まれとおっしゃいましたので、ぼくたちは皆とまりました。ぼくたちは待ちどおしくて待ちどおしくてたまりませんでした。先生はなかなか出入口の方へいらっしゃいません。しばらくたつと、土田先生がかえりの電車のきっぷを買っていらっしゃいました。

それからすこしの間待っていると、先生がいらっしゃいとおっしゃったので、ぼくたちは皆、大橋先生について行きました。少し行くとまっくらな所へ行って、かいだんをあがると、そこは二かいでした。ちょっと下を見ると、人がたくさん見物に来ていました。もう始まってるのかと思ったら、まだ始まっていなかったので安心しました。

みんながせきについてしばらくすると、まくがあいて始まりました。

ぼくはサーカスを見るのははじめてなので、とても面白い。その中でも思わず手にあせをにぎらせたのは、オートバイ乗りと空中ブランコでした。

オートバイ乗りは、始めにまわるいわ［丸い輪］の方をさきにまわりました。ぼくはオートバイはどうしてわになった所を横むきに走れるのか、とふしぎに思いました。その次の地きゅうみたいな所をたてにまわったり横にまわったりするのは、とてもあぶなそうでした。よっぽどれんしゅうしなくては、あんな事は出来ないと、思いました。

一番さいごの空中ブランコは、大勢の青や赤や黄や水色などの色とりどりの着物をきた人たちがやるのです。大ゆれにゆれているブランコにとびついたかと思うと、もう一人の人とさかさまになって手をつないで、またもとのブランコにうつって台へ帰るのです。ぼくはその間中、ひやひやしていました。もしかして手をつなぎそこなわないか、おちはしないかと、ハラハラしました。

帰り道にも、七つになる弟［瞭。初等科一年生］とその事ばかり話していました。そしてぼくは考えました。あんなに大たんなはなれわざをまちがわないでよく出来るには、やる人みんなの気持ちがピッタリしてゐなくてはできない。一人でも何かほかの事を考えたりしていては、必ずしっぱいするにちがいない。

お家へ帰って、お父様・お母様にもこの事をお話しました。オートバイや空中ブランコのほかにも、つなわたりやはしご乗り、松づくし、お猿の自てん車乗り、洋食など、色々面白く目に見えるかのようにお話しました。そばで、弟も一しょうけんめいに聞いていました。つれて行って上げられたらよかったのになあと、ざんねんに思いました。

（初等科三年生［昭和二十三年度］薫作。塚田俊編集『追悼』昭和三十一年二月刊所収）

第六十九信　女の先生は特別

☆東京都淀橋区下落合一ノ三〇六　学習院昭和寮　松尾八洲子様御許に
★昭和二十五年九月二十九日　目黒区中目黒三ノ一一二五　舘林早苗

お葉書を有り難うございました。お母様［三浦しげ］が、［昭和寮に］お出になられたのですね。

家では二十五日の夜から留守です。舘林［宣夫］は二十五六日頃帰る予定でしたが、二十四日の夜帰って参りました。

ＫＯＹＯ①［ミシン］頼みました。今月は都合で届けられないので、十月に入ったらすぐ届けさせますと云ったそうです。大変遅くなって申し訳ございません。

十月から伊東②にいらっしゃいますか。それとも先生に？　舘林に云わせると、お姉様［八洲子］の場合は事情も色々おありだろうから何も云えないが、「女の先生ってね」なんて云っていました。古い考え方と云う感覚かもしれませんが、女の先生って云うのはやはり特別な感じなのですね。女としての、家庭のママとしての感じではないのね。でも全部の女の先生についてそう云ってしまうのは適当でないのですけれど、伊東に通うようになられるといいなぁと思っています。お姉様もきっとよかったと思われることと存じます。ドレメ③と違って費用もあまりかかりません。かけようと思えばいくらでもきりがありませんけれど。

瑞枝《みずえ》［早苗の子］が具合が悪くて休んでいます。

ピーちゃん［光］がおかげんが悪いとのことですが、その後如何でしょうか。心配しています。瑞枝も夜中からお腹が痛くて半日泣いていましたが、今日は元気になって卵でお粥を食べて喜んでいます。私もはじめて瑞枝についている為に学校を休みました。

今朝は五時半に鶏が小屋からとび出してトニ公［飼い犬］とマラソンをはじめ、すさまじい声を張り上げるので、隣近所の人がびっくりしてとび出して来ました。後ろ隣の旦那さん（耳鼻科のお医者さんで、舘林の二期後輩の人ですが）は、寝間着のまま飛び出して、キョトリとして覗いているのです。その隣の御主人が又出て来て、その寝間着のキョトリ氏に「どうしたのです？」と聞くと、「鶏が鳴きましてね」と笑いもしないで答えて、さっさと帰って行きました。

舘林が昨晩は［厚生省事務］次官官舎へ出掛けて泊りでしたので、私一人でくたくたになりました。結局つかまえてもらいましたが、鶏も興奮してクックッと鳴いてばかりいました。

瑞枝がよくなりましたら、伺いたく思っています。お姉様もピーちゃんがよくおなりになったら、いらして下さい。末筆ながらお兄様に宜しくお伝え下さい。

着物のことですが、ウールライン④のは、お金が都合がつかなくて、どうしても買えそうもありませんから、あの麻の方のをお願い致しますね。ウールラインのもお金が出来れば是非々々欲しいのですが、しばらく出来そうもないのです。でもよその方もなかなかお買いになれないようでしたら、そのうち私が頂けるかもしれませんね。本当にこんな機会は又とないことですし、着た方《かた》が性《しょう》［素性］の知れた方ですから頂きたいのですが、残念です。

又すっかり曇ってしまいましたね。今日は水仙を植えました。あの水仙はお姉様と戸塚に居た頃植木会社から拾って来たものですね。あれから十五年も経ちますが、来る年毎に美しい花を咲かせています。

家では植えても植えてもトニーが掘り返し、背中をこすりつけてくたくたにし、陽もよく庭に当たらないのでいい花々が咲きませんが、もっと広々とした庭を持って、色々の花を咲かせたら、どんなにうれしいかしらとしみじみ思います。早く上手に洋裁が出来るようになって、気も落付いたら、再び趣味的な美しい生活が出来ることと楽しみです。では又。

かしこ

お体御大切に。

昭和二十五年九月二十九日

早苗

お姉様

すさまじい字でよめるかしら

（昭和二十五年九月二十九日消印。横罫レポート用紙に縦書き。白封筒に青インクで記す）

※ミモザミシン（本社・目黒区下目黒二丁目二〇五番地）の広告・定価表同封

注①光洋精工㈱の足踏式標準型ミシン。本社は大阪市。東京支社の所在地は、封筒に「東京都中央区銀座西六丁目五番地　瀧山ビル」とある。

②伊東茂平（一八九八〜一九六七年）が昭和四年にイトウ洋裁研究所を創立し、昭和二十年、伊東衣服研究所を世田谷区成城に設立した。

③ドレスメーカーの略で、ドレメ式などという。洋裁についての専門知識を綜合し、デザインから制作過程まで一貫させる。洋裁の学校としては、昭和元年、東京・芝に杉野芳子がドレスメーカースクールを開いたのが早い。

④和服用の梳毛織物の一種で、着尺地の袷向けの織物。着尺地とは大人用の和服を一枚仕立てるのに必要な長さと幅をもつように織り出された反物のことで、通常は鯨尺の幅九寸（約三四センチ）〜九寸五分、長さ二丈八尺（約一〇・六メートル）〜三尺ほど。鯨尺の一寸は、曲尺の一・二五寸にあたる。

第七十信　やはり東京はいいね

☆東京都落合長崎局区内新宿区下落合一ノ三〇六　昭和寮内　松尾聰様御内御奥様

★大分県日田市田島町　手島松江

周囲の景色がどことなく黄ばんで来ました。

静かな暮しよい時節でございますが、御一同様にはお揃いにて御機嫌よくお暮し遊ばします由、何よりとお慶び申し上げます。

さて主人事［手島靖生］、上京中は長々とお世話様になりました。先生・奥様の親身も及ばぬお心づかいに、本人もすっかり感激いたしまして、帰宅後くわしく話してきかせました。御厚意に甘えまして、一、二泊①はお世話になろうとは申して居りましたけれど、ずっとお宅様にばかり御迷惑をおかけいたしまして、奥様には何かと御多忙の折からさぞお困り遊ばました事と、本当に申訳なく存じております。何卒《なにとぞ》お許し下さいませ。

その上いろいろお心づくしの品頂戴いたしまして、何と御礼の申上げようもございません。二人の子供達も大喜び致しました。幾重にも幾重にも御礼申上げます。

主人も久しぶりの上京でございましたので、丁度故郷にでも帰ったような心地がいたしましたのでございましょう。「やはり東京はいいね」と申しまして、いろいろお噂致したりして居ります。私も一度は上京してみたいと思って居りますが、その時はいろいろお話うかがわして頂きとう存じます。

当地は御存知の通り辺鄙《へんぴ》な山の中②ではございますけれど、夏は一寸よろしうございます。もしこちらの方面にお越しの折でもございましたら、ぜひぜひお立ち寄り下さいませ。その日をお待ち申上げて居ります。

朝夕は随分冷えて来ました。何卒御身御大切に遊ばしますようお祈り申上げます。一寸御礼のお言葉まで。

かしこ

手島内［松江］

先　生

御奥様

（昭和二十五年十月一日消印。「厚記」印入便箋・手作りの小豆色二重封筒に青インクで記載）

注①松尾家の二階南面の和室に宿泊させた。

②大分県日田市田島本町六の三に、手島氏の自宅がある。

第七十一信　落花生をむいて

☆東京都新宿区下落合一の三〇六　学習院昭和寮　松尾聰様・八洲子様

★茨城県東茨城郡上白河村佐才　大貫武敏

早春とは云へ、薄ら寒うございますね。

御奥様にはしばらくぶりで、お目にかからせていただき、本当に嬉しさでいっぱいでございました。何もお土産なしで居りました所へ、高品を下さいまして有難当ございました。主人もお気の毒な事をしましたと申して居ります。又帰る時は遠くまで御見送り下さいまして、厚く厚く、心から御礼申し上げます。

可愛いお元気なお坊ちゃま方、おたのしみでいらっしゃいますね。お目にかかった時は夢のようでございました。こちらは片田舎でございますので、何もございませんが、落花生でもむいてお送りしたいと思って居ります。

年より御奥様・旦那様［松尾てい・聰］・お坊ちゃまによろしくお伝え下さいませ。

春とともに御元気で。乱筆で御免なさい。

（昭和二十六年三月十一日消印。便箋・白封筒とも青インク書き）

第七十二信　シャープペンシルを撫でまわして

☆東京都新宿区下落合一ノ四〇六　学習院昭和寮内　松尾八洲子様

★昭和二十六年十二月二十六日　目黒区中目黒三ノ一一二五　舘林早苗

先日は久しぶりにお目に掛かれて、とてもうれしく思いました。その節はお土産を沢山頂きまして、有がとうございました。こちらからこそ先に伺わなければならないのにと、舘林〔宣夫〕も恐縮していました。

あんなに高価なものばかり頂いてしまって、一体どうしようかしらって話しています。暮のうちに伺うのが本当ですけれど、明日（二十五日に月給が入ったはずですが、帰りませんでしたので、今夜入ることになり）二十七日に買物に出るようになってしまいました。

あちらこちらに小包を送らなければなりませんので、明日はそれで一日おしまいになり、二十八日は朝のうち駒場に用があって出掛けて、その足で病院に参ります。二時頃家へ帰れるのですが、疲れてしまって帰ることでしょう。二十九日は学校の宿題のデザイン科の方を一日で片付ける予定。三十日・三十一日はお掃除やらお正月のちょっとした仕度（どこの家でもお忙しいでしょう？）。それでお正月に伺うことになりそうなのです。小ちゃな坊やたちにお年玉でも上げられれば嬉しいのですが、ちょっと予定が狂ったので、素晴らしい叔母さんにはなれそうもありません。いい妹にもなれそうもなくて、情けなく思っています。

瑞枝《みずえ》〔早苗の子〕が毎日「目白〔昭和寮の松尾宅〕へ行こうよ。待っているよ。いらっしゃいって云ってたじゃないの」って騒ぎ立てます。目白は、瑞枝にとって一番親しめる人たちのお家なのでしょう。目白と戸塚と、瑞枝の親戚は二つきりのようです。戸塚は自分の育ったところでもあり、大好きなおじいちゃま・おばあちゃま〔三浦磐雄・しげ〕の、そしてお友だちのいるところなのですが、一年に一度きりしか行けないところと諦めているようです。子供には母親の身うちが一番いいのですね。また瑞枝を可愛がって下さるのは、私の身うちだけですものね。

瑞枝は、毎日シャープペンシルを撫でまわして、芯を出してみたり、わざわざ宿題をそれで書いたりして喜んでいます。

何しろ「ネコイラズ」と金文字の入った、出たらなかなか引っ込まないという品を二年間大切に保存（専《もっぱ》ら保存）していたのですから、うれしかったわけです。「ホラ、一方へだけ廻して、黒も赤も出るのよ」と友だちにひねって見せています。皆だれも感心して見ていました。

これは家にとってのビッグニュース。あの次の朝、目がさめたとき、チー（赤猫）が死んでいたのです。あの一番面白かった可愛いチーが、おばあちゃま［舘林美代］の迂闊から、本当に可哀相なことをしてしまいました。というのは、姑が戸棚を開けっ放しにしておいたので、物凄く塩っ辛い目ざしを四本もチーが食べてしまったのです。あの夜は舘林が少し気分が悪いというので、九時半頃寝てしまいましたが、その時少し［チーの］元気がないと思いましたけれど。それからまもなく死んだらしく、苦しんだあとが見えて、気のついたときはもう硬直していました。可愛い顔をしたまま、白いお腹をして、本当に可哀相でした。今日は朝から雨が降っています。これから提出の作図の整理を少し致します。明日はおばあさんが出掛ける日です。

ではどうぞ皆々様御元気でよいお年をお迎えになられますように。
大変末筆ですけれど、くれぐれもお兄様［聰］に宜しくお伝え下さいませ。又暮のうちに
御挨拶を致さない失礼をよろしくおとりなし下さい。かしこ
昭和二十六年十二月二十七日　早苗
お姉様
戸塚へ行かれましたら、よろしく。お正月には必ず家《うち》へいらっしゃるようにおっしゃって
下さい。十日まで休みですから。お土産はいらないとお伝え下さい。
（昭和二十六年十二月二十日消印。縦罫便箋・白封筒に青インクで記載）

左から、松尾八洲子の両親の三浦磐雄・しげ夫妻、妹の榛名と早苗

第七十三信　人の命ほど尊いものはほかにありません

☆新宿区下落合一ノ四〇六　学習院昭和寮内　松尾八洲子様
★昭和二十七年六月十九日　目黒区中目黒三ノ一一二五　舘林早苗

お葉書を有がとうございました。おかげんがお悪かったとのお話、その後如何ですか。とても心配しています。

ちっともおたよりが無いので葉書でも出そうかしらと思いながら、私の方でも色々と忙しかったものですから一日延ばしに致して居りました。おたよりのないのは、私から「仮縫の仕度が出来ましたから来て下さい」と申上げるのを待って居られるのだと思っていました。仮縫が出来るようになればすぐお知らせしたのですけれど、実は戸塚の父上［三浦磐雄］が湿疹がひどくなって夜も寝られないようになってしまわれましたので、母上［三浦しげ］と交代して十日から十四日まで五日ほど家から病院に通っておられましたので、私も一緒に付いて（付き添って）参ったり、又たのまれたものが期限が迫ったりして、なかなか手がつきませんでした。

一度帰られた母上も、（電話のことで）ちょっとお願いしたいことがありまして、二、三日泊って頂きました（十日に帰られました）。お姉様［八洲子］をお呼びしようかと話したのですが、来客がありましたのでお知らせし損なって、母上も帰ってしまいました。

お父様は紫色に腫れ上って見るもあわれな状態でしたが、帰る時にはほとんどもとのようになられて、私もほっと致しました。逓信病院の皮膚科医長に見て頂いたのですが、色々と検査をして、ナルビーとやら云う新しい注射をしました（毎日）。それから塗り薬と、皆丁度よくきいたのでしょう。晩寝て、起きて見ましたら腫れが引いて、ところどころ生地の色が出ていましたので、びっくり致しました。戸塚ではB6①を沢山射っていたそうですが、全然きかなかったそうです。

お姉様のおっぱいのシコリは、どうなりましたでしょうか。

心配されたお気持ち、よく解ります。私も昨年来「死ぬのだ」という恐怖にたびたび襲われました。世の中のあらゆるもの、自分の子供さえも自分と全く無関係な存在に感じられたこともたびたびでした。でもこの頃では殆ど恢復して、元気に日を送っています。健康でいるということはどんな物にもかえがたいことだということを、しみじみ感じました。人の命ほど尊いものは他にありませんね。健康な人から見ると「死」というものを恐れる気持を未練がましいものと考えるでしょうけれど、その気持は一度そのような立場に置かれたもの以外には解らないものです。

スカート二つとワンピース一つは、仮縫をするばかりになって居ります。全部断ち合せてお知らせしようと思いましたが、あと二つは、明日は出掛けますし、土曜日は伊東茂平の講話がありますので中野②まで行かなければならず、日曜日は学校の宿題を致しますし、月曜は学校なので、火曜日でなければ作図が出来そうもありません。スカート二つとワンピース一つでよろしければ、日曜日にでもお遊びがてらお出掛け下されば致します。もっとも一度に五つもするのはお疲れになるので、すこしづつの方がいいかも知れませんね。仮縫に行くと思うとお金がかかってつまらなくなると存じますから、お互いに遊びに行くついでにとか、遊びに来て下さったという風に考えましょう。お仕事がなくても、お互いに行き来してお話をしお茶を飲むことは楽しいことなのですもの。これだけ持って電車賃を使ってと考えないで、遊びがてら手ぶらでいらして下さい。私もいくらもらわないと合わないなんてけっして考えません。たびたびお目に掛かれるということだけが楽しみなことですもの。

では土・月は家に居りませんが、他の日でしたら、いつでもたいてい家に居りますから、どうぞお出掛け下さい。日曜でしたら、マーヂャンでもして遊びましょう。末筆ながらお兄様［聴］に宜しくお伝え下さいませ。この間、本屋さんでお兄様の本③を見つけました。とてもうれしい気がしました。では御身くれぐれも御大切になさって下さいませ。お加減が悪かったら、いつでも病院に御案内致します。あまり心配なさいませんように。

かしこ

昭和二十七年六月十九日

早苗

姉上様

（昭和二十七年六月二十日消印。コクヨ㈱の縦罫便箋に青インクで記載。繊維入りの灰色封筒に墨書き）

注①VitaminB$_6$。不足すると皮膚炎・舌炎・貧血症などを起こす。
②伊東衣服研究所は、昭和二十四年以降四十二年まで夏季講習会を開いており、その会場の一つが中野公会堂だった。
③昭和二十七年一月に刊行された『古文解釈のための国文法入門』（研究社）のこと。

第七十四信　水玉のワンピースが出来ています

☆都内新宿区下落合一の四〇六　松尾八洲子様
★目黒区中目黒三の一一二五　舘林早苗

御無沙汰致してしまいましたが、その後如何お過ごしでいらっしゃいましょうか。

私は毎日胃が痛くています。何をのんでも何を食べなくてもやっぱり痛みます。日曜日にお電話しようと思いましたが、来客で、いらして頂いてもつまらないでしょうと思ってやめました。

水玉のワンピースが二つ大体出来ていますので、お知らせしたかったのですが、いつもいらして頂いては申訳ございませんので、伺おうかと思っています。もしいらして頂けるのでございましたらお待ち致して居りますけれど。お土産をお持ちにならないで、お話がてらいらして下さい。

青山の方はだいぶ出来ましたでしょうか。楽しみですね。こんどは近くなりますから、たびたびお目に掛かれますね。末筆ながらお兄様〔聰〕によろしくお伝え下さいませ。もしかしたら、十七日頃から、お父様〔三浦磐雄〕が三四日来て下さるかもしれません。そうしたらお知らせ致しますね。電話もう通じるかしら。御大事に。

かしこ

（昭和二十七年七月九日消印。官製葉書に青インクで記載）

第七十五信　ご主人のお仕事の手助けを

☆東京都新宿区下落合一ノ三〇六　学習院昭和寮　松尾八洲子様

★〔七月〕十二日　文京区雑司ヶ谷一〇三　片寄鈴枝①

今日は折角お話が大分真剣になって来ましたのに、後片付けの為、お別れの御挨拶も出来ませず、大変失礼致しました。

でもお話中意気盛んな所を伺い、大いに気を強う致しました。今更他の道をお考えになる事はない、と思うのですけれど。②道は近きに有り、ただこの一筋につながる事以外にないと御決心遊します様。

［聴］先生の御仕事は限りもなく拡がって行き度く思召していらっしゃるでしょうし、貴女の助力がある事がそれにどんなにプラスになるか。時間と労力の提供によって、資料の捜査や整理が貴女の御手によってなされる事が先生の御仕事をどれ程促進するか。他の何事よりも尊い生甲斐のある御仕事ではないでしょうか。私が果せなかった事を、是非々々お出来になる環境の貴女にして頂き度いのです。既に私にはその資格がなくなりましたから……。

呵々でも決して不幸だと始終嘆いているわけでもありませんから、御安心下さいませ。この様な事で私が自分の眼で、ひとの眼を通さずに直接ぶっつかれる事は幸だと思って居ります。でもつまらないものを一つ二つまとめるより、より大きな必要な事の為に捨石になる事も貴い事に思われます。ここ十年位、本当に謙虚な気持ちで修業するつもりです。お家でもお落付きになりましたら、迷わずに此の道に御精進遊《あそば》します様、切《せつ》に祈り上げます。

かしこ

（昭和二十七年七月十三日消印。官製葉書に青インク書き）

注①片寄鈴枝は、母の日本女子大学校時代の同期生（昭和十二年卒業）で、生涯親交があった。片寄氏は昭和二十三年四月の新制大学移行時に日本女子大学文学部国文学科の専任助手で、のち静嘉堂文庫に勤務した。母は第十三信・第十八信にもあるように国文学研究への思いやまず、国文学にかかわって暮らしている片寄氏を羨ましく感じていた。

②母はおそらく「国文学の研究をしたいけれどもできないから、何か異なるものに邁進しようか」というような将来の希望を口にしたものと思われる。夫・聴は同じ国文学専攻の研究者であったわけだが、母にとって聴は自分に助力してくれる存在でなく、ぎゃくにどうにも越えがたい壁となっている、と考えていたらしい。それに対して片寄氏は、聴を助けるように説得していたようだ。

第七十六信　スカートが出来ています

☆新宿区下落合一の四〇六　学習院昭和寮内　松尾八洲子様
★目黒区中目黒三の一一二五　舘林早苗

御無沙汰致しました。その後如何お過ごしでしょうか。

お引越の御用意でお忙しいのでしょうね。私も病気がちで、暑さの中にやっと生活して居ります。早くお葉書を差し上げようと思いながら、四国から友だちが泊り掛けで来るし、［長女の］瑞枝《みずえ》の臨海①［教室］へ行く用意はしなければならないしで、痛いおなかを抱えながら忙しく動いていましたので、気にしながらおそくなってしまいました。

スカートおそくなりましたが出来て居りますから、いつでもお出掛け下さいませ。瑞枝は今日から油壺《あぶらつぼ》です。三十一日に帰って参ります。二人きりで淋しくなりました。三十一日が待たれます。末筆ながらお兄様［聰］に宜しくお伝え下さいませ。御身御大切に。かしこ
（昭和二十七年七月三十日消印。官製葉書に青インクで記載）

注①とうじ小学校五年生で、目黒区立上目黒小学校に通学中。夏休みの臨海学校で、三浦半島西岸の油壺に行くことになっていた。

第七十七信　マーヂャンでもしましょう

☆都内新宿区下落合一の四〇六　学習院昭和寮内　松尾八洲子様
★目黒区中目黒三の一一二五　舘林早苗

御葉書を有がとうございました。先日はお暑いところをいらして下さいましたのに、大したおもてなしも出来ないでごめんなさい。おみやげの桃、翌日もおいしく頂きました。お家のことで毎日どんなにか大変なことでしょうと、ひとのことでも考えただけでくたくたになりそうです。でも近くなって何かととんで行けると思うと、やはり心丈夫です。毎日やっぱりおなかが痛くていいます。

昨日重荷に思っていたPTAの親子・先生の会が終わってほっとしました。今日は戸塚のお母さまの裂《きれ》を水につけて干しました。いよいよ明日からはじめます。どんな型にしようかと頭を悩ましています。今日は朝のうち後片付けと反省だとかで、学校に集まらせられました。午後は三十分程まどろんで、それからあちらこちら片付けて雑巾《ぞうきん》掛けを致しました。姑様［舘林美代］は昨日出掛けました。姑がいると二人で片付けないので、ごったがえしになります。家の中で再び落ち着きを取り戻しました。又お遊びがてらいらして下さい。お母様のワンピースが出来次第、戸塚へ［長女の］瑞枝《みずえ》をやろうと思っています。今年は二晩か三晩にさせるつもりです。土曜か日曜日に又いらっしゃい。マージャンでもして遊びましょう。毎日忙しいのですもの、時々息抜きをしなくてはね。お兄様［聰］にくれぐれも宜しくお伝え下さいませ。

かしこ

（昭和二十七年八月七日消印。官製葉書に青インクで記載）

第七十八信　都内へのお引っ越しとは

☆新宿区下落合一の三〇六　学習院昭和寮　松尾八洲子さま

★［東京都中央区］銀座東七の六　光洋精工東京支社　井関多枝

お暑うございます。その後は如何遊ばしたかしらとお偲び申し上げて居りました。もうお引越もおすみになったのではないかしらと思いながら……。お葉書では、この十日にお移りの御様子。お暑い時を何かと大変でございましょう。どちらの方へお出でになりますの？　御中越の木枠、[1]丁度明日車が出ますので、お宅までお届申上げます。多分都内へのお引越とは存じましたけれど、万一御遠方に御発送の時を考えまして、縄も持ってゆく様申しおきました。ではお体御大事に遊ばしませ。

かしこ

会社、表記の場所にビル新築移転致しました。

（昭和二十七年八月。消印なし。官製往復葉書・返信用に青インクで記載）

注①光洋精工から購入したのはミシンであり、それに関わる木枠であろう。とうじのミシンはかなりの重量だったので、それを畳の部屋に置くとその部分がくぼんだ。それを防ぐための木枠か。

第七十九信　青山への移転で忙しく

☆新宿区下落合一の四〇六　学習院昭和寮　松尾聰様・八洲子様

★横浜市戸塚区汲沢町二一三六　三浦磐雄・しげ子

立秋とは申せお暑さ厳しく如何お過しなされますかと存じましたが、皆々様お変りもなく何よりとお喜び申しあげます。

青山の方へ御移転の準備等で日々御忙しいことと存じますが、御手伝いにも来られず失礼しておりますが。次に今回森本〔正美。昭和二十五年春、榛名と結婚して八洲子の義弟となる〕、京都〔東映㈱〕へ転勤となり、当人一先づ一人で本日赴任の途につきました。家族は九月中頃に来ると存じますが、後が当分淋しくなります。皆様お出かけ下さいますよう、御体御大切に。

八月十二日

（昭和二十七年八月十四日消印。官製葉書に磐雄が青インクで記載）

東京都港区北青山の松尾宅
昭和27年8月、松尾聰の家族は学習院昭和寮を引き払い、ようやく元の青山宅へ戻ることができた。写真は昭和29年ころに写したもの。

あとがき

古い書簡の束を見つけたとき、どうしようかと思った。消印や二〜三通を斜め読みしただけでも戦争中のやりとりであることは窺い知れた。見なかったことにして棄ててしまおうとは思わなかったが、さぁどうするか。といっても何が書かれているのかわからないので、ともかく一字一字翻刻することにした。ある原稿の締切日が目前に迫っていたが、いやきっと迫っていたからこそ、翻刻は苦もなくできた。翻刻しながら、かわいそうな父母の姿にしばし涙もした。これで内容はわかったが、問題はその次だ。冊子に仕立てて少部数印刷して親戚などに配るか、それとも戦時中の貴重な記録として出版するか。

出版には少なからざる資金が必要で、かつただの書簡から書籍として世に出すまでの作業は大変だ。おもに父母の間で交わされた書簡集であって、松尾家のなかでのみ理解できる事情も目に付く。また私にとっては、父母を知っているからそのやりとりがおもしろい。しかしそうした親近感をもちえない方たちに、読む意味が感じられるだろうか。ただの個人宛の書簡の意味しかないとも思えた。しかも父母が記した思いには、家族・親戚への言動や疎開先での人間描写などにおいて、いまから見れば「大きな恩恵を受けているのに、こんなことを思っていたのか」というような表現もある。夫婦だけのひそやかな会話としておけばよいものを、子として明るみにさらしてよいのか、という迷いもあった。発見したのが平成十四年一月で、それからこの書簡集の原稿を抱えたまま何年もすごした。決めるのを先送りにしつづけ、そうこうするうちに六年もの歳月が流れてしまった。

私も、いつしか還暦を迎えている。私自身が鬼籍にいつ入らぬものでもない。何も決めないでおけば、原稿はやがて塵芥箱に棄てられる。そういう心境になって、どうするかをやっと決めた。父母の辛かった経験を、どうしてもただの個人的な思いだけで終わらせたくない。その気持ちがまさった。父母の書簡に語られるあらわな本音も、「疎開の思い出を語る」という企画で執筆されたのならば配慮されて触れられない話である。それを語っている方が疎開している人たちの気持ちがわかるというもの。そう考えればよいだろう。

決めはしたものの、私にはこの書簡集と読者とを結びつけられる知識も知恵もない。そこで、私の畏友で、またかつて私の編著『古代史はこう書き変えられる』（立風書房、一九八九年）の編集を手がけてくださったフリーランスの編集者・内田光雄氏に懇請して、この出版までの指導をお願いすることにした。覚悟していたことだが、氏の指導によって何回も書き込みまた書き直させられた。もし、この書が父母の心と読者の心とを結びつけることに成功している部分があるとするなら、それは内田氏の功である。これはすこしも謙遜などでない。この企画は、もともととても私の手に負えるものでなかった。それを私の名をつけてともかく出版物にしてくださったことに、深い感謝の気持ちを捧げたい。

ところで、この書簡集は、父母の間で交わされた書簡が機軸となっているが、そのほかにも多くの方々の書簡が収められている。曾祖母からはじまって祖父母・大伯母・叔母などの姻戚、疎開先の友人・隣人、父母の友人、販売業者、そして亡兄の担任の書き込みまで。この書簡が書かれたとき、その内容が公開されてほかの人たちに広く読まれる日があるなど、考えてもみなかったろう。宛先以外の人が読まないと思うからこそ書いたことも、たくさんあるはずだ。それを、私ごとき浅薄な者の判断で公開してよいものか。それを問いたくとも、書かれてからすでに六十四年が経ち、もうほとんどの方が存命でない。ならば遺族の方々の判断を仰げばよいが、その方たちがどのくらいいて、どういう名前で、いまどこにいるのか。個人で調べるにはやるべきことが茫洋としすぎていて、解決の見通しが立たない。だからといってそれらの書簡をはずしてしまっては、私の父母の辛い思いも感謝の思いも、ともに伝わってこない。連絡がつくところには同意していただくよう努めたが、できなかったところもある。ともかく掲載させていただいたが、幸いにして関連の方々でこれを読まれることがあったならば、ぜひともご連絡願いたいと思う。

最後になったが、いつもいつも売れそうもない企画を持ち込むことにあきれ顔をしながらも許容してくださる笠間書院の池田つや子社長・橋本孝編集長、担当の大久保康雄氏に御礼を申し上げる。

平成二十年九月二十八日

松尾　光

巻末資料

主な登場人物の疎開先・移動先の変遷

※横組の数字は、年（昭和）月日を示す。

- 松尾儀一・てい：青山北町 → 19.12以降～ 秩父郡久那村
- 拾：青山北町 → 20.05.25 青山宅焼失 → 20.07.18 結婚 下落合（山口方）
- 聰：青山北町 → 19.08か 昭和寮 → 20.04.13 学習院焼失 → 20.07.21～ 山形県高湯
- 八洲子：19.03～ 上大津村白鳥 → 19.09以前 流産
- 薫：上大津村白鳥 → 20.04.28～ 日光学寮
- 三浦磐雄：19.02以前～ 朝鮮平南 → 20.06 一時帰国／戸塚
- しげ：戸塚区汲沢
- 榛名：戸塚区汲沢
- 舘林早苗・瑞枝：杉並区天沼 → 19.11～ 戸塚区汲沢

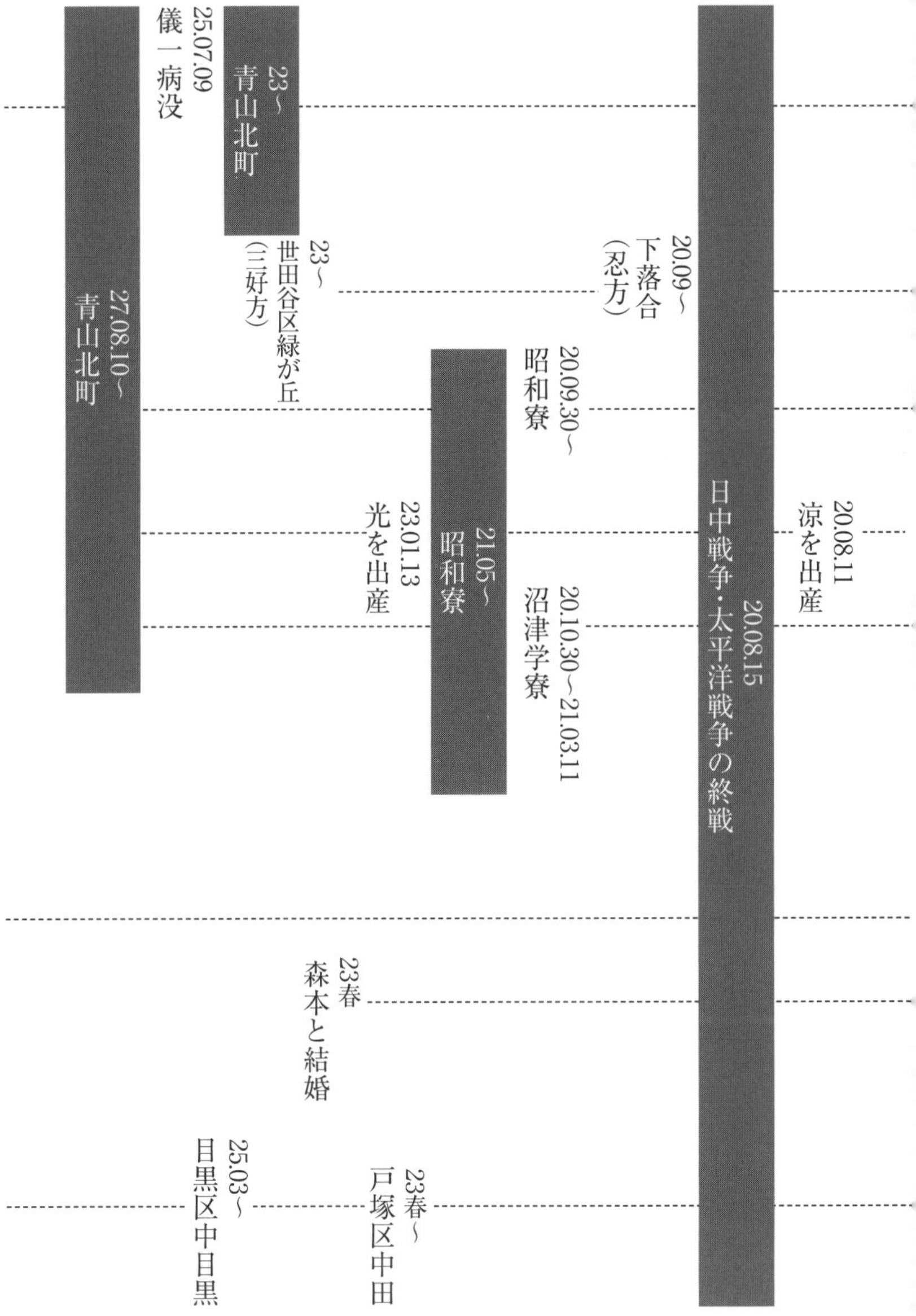
20.08.11 涼を出産
20.08.15 日中戦争・太平洋戦争の終戦
20.09～ 下落合（忍方）
20.09.30～ 昭和寮
20.10.30～21.03.11 沼津学寮
21.05～ 昭和寮
23.01.13 光を出産
23春～ 戸塚区中田
23春 森本と結婚
23～ 世田谷区緑が丘（三好方）
23～ 青山北町
25.03～ 目黒区中目黒
25.07.09 儀一病没
27.08.10～ 青山北町

【主要参考文献】

外務省編『終戦史録』新聞月鑑社、一九五四年
一億人の昭和史4「空襲・敗戦・引揚」毎日新聞社、一九七五年
坪田五雄『昭和日本史7・戦争と民衆』暁教育図書、一九七七年
別冊一億人の昭和史「銃後の戦史　一億総動員から本土決戦まで」毎日新聞社、一九八〇年
林茂『日本の歴史25・太平洋戦争』中公文庫、一九八五年
原田勝正・尾崎秀樹・松下圭一・三国一朗編『昭和　二万日の全記録6〜9』講談社、一九八九年
木坂順一郎『昭和の歴史7・太平洋戦争』小学館、一九九四年
川崎庸之・原田伴彦・奈良本辰也・小西四郎監修『読める年表　決定版』自由国民社、一九九七年
児玉幸多・竹内理三・遠山茂樹・豊田武編『万有百科大事典・日本歴史〈上下〉』小学館、一九七三〜七四年
日本歴史地名大系編集委員会編『日本歴史地名大系8・茨城県の地名』平凡社、一九八二年
角川日本地名大辞典編集委員会編『角川日本地名大辞典8・茨城県』角川書店、一九八三年
茨城県史編集委員会編『茨城県史　近現代編』茨城県、一九八四年

岩波書店編集部編『近代日本総合年表　第二版』岩波書店、一九八四年
国史大辞典編集委員会編『国史大辞典1〜14』吉川弘文館、一九八四〜九三年
宇野俊一・大石学・小林達雄・佐藤和彦・鈴木靖民・竹内誠・濱田隆士・三宅明正編『日本全史』講談社、一九九一年
林陸朗・村上直・高橋正彦・鳥海靖編『日本史総合辞典』東京書籍、一九九一年
武田幸男編『朝鮮史』山川出版社、一九八五年
松尾茂『私が朝鮮半島でしたこと　一九二八年〜一九四六年』草思社、二〇〇二年
週刊朝日編『値段の〈明治・大正・昭和〉風俗史』朝日新聞社、一九八一年
東京空襲を記録する会『東京大空襲の記録』三省堂、一九八二年
塩田道夫『上野駅物語』弘済出版社、一九八三年
平塚柾緒編著『米軍が記録した日本空襲』草思社、一九九五年
永井荷風著／磯田光一編『摘録　断腸亭日乗（下）』ワイド版岩波文庫、一九九一年
徳川夢声『夢声戦争日記　抄　敗戦の記』中公文庫、二〇〇一年
早乙女勝元『図説―東京大空襲』河出書房新社、二〇〇三年
内田百閒『内田百閒集成22　東京焼盡』ちくま文庫、二〇〇四年
歴史群像シリーズ「図説国鉄全史」学習研究社、二〇〇四年

牧野富太郎『増補版　牧野日本植物図鑑』北隆館、一九五六年
川口久雄・志田延義校注『日本古典文学大系73　和漢朗詠集　梁塵秘抄』岩波書店、一九七六年
学習院百年史編纂委員会編『学習院百年史　第二編』学校法人学習院、一九八〇年
松尾聰「昭和二十年敗戦日記抄」（『雑文集久松潜一先生の御ことほか』所収）、笠間書院、一九七七年
松尾聰・八洲子・光『忘れえぬ女性　松尾聰遺稿拾遺と追憶』豊文堂出版、二〇〇一年

【松尾聰・八洲子のプロフィール】

松尾聰（まつお・さとし）

一九〇七年東京都港区北青山に生まれ、一九九七年に八十九歳で没した。

東京帝国大学大学院（国文学専攻）修了後、法政大学予科専任講師・学習院教授（宮内省所管）をへて、新制大学の学習院大学教授となった。一九五七年に文学博士号を取得。のち学習院大学名誉教授。『源氏物語』を中心とした中古文学を専攻した。

おもな著書は、

・『平安時代物語の研究』（東宝書房、のち武蔵野書院）
・『平安時代物語論考』（笠間書院）
・『源氏物語を中心としたうつくし・おもしろし攷』（笠間書院）
・『源氏物語を中心とした語意の紛れ易い中古語攷』（正篇・続篇）』（笠間書院）
・『全釈源氏物語』（巻一〜巻六、筑摩書房）
・『古文解釈のための国文法入門』（研究社）
・『堤中納言物語全釈』（笠間書院）
・『徒然草全釈』（清水書院）
・『源氏物語入門』（筑摩書房）
・『松尾聰遺稿集（Ⅰ〜Ⅲ）』（笠間書院）
・『随筆語典あいうえおなど』（笠間書院）

など。

松尾八洲子（まつお・やすこ）

一九一六年、東京都品川区戸越に生まれた。旧姓・三浦。父・磐雄の転勤に伴い、愛知県名古屋市・群馬県高崎市・横浜市戸塚区などを転々とした。一九三七年三月に日本女子大学校文学部国文科を卒業し、同年十月に聰と結婚。五人の男子を儲け、二〇〇〇年に八十四歳で死没した。著作は「思い出すままに」（『鎌女七十年記念誌』）・「わが夫・松尾聰」（「礫」一三四号）など。

【編著者紹介】
松尾　光（まつお・ひかる）
一九四八年、東京都新宿区生まれ。聰・八洲子の五男。学習院大学大学院（史学専攻）博士課程単位修了。博士（史学）。日本古代史専攻。神奈川学園中学高校教諭・高岡市万葉歴史館主任研究員・姫路文学館学芸課長・奈良県万葉文化振興財団万葉古代学研究所副所長をへて、早稲田大学・鶴見大学非常勤講師。著書は『白鳳天平時代の研究』『古代の神々と王権』『天平の木簡と文化』『古代の王朝と人物』『古代の豪族と社会』など。

疎開・空襲・愛　母の遺した書簡集

2008年11月21日　初版第1版発行

編著者　松尾　光
発行者　池田つや子
発行所　有限会社 笠間書院
東京都千代田区猿楽町 2-2-3［〒101-0064］
電話 03-3295-1331　Fax 03-3294-0996

NDC分類：901.5
装丁　笠間書院装丁室

ISBN978-4-305-70396-5
印刷・製本　壮光舎印刷株式会社
（本文用紙・中性紙使用）
乱丁・落丁本はお取替えいたします。
出版目録は上記住所または下記まで。
http://www.kasamashoin.co.jp